HEREDEROS DEL PARAÍSO

J. L. Martín Nogales

Barcelona • Madrid • Bogotá • Buenos Aires • Caracas • México D.F. • Miami • Montevideo • Santiago de Chile

1.ª edición: abril 2012

Consell de Cent, 425-427 - 08009 Barcelona (España)
www.edicionesb.com

Printed in Spain
ISBN: 978-84-666-5054-0
Depósito legal: B. 6.919-2012

Impreso por Novagrafic Impresores, S.L.

Todo lo teníamos al alcance de la mano.

MIGUEL ESCOTO

I

En las bóvedas estucadas del Palacio Real resonaban los taconazos del vigilante que corría por los pasillos de mármol de los salones privados del rey. A la carrera atravesó las salas que guardan las porcelanas y vajillas en las que posaron sus labios jóvenes reinas de otros tiempos; cruzó la antecámara que atesora en sus vitrinas platas repujadas del siglo XVII y llegó jadeando hasta los cuartos privados de la reina. El taconeo seco sobre los suelos de mármol dio paso al crujido del entarimado de aquellas habitaciones, donde infantas y princesas engendraron en noches de pasión niños que después serían coronados reyes.

No era normal que a esas horas tempranas de la mañana un vigilante armado cruzara corriendo aquellas estancias, que siempre permanecían sumidas en el silencio y en un sosiego extraño, como si entre aquellas paredes se cobijaran las sombras de las gentes que las habitaron, como si con esa atmósfera opaca los muertos reclamaran aún la propiedad de aquellos salones privilegiados.

En el techo brillaban medallones dorados y guirnaldas de hojas, tallos y flores entrelazadas. En las columnas de mármol y en los jarrones de porcelana china rebotaba, tímida, la escasa luz de la mañana que entraba por los balcones abiertos. Pero el hombre que corría con una pistola al cinto no tenía tiempo para apreciar esos detalles ni para admirar las arañas de cristal que colgaban en perfecta simetría o los tapices de Bruselas que embellecían las paredes. Desde el plafón lo contemplaba, sorprendida, una mujer desnuda que apartaba el velo de su cabeza con una mano y sostenía en la otra la luz del sol. Aquella Aurora pintada en el techo, cuya mirada se dirigía con curiosidad a la cama de la reina, había visto copular allí a reyes piadosos y nacer a niños cuyo primer recuerdo de este mundo había sido el tacto suave de las sábanas de seda del dormitorio regio. La Aurora anunciaba desde allí la buena nueva de cada amanecer a las reinas que desperezaban sus cuerpos desnudos entre las sábanas. Pero aquel día la carrera apresurada del vigilante no presagiaba ninguna buena noticia. Con la misma mirada sorprendida de siempre, la Aurora vio pasar al hombre vestido de uniforme azul, en cuyo cinturón tintineaban las llaves y entrechocaban las esposas, componiendo el eco de una alarma metálica que anunciaba que algo grave había ocurrido en el Palacio Real de Madrid.

Al pasar por delante del espejo del baño, Elena vislumbró fugazmente el reflejo de su cuerpo desnudo. Se detuvo, retrocedió dos pasos y volvió a contemplar con satisfacción su imagen en el cristal. Después abrió el grifo del agua caliente de la bañera y dejó que salieran los primeros chorros fríos. Se duchó con tranquilidad, se secó acariciando con la toalla la piel desnuda, caminó descalza hasta la habitación, abrió las puertas del armario y fue desplazando las perchas hasta encontrar el pantalón que buscaba. Descolgó también una camisa blanca y se vistió despacio, mientras en la estancia sonaba la música de un grupo étnico cuyos ritmos exultantes y primitivos había oído por primera vez en el gimnasio unos días antes. Siempre le gustaba levantarse así: abrir la ventana, dejar que entrara la luz de la mañana en el cuarto y sentir el entusiasmo de una voz que envolviera la habitación con el optimismo de la música.

Se acercó a la ventana, respiró profundamente y miró la hierba del jardín que había frente a su casa. Las flores plantadas aquellos días invernales salpicaban de colores el parterre, que estaba rodeado por un pequeño seto. Levantó la vista y vio unas nubes blancas que rompían la monotonía del azul del cielo. El sol calentaba el mundo tibiamente aún. Elena notó en el rostro el frescor de la mañana y se sintió bien.

En ese momento sonó el teléfono. Era extraño que alguien llamara a esas horas a su casa. Sorprendida, se volvió hacia el interior de la habitación y se quedó mirando el aparato, escuchando expectante los timbrazos. Cuando se acercó el auricular al oído, reconoció al instante la voz del hombre que le hablaba. Lo atendió en silencio, sin interrumpirlo, y sólo habló al final.

—Voy de inmediato —dijo de forma escueta.

—La alarma la dio el vigilante del primer turno —informó el ministro—. Pero no se sabe cuándo se produjo... —Dudó un instante, hasta dar con una palabra poco comprometida—. No se sabe cuándo se produjo el percance —añadió—. Puede haber ocurrido bastantes horas antes de que se descubriera. Quizá días...

Miró con un gesto de reproche al jefe de seguridad del palacio. Cinco personas estaban sentadas alrededor de la mesa ovalada de aquel despacho ministerial amueblado con sillones dieciochescos, cuyas paredes estaban cubiertas de estanterías de nogal con tallas de filigranas geométricas. Habían sido convocadas con carácter urgente desde el ministerio, y a ninguna le pasó inadvertido el tono político con que hablaba el ministro, quien acababa de calificar de «percance» el robo de un valioso objeto custodiado en el Palacio Real de Madrid.

Junto al ministro se encontraba el director del Patrimonio Nacional, la institución responsable de velar por los palacios, monasterios y conventos fundados a lo largo de los siglos por la Corona. A su lado, el jefe de la Sección de Delitos contra el Patrimonio miraba hacia el fondo de la habitación con aire de contrariedad, observando uno de los cuadros que colgaban en la pared del despacho. Representaba un galeón que se escoraba peligrosamente en medio de un mar agitado por las olas. El cielo negro y los nubarrones que dominaban el lienzo anunciaban una tormenta a punto de desatarse, cuyas consecuencias no podían imaginar aún los desquiciados marinos que estaban bregando en aquel barco condenado al naufragio. Así veía él la situación en ese momento, más preocupado por las consecuencias que podían desencadenarse tras el robo que por el valor del objeto sustraído.

—No es necesario que les advierta del carácter confidencial de esta reunión —prosiguió el ministro—. Es obligado ser prudentes: no debe trascender que existen fallos de seguridad en un edificio al que acuden el rey y otros jefes de Estado. La consigna es discreción y silencio.

El jefe de seguridad del palacio tenía la cabeza inclinada, como si no se atreviera a mirar a los demás y evitara tener que dar una explicación de la que en ese momento no disponía. Nunca había sucedido nada similar.

Que se hubiera producido un robo en el palacio donde el rey recibía a los embajadores extranjeros y en cuyos salones se celebraban recepciones a presidentes de otros países no era una ligera contrariedad, sino un suceso gravísimo, y a eso se refería el ministro calificando de «percance» lo ocurrido esa mañana. El encargado de la seguridad era el primer responsable de aquel desastre, razón por la que notaba sobre su rostro las miradas de reproche y de fingida compasión de los reunidos por el cataclismo que se le venía encima. Él lo sabía y se sentía incómodo.

—Lo más urgente es descubrir a los autores del... —el ministro dudó cómo nombrar aquella situación—. A los autores del incidente —agregó, dubitativo—. Y así poder recuperar la pieza desaparecida.

Volvió la cabeza para mirar detenidamente al jefe de seguridad, cambió el gesto y con voz más áspera añadió:

—Pero sobre todo hay que revisar los fallos en la seguridad del palacio y en la custodia de los objetos que atesora.

El aludido sintió que el traje a rayas que vestía se le ajustaba al cuerpo y lo ceñía excesivamente. Era de escasa estatura y tenía los brazos apoyados sobre la mesa en una postura forzada. La corbata le comprimía la papada. Sin poder controlarse, se llevó la mano al cuello de la camisa y lo ajustó, sacudiendo la cabeza. Sentado en el borde de la silla, le parecía que el suelo vibraba a su alrededor, como si un ligero seísmo hubiera comenzado a agitar su vida hasta entonces tranquila.

—Al frente de la investigación estará el jefe de la Sección de Delitos contra el Patrimonio, el comisario Héctor Monteagudo. —El jefe de seguridad escuchó con alivio estas palabras del ministro, que desviaban la atención hacia otra persona—. Les ruego colaboren con él y le faciliten cuanto precise.

Héctor se sorprendió al oír el encargo. A quien correspondía administrativamente coordinar la operación era al director del Patrimonio, responsable de los bienes del Patrimonio Nacional. Sentado junto al ministro, con los brazos apoyados sobre la mesa y una mano encima de la otra, aquel hombre no se inmutó, como si conociera de antemano esa decisión. Iba vestido con un traje de corte pulcro; llevaba perilla, canosa, bien recortada, y mantenía el gesto grave y preocupado. Si algo iba mal, pensó Héctor, aquel hombre astuto y de mirada esquiva quedaría al margen. Si el caso no se resolvía, todas las preguntas al final irían dirigidas contra él. Eso pensaba Héctor, pero no comentó nada. Se limitó a esbozar un leve gesto de conformidad, apenas perceptible para quienes se sentaban junto a él.

Héctor conocía a los congregados alrededor de la mesa por haber mantenido con ellos algunos encuentros y reuniones protocolarias. Los conocía a todos, hombres adustos, de edad madura, astutos, vestidos con trajes a medida, que estaban acostumbrados a salvar la piel en las situaciones más comprometidas. Sus rostros serios aparentaban inquietud por lo ocurrido, pero lo que realmente les preocupaba era evitar que aquello afectara a sus propias ambiciones. Héctor los conocía a todos menos a la mujer sentada a su derecha, que le había sido presentada como asesora del ministro en temas relacionados con la monarquía y el Patrimonio Real, y que mostraba una extraña serenidad. Frente a los rostros tensos de los demás, aquella mujer, joven como él, escuchaba atenta y en silencio las palabras del ministro, y era la única que había sacado una libreta para tomar alguna nota. ¿Quién era esa mujer?, se preguntaba Héctor Monteagudo, mientras el ministro depositaba en él todo el peso de la investigación.

No pudo evitar entonces volver la cara con discreción para observarla. Se fijó en su melena corta de pelo rubio ondulado, peinado informalmente, que le llegaba hasta el cuello de la camisa blanca. Elena se giró en ese momento y, al cruzarse las miradas de ambos, esbozó una leve sonrisa que desconcertó a Héctor. No están las cosas como para sonreír, pensó mientras apartaba la mirada. Y no pudo evitar sentir asombro por la seguridad que ella aparentaba en esa situación tan comprometida para todos.

—Este caso es prioritario —siguió diciendo el ministro—. Con los atentados que han ocurrido estos días no está el ambiente como para que alguien publique que el Palacio Real es un coladero.

Mientras oía hablar al ministro, Héctor volvió a preguntarse quién era esa mujer y qué papel le correspondía en ese cónclave, que parecía la reunión desesperada convocada por el patrón de un barco al descubrir que una vía de agua amenazaba con llevar a pique la embarcación.

En el Archivo de Palacio el vigilante de seguridad no dejó de mirar a la mujer que había solicitado el inventario de los bienes con una credencial especial. Se quedó observándola mientras ella colocaba sobre la mesa el libro correspondiente a la Capilla Real, se quitaba la chaqueta de color rojo que llevaba puesta y la colgaba del respaldo de la silla, ajena a los ojos atentos del hombre que, detrás de ella, evaluaba con disimulo las formas que se insinuaban bajo su camisa blanca.

Elena encendió la lamparilla de la mesa y un círculo de

luz se proyectó sobre las páginas amarillentas del libro. Buscó en el índice las referencias al Relicario, una pequeña capilla llamada así porque fue construida para guardar las reliquias que durante siglos se habían ido coleccionando en aquel recinto: huesos de santos, esquirlas extraviadas de una tibia o un peroné, pelos enredados que peinó con descuido una monja santa, paños apolillados que rozaron la piel pobre de un fraile y hasta alguna astilla desprendida de la cruz que Cristo arrastró penosamente hasta el Calvario.

Repasó uno por uno los objetos que se enumeraban en el inventario. Todas las arquetas, candelabros, bandejas de orfebrería, alfombras, hornacinas en las que se exponían tallas de plata y cruces procesionales..., todas estaban descritas en las páginas de ese libro. Elena fue recorriendo con el dedo las líneas en las que se enumeraban los cálices, hostiarios, patenas, jarras de plata y bajorrelieves tallados con miniaturas de oro, hasta que llegó a la «cámara fuerte», donde se guardan aún hoy los objetos más preciados de la Capilla Real. Allí estaban en el inventario la corona del rey de España y el cetro, ambos de plata repujada, símbolos del poder regio, que se conservaban en esa cámara acorazada junto a las piezas que procedían del antiguo tesoro de los visigodos, cuando la Península era todavía una tierra de tribus que no conocían aún las fronteras de su poder.

Elena detuvo el dedo índice cuando llegó al punto en el que se citaba uno de los tesoros más valiosos custodiado en esa cámara fuerte del Palacio Real: un arca de plata sobredorada, un relicario fabricado en el siglo XVI por un orfebre de Saboya, que había ido pasando de generación en generación de uno a otro vástago real. Así se transmiten de padres a hijos las herencias, pensó Elena: algunos heredan una mancha en la piel, o un temperamento arisco, o la sangre incapaz de coagularse en las heridas; y otros, un arca de plata.

¿Qué destino reparte así las dichas e infortunios?, se preguntó Elena, mientras leía la descripción de esa Arca de la Alianza que tenía engastados esmaltes, camafeos y más de quinientas piedras preciosas de todos los colores. En los lados estaban tallados bajorrelieves que anunciaban el triunfo de los cuatro elementos que han formado el mundo: el Agua, el Fuego, el Aire y la Tierra. Cada uno estaba acompañado por una alegoría de las cuatro estaciones: la Primavera, el Verano, el Otoño y el Invierno; y en las cuatro esquinas había sendas cariátides, hombres y mujeres con el torso desnudo que miraban hacia los cuatro puntos cardinales y sostenían sobre sus cabezas la tapa dorada del arca, que representaba la cúpula celeste, por donde se paseaba Apolo en un carro tirado por cuatro corceles alados.

Eso es lo que estaba escrito en el inventario de bienes del Palacio Real. Al leerlo, Elena pensó que en esa arca el orfebre quiso representar el secreto de la vida: el mundo en el que vive el ser humano, los elementos que forman parte de su cuerpo y las contradicciones que acompañan su existencia.

Se volvió hacia el bolso que había colgado en el respaldo de la silla y sacó una libreta. El vigilante, que permanecía quieto en la puerta de la sala, la observó con más curiosidad que recelo y se acercó a ella para comprobar que no pretendía escribir en el libro de inventarios. Elena hizo unas rápidas anotaciones en la libreta, con abreviaturas que sólo ella podía descifrar.

En el inventario estaba escrito que esa arca contenía un medallón del siglo XVII que perteneció a la colección privada del rey Felipe IV: «Una pieza de oro macizo tallada con la imagen del paraíso.» Ese medallón figuraba en el inventario, sí, pero ya no estaba entre los tesoros del Palacio Real. Alguien lo había robado, y su misión era averiguar por qué.

Héctor caminaba serio por la galería que rodea el patio del palacio, para dirigirse a la Capilla Real. Lo acompañaba el jefe de seguridad, que en silencio y algo rezagado trataba de seguir el paso rápido de Héctor sin levantar la vista del suelo, apesadumbrado por las contrariedades.

Bajo aquellas bóvedas de piedra todo parecía firme e inexpugnable. Aquel edificio había sido fortaleza medieval y, después, residencia de los Austrias. Lo llamaron el Alcázar, hasta que llegaron los Borbones y no les gustó aquella sobriedad militar del palacio. Felipe V se fue a vivir al Buen Retiro, una decisión que le salvó la vida. El fuego había arrasado varias veces los salones del Alcázar, construidos con vigas de madera, pero nunca lo había hecho con la furia que mostró la noche del 24 de diciembre de 1734. Aquella noche la gente contempló con impotencia cómo se quemaban las vigas, se derrumbaban los techos, ardían cortinones, alfombras y tapices de Flandes, se convertían en cenizas lienzos de los pintores más famosos, se derretían las joyas de oro y plata repujada, perecían entre las llamas Venus, Cupidos y santos cuyas imágenes vivían tranquilas en la aparente fortaleza de aquella residencia imperial.

Por eso el nuevo palacio se construyó de piedra, para hacerlo inexpugnable a las llamas, y perdió su nombre de Alcázar para convertirse en el Palacio Real. No lo habitarían los Austrias, sino los Borbones, una dinastía llegada del otro lado de los Pirineos que traía a España la exquisitez francesa. No se construyó con el roble de los bosques castellanos, sino con piedra caliza y granito de la sierra de Guadarrama. Parecía realmente sólido, pensó Héctor mientras recorría la galería y oía resonar sus pasos entre el granito gris y la bóveda del techo. Pero el robo había puesto en evidencia la fragilidad de aquellos muros. ¿Cómo era posible que alguien hubiera sustraído un objeto custodiado por tantas cancelas, verjas de hierro, alarmas y vigilantes que trabajaban las veinticuatro horas del día?

Héctor giró malhumorado hacia la capilla, pero antes de traspasar la puerta, se detuvo bajo el umbral, para acostumbrarse a la penumbra. El jefe de seguridad iba a entrar, distraído, pero Héctor lo detuvo agarrándolo con fuerza del hombro. El hombre levantó la cabeza, sorprendido. Héctor lo miró serio y le hizo un gesto de reproche, pero no le dijo nada.

El silencio del lugar devolvió un poco de sosiego al ánimo enfadado de Héctor. La escasa luz apenas dejaba ver los frisos dorados y los ángeles de estuco que sobrevolaban la capilla junto al altar mayor. Todo estaba ordenado y tranquilo, como si nada hubiera alterado la quietud cotidiana de aquel recinto, como si el robo no se hubiera producido. Miró el baldaquino de seda que protegía las dos sillas donde se sentaban los reyes de España en las ceremonias religiosas oficiales. El sitial estaba acolchado, como si nadie hubiera apoyado nunca el peso de sus posaderas en aquellos sillones. Observó con detenimiento la gran alfombra que cubría el suelo y pensó que aquel tapiz mullido tendría que guardar las huellas de las pisadas recientes.

Permaneció quieto bajo el dintel, con el jefe de seguridad a su lado, que no se atrevía a moverse ni a decir nada. Éste apenas veía el fondo en penumbra de la capilla, mientras se esforzaba por entender qué debía hacer en esas circunstancias.

Héctor tanteó junto a las jambas hasta encontrar los interruptores de la luz. Al pulsarlos, la capilla cobró un inesperado fulgor. La luz pareció caer desde la cúpula, donde una pintura representaba el fuego del sol, y reverberó en las guirnaldas, en los rosetones y en las filigranas de estuco que decoraban el techo. El jefe de seguridad, deslumbrado por el resplandor, no pudo evitar el gesto instintivo de cerrar los ojos.

—Hágase la luz —pronunció en tono ligero, al tiempo que se llevaba la mano a las cejas.

Héctor se volvió a mirarlo desconcertado y vio a aquel hombre, de pequeña estatura, vestido con un traje gris a rayas de corte anticuado, que hacía visera con la mano en la frente como si le hubiera deslumbrado el sol de un mediodía de agosto. Pensó cómo habría llegado a ese cargo un tipo tan estrambótico, y en ese momento le oyó comentar:

—Hay más oro en estos techos que en el Banco de España.

Héctor levantó la cabeza hacia los arcos de yeso dorado y experimentó un sentimiento contradictorio, de compasión y de enfado, hacia aquel hombre al que no parecía afectarle la gravedad de la situación.

—En esta capilla tienen que estar las pistas que necesitamos —dijo Héctor, como si hablara consigo mismo.

El jefe de seguridad movió la cabeza, asintiendo.

—Todo lo que hacemos deja algún rastro, aunque no se perciba a simple vista —continuó Héctor—. Allá por donde andamos dejamos huellas de nuestro paso. Nada puede ocultarse del todo —añadió, como si estuviera dándose ánimos a sí mismo—. Y nada queda impune.

Volvió a mirar hacia las paredes de la capilla y se fijó en el brillo uniforme de las columnas de mármol negro y en la limpieza de las puertas de nogal.

—En algún friso de estas paredes tiene que quedar el rastro imperceptible de alguna rozadura —siguió diciendo, sin mirar al jefe de seguridad, como si tratara de convencerse a sí mismo—. En alguna manilla de una puerta habrá una minúscula mota de grasa de alguna mano. En algún rincón tiene que quedar impresa una huella delatora. Y quiero que todo eso se busque.

El jefe de seguridad levantó la cabeza y le miró sin saber si era él quien habría de encargarse de ese trabajo, pero asintió disciplinado:

—Sí, señor —pronunció con aire militar—. Así se hará.

—¡No! —le corrigió Héctor con rapidez—. No quiero que nadie del servicio de seguridad de esta casa tenga acceso a la capilla. ¡Nadie! —recalcó con firmeza.

El jefe de seguridad se encogió de hombros y, algo cohibido, volvió a admirar el lujo de aquella estancia. Héctor miró el retablo del altar mayor. No acababa de entender cómo alguien había podido saltarse todos los controles y robar en uno de los lugares más vigilados de la ciudad. Observó la pintura situada sobre el altar y contempló a san Miguel expulsando del paraíso a los ángeles, que caían desnudos al abismo. Se dirigió de nuevo a los interruptores y apagó la luz. Las tinieblas se apoderaron de la capilla y todo quedó a oscuras, como si él mismo y el hombre que lo acompañaba hubieran acabado en los infiernos con los ángeles que aparecían en el retablo.

—¿Cómo pueden haber robado en este lugar? —Héctor volvió a mostrar su extrañeza en voz alta.

Pero ésa era su misión: averiguar cómo se había hecho y descubrir a los que habían perpetrado tal desaguisado. Porque esa gente representaba una amenaza. Lo que podía estar en peligro era la seguridad del rey. Y eso era lo que a él le preocupaba.

—Clausure la capilla —le ordenó al jefe de seguridad—. Que nadie traspase esta puerta.

Y al decirlo, Héctor se volvió hacia los arcos de piedra de la galería y caminó deprisa sobre las losas de granito. El jefe de seguridad se puso tras él y no pudo evitar componer de nuevo el gesto un poco garrulo de llevarse la mano a la frente, en forma de visera, deslumbrado por el sol que entraba a esas horas por los ventanales del patio.

II

Elena entró con decisión en el despacho, caminó hasta la mesa donde estaba Héctor, dejó sobre ella la cartera que llevaba en la mano, la abrió, sacó unos libros y los puso delante de él.

—He comprobado todos los retratos que se conservan de Felipe IV —declaró mirándole a los ojos.

Cogió una carpeta, repasó su contenido, sacó unos papeles y extendió sobre la mesa unas hojas con las reproducciones de los cuadros.

—En la mayoría lleva un medallón en el pecho. Míralo aquí —le dijo señalando uno de ellos.

Héctor estaba sentado frente a la mesa de trabajo, sorprendido por la aparición de Elena en el despacho, rápida y silenciosa como una ráfaga de aire.

—Éste es el primer retrato que le hizo Velázquez —comentó ella, mientras apuntaba el cuadro con el dedo.

En el inventario de los bienes del palacio se citaba la existencia de un medallón de oro macizo que había pertenecido a Felipe IV, pero no se reproducía ninguna imagen de él. No había ninguna fotografía que lo representara, ni un simple dibujo que permitiera hacerse una idea de cómo era. Ese medallón había desaparecido, y la misión de Elena era conseguir reproducirlo para ayudar a la investigación.

—Parece que el rey está de luto —fue lo único que se le ocurrió comentar a Héctor mientras observaba el retrato—. Viste absolutamente de negro.

—Aquí no había cumplido aún los veinte años, pero llevaba desde los dieciséis dirigiendo el país más poderoso de Europa.

Héctor estaba acostumbrado en su trabajo a observar detalles minúsculos que acababan siendo pruebas concluyentes, pero no le gustaba perderse en comentarios inútiles.

—Bien... —interrumpió, impaciente—. ¿Y esto qué tiene que ver con el robo? —le preguntó, levantando la mirada hacia ella.

—Los cuadros del siglo XVII contienen numerosos símbolos y emblemas. Nada en ellos es gratuito. ¿Ves las manos del rey? Una está apoyada en la empuñadura de la espada: indica que el rey es el defensor del imperio. En la otra lleva un papel doblado, un memorial. Representa su función como gobernante del país. Mira la mesa que hay en el lateral del cuadro con tapete púrpura y sobre él un sombrero de copa alta. Son los símbolos que le representan como Justicia Mayor del reino. Y fíjate en la cadena que lleva colgada en el pecho.

—¿Es el medallón robado? —preguntó Héctor con extrañeza.

—Tal vez sí o tal vez no —contestó Elena, enigmática.

Héctor levantó la vista y la miró esperando una aclaración, porque no era momento para adivinanzas. No pudo evitar fijarse en el brillo de los ojos castaños de Elena. Durante un instante olvidó el medallón de oro, el traje negro del rey, la seguridad del palacio, y sin pretenderlo se quedó mirando esos ojos que eran como dos puntos de luz en ese despacho sobrio y tranquilo.

—En algunos cuadros no es fácil determinar qué lleva el rey colgado del cuello —dijo Elena—. Lo más habitual es que sea el Toisón de Oro.

—El Toisón de Oro...

—Sí. Una de las más selectas y antiguas órdenes de caballería. En el siglo XVI el gran maestre de la orden pasó a ser el rey de España. Y así ha sido hasta hoy, hasta el rey Juan Carlos.

—¿Juan Carlos I es gran maestre de una orden medieval de caballería? —preguntó Héctor, extrañado.

—Claro: jefe y soberano de la Orden del Toisón de Oro.

Elena calló un momento y miró a Héctor. Era joven, pero vestía con cuidada pulcritud. Se fijó en la piel suave de su rostro recién afeitado, observó el mechón de pelo negro que formaba un bucle sobre la frente y se quedó contemplando sus ojos. Parecía cansado y tenía los párpados enrojecidos por la tensión que soportaba esos días.

—Eso era también Felipe IV: el gran maestre del Toisón de Oro, una orden cuyos miembros acumulaban prestigio y poder.

—¿Y llevaban todos el medallón en el pecho?

—Sí. Colgado de una cadena de oro con esmaltes rojos que simbolizan el fuego. El colgante es un cordero tallado en oro: la ofrenda que hizo Gedeón a Yahvé en el Antiguo Testamento.

—Así que los miembros de la orden eran reconocidos por ese colgante —comentó Héctor.

—Su pertenencia a la orden era una muestra de su poder y de su capacidad de influencia en la corte. Y el rey, como gran maestre, solía retratarse con el Toisón. Eso indicaba su vinculación con lo divino. Aquí se ve bien —dijo, señalando con el dedo otro de los cuadros.

Elena se levantó de la silla en la que estaba sentada frente a Héctor, al otro lado de la mesa, la rodeó y fue a situarse junto a él, para observar mejor los retratos que estaban esparcidos ante ellos, encima de la mesa. Se quedó de pie junto a Héctor, que seguía sentado, y éste notó un ligero desasosiego al sentir tan cerca las piernas larguísimas y las caderas jóvenes de aquella mujer.

—O sea que éste es el Toisón de Oro —comentó, llevando el dedo de uno a otro de los retratos en los que figuraba.

—O no lo es en todos —matizó Elena—. Ése es el problema. Estos retratos los pintó Velázquez. Y Velázquez no dibujaba los detalles. Al pintar utilizaba una técnica muy moderna para su tiempo. Las filigranas, los brocados, los drapeados de los vestidos, los hilos de oro, las joyas y medallas... nada de eso lo reproducía con exactitud. Le bastaban unas pinceladas para que experimentemos el brillo de una armadura. Unos simples toques de color le sirven para que imaginemos cómo eran los bordados exquisitos de un traje o los collares que llevaban las princesas. Esos detalles están sugeridos; nada más.

—¿Y eso qué significa? —la apremió Héctor.

—Mira este medallón —comenzó a decir Elena, mientras señalaba otro de los retratos—. ¿Te parece esto un cordero? —Y al ver que Héctor se encogía de hombros, continuó—. A Velázquez le interesaba la impresión que produce la pintura en el espectador. Sus pinceladas no pretenden reproducir la exactitud del objeto de oro, sino sugerirlo en la mente de quien lo contempla. Por eso a veces puede resultar difícil saber cómo es exactamente. ¿Sabes lo que le pasó en una ocasión?

—¿A quién?

—A Velázquez —explicó Elena, mientras se apoyaba casi sentada en el vértice de la mesa, junto a él—. Le habían encargado el retrato de una mujer de la nobleza. Cuando fue a entregarlo se lo rechazaron con gran enfado, diciéndole que la mujer llevaba unos elaborados encajes de hilo flamencos en el cuello de la camisa, que él había reducido a unas pinceladas blancas en el cuadro. Y así no se podía apreciar, le dijeron, toda la riqueza de los bordados. Esto que se ve aquí es el Toisón —dijo Elena, inclinándose para señalar un par de retratos del rey—. Pero esto no se puede asegurar que lo sea —añadió, llevando el dedo a otro de los retratos desplegados encima de la mesa.

—Tiene forma de una media luna que se cierra en la parte inferior —comentó Héctor, mientras apreciaba el suave perfume de ella, tan cercana.

Elena se inclinó más sobre la mesa, rozando el brazo de Héctor con la cadera. Cogió el bolso que había dejado al otro lado, revolvió en él y sacó una lupa. Volvió a incorporarse, mientras Héctor apartaba el brazo que tenía apoyado para evitar el contacto con ella.

—Míralo con esto —le dijo, entregándole la lupa.

Héctor estuvo observando durante un rato el retrato del rey con la lupa.

—Es como una media luna con las puntas hacia abajo —juzgó al final—. Y creo que los extremos están abrazando un círculo dorado.

—Eso me parece a mí —le confirmó ella—. Me pregunto si el colgante que lleva el rey en este cuadro, y en éste también, puede ser el medallón desaparecido.

Elena permaneció callada un instante y se volvió a mirar el rostro de Héctor. Estaba serio, y así le parecían aún más atractivos sus grandes ojos negros. Sin dejar de mirarlo, le preguntó:

—¿No es extraño que sólo robaran ese medallón?

Héctor no se movió ni hizo comentario alguno. Elena aguardó un momento en silencio, antes de añadir:

—El arca que guardaba el medallón es de un valor incalculable. Tiene piedras preciosas talladas, y esmaltes, y plata dorada y hermosos bajorrelieves. Y ésa no la robaron. ¿Por qué?

—Tal vez al ladrón le resultara más sencillo sacar el medallón del palacio —comentó Héctor saliendo de su mutismo—. Puede esconderse en cualquier lugar.

—Tal vez... —admitió Elena—. Pero es extraño. La arqueta es un trabajo de orfebrería único, y la han dejado allí. ¿Por qué han cogido precisamente ese medallón?

Héctor desvió la mirada hacia la ventana del despacho, antes de comentar:

—A mí lo que me preocupa es la falta de seguridad que el robo pone en evidencia. Quizá ésta sea sólo la primera fase de un plan más amplio: una manera de conocer la capacidad de reacción de los servicios de seguridad del palacio.

—Nadie revela sus intenciones de cometer un delito antes de hacerlo, salvo que esté loco —replicó Elena con convencimiento; y añadió pensativa—. Si conociéramos el significado de ese medallón...

El comentario quedó en el aire, porque Héctor intervino entonces:

—Ni siquiera sabemos si eso es lo único que ha desaparecido. He mandado que comprueben si están todos los objetos que se citan en el inventario del palacio. ¡Uno por uno! Porque no tenemos la certeza de que eso sea lo único que falte. Es posible que haya desaparecido alguna otra cosa —añadió, acordándose del incompetente jefe de seguridad.

—Pues ése sí que es un dato clave —dijo Elena, extrañada por la posibilidad de que pudieran haber desaparecido más objetos del tesoro.

—Lo que me preocupa es si esto se debe a una estrategia intencionada —insistió Héctor—: si es una manera de conocer los controles del palacio... o una táctica de distracción en estos tiempos tan confusos...

Se levantó de la silla tratando de no rozar el cuerpo cercano de Elena.

—Lo que me preocupa es qué hay detrás de todo esto —añadió, manifestando lo poco que le interesaban las interpretaciones históricas de ella—. Quizá se esté preparando algo más grave, y esto sea sólo la punta de un iceberg que hemos tenido la suerte de descubrir a tiempo. Mi obligación es averiguar qué se puede estar tramando. Y eso es más serio que el robo de una joya.

La luz del atardecer teñía las piedras de la fachada del Palacio Real con un suave color rojizo. El cielo comenzaba a oscurecerse y sobre él flotaban retazos encendidos de las nubes deshilachadas del cielo de Madrid. Los árboles de los jardines del Campo del Moro que están junto al palacio, a poniente, formaban ya un telón de fondo para la ciudad, antes de iluminarse con las farolas nocturnas del parque. Elena contempló desde la calle la mole de piedra blanca, que en la penumbra parecía flotar sobre los jardines. Y, por encima de todo, se fijó en la cúpula: la Capilla Real, recortada sobre el cielo gris de las cenizas del ocaso.

A aquella hora la plaza de Oriente estaba silenciosa y

tranquila, como si nada hubiera alterado la solidez y la estabilidad de ese palacio que había albergado durante años a la monarquía más poderosa de Europa. En su pedestal Felipe IV contemplaba el crepúsculo con su mirada de bronce oxidada por el paso del tiempo. Sobre el caballo en corveta, cuya posición calculó con exactitud el propio Galileo en Florencia para que pudiera mantenerse en pie, el monarca sostenía el cetro con gesto de autoridad fingida.

Elena dejó atrás el Teatro Real y se dirigió hacia la Puerta del Sol, sumergida en la riada de gente que a esas horas transitaba por la calle. Se oían cercanas unas sirenas de la policía, pero Elena iba distraída, así que no se percató de un grupo de jóvenes que caminaban hacia ella con paso acelerado. Antes de que pudiera reaccionar, uno de ellos, vestido con prendas de estilo militar, le puso en la mano una hoja impresa. Al cruzarse con los transeúntes los jóvenes daban a cada uno un panfleto, con un gesto clandestino, sin detenerse, caminando aprisa, sacándolo del bolsillo de sus cazadoras de cuero.

Enseguida se extendió en el ambiente callejero el nerviosismo. Unos leían con sorpresa el texto del pasquín, otros lo tiraban al suelo nada más verlo y algunos lo guardaban en el bolso como si fuera la prueba de un delito.

De repente comenzaron a producirse empujones. Algunas personas aceleraron el paso mientras otras recorrían la acera para buscar una salida en las calles perpendiculares. Elena enfiló hacia la parada del metro. Frente a ella corría un grupo de jóvenes atropellando a quienes paseaban por la calle Arenal. Apremió el paso, y lo mismo hicieron el resto de las personas que buscaban un refugio ante la avalancha inesperada. Cuando llegó a las escaleras del metro, volvió el rostro y vio cómo volaban por los aires los panfletos que lanzaban los jóvenes mientras huían corriendo. En un instante el suelo quedó sembrado de papeles que caían alborotados, como pájaros muertos.

Entró en la habitación y se quitó los zapatos sin agacharse, lanzando una patada al aire. Se desvistió para ponerse después un pantalón elástico más cómodo y una camiseta de tirantes. Descalza, se dirigió hacia la cocina, sacó unas frutas del frigorífico y las fue cortando en trozos en un plato. Abrió el armario, cogió la batidora y se preparó un zumo. Luego fue a la sala de estar y encendió el tocadiscos. Se sentó en el sofá, levantó los brazos cruzando los dedos detrás de la nuca, respiró profundamente y estuvo un rato así, sintiendo la placidez de las primeras horas de la noche. Estiró las piernas sobre el sofá, cobijando los pies desnudos debajo de uno de los cojines que estaban en el asiento, y se dejó envolver por la música.

Sobre la mesa había un montón de libros apilados formando una torre. Encima había dejado el panfleto que le entregaron en la calle. En letras impresas con grandes caracteres y tinta roja, se podía leer: ¡JUAN CARLOS, TRAIDOR!

Elena rebuscó entre los libros. Necesitaba encontrar los testimonios que hablaran de las insignias que utilizó el rey, cómo eran, cuándo las llevaba y con qué significado. Eso podía ayudar a describir con exactitud la pieza sustraída, a entender los motivos del robo y a orientar la investigación en algún sentido.

Cogió uno de los volúmenes y pasó los dedos sobre la cubierta, como si quisiera apreciar su tacto antiguo antes de abrirlo, mientras pensaba en el medallón que había sido robado en el Palacio Real. Leyó el título: *Educación de príncipes*; y el nombre del autor: licenciado Luis de Salcedo.

Salcedo tuvo a su cargo la educación del príncipe Felipe desde que fue niño. Elena abrió las páginas de ese breviario de teoría política y leyó: «Los Príncipes y Reyes, como quiera que sean, han de ser inviolables de sus súbditos, como sagrados y enviados de Dios.»

El rey un enviado de Dios... Apoyó el libro sobre las piernas, levantó la vista y recordó la cara del joven Felipe en los primeros retratos que le hizo Velázquez: pensó que toda la lascivia juvenil del rey se concentraba en la mancha de carmín rojo que resaltaba los labios gruesos y carnosos de su rostro.

El primer matrimonio del rey fue con una niña. Isabel tenía doce años cuando se celebraron los esponsales. Él aún era más joven: sólo había cumplido diez años. Sus encuentros durante un tiempo fueron fugaces, porque tuvieron que vivir en casas separadas: ella, en El Pardo; y él, en el Alcázar. Hasta que el príncipe cumplió quince años y medio. Y entonces ya sí pudieron vivir bajo el mismo techo y yacer desnudos bajo la misma sábana.

Isabel era una joven hermosa. Tenía la boca pequeña, con unos gruesos labios rojos que nublaban el entendimiento de Felipe. El primer encuentro fue tan fértil, que nueve meses después la reina dio a luz una niña, que sólo vivió veinticuatro horas. «La función de las mujeres es parir», había dicho Olivares en el Consejo del Reino. Y la joven Isabel siguió pariendo: otros tres hijos, que murieron también al poco tiempo de ver la luz; y después, otros dos abortos, antes del nacimiento por fin del príncipe heredero Baltasar Carlos.

Elena cogió otro de los libros que estaban sobre la mesa, *Vergel de príncipes*, de Saavedra, en busca de alguna referencia al medallón de oro que había sido robado en el Palacio Real, para saber cómo era exactamente. Con el libro en las manos, se levantó del sofá y se acercó a la ventana. A lo lejos se veían los coches que transitaban por la avenida, cuyo rumor llegaba amortiguado por la distancia. Apoyada de pie en el marco de madera, leyó la nota del autor encomendando al monarca que fuera cuidadoso en sus actuaciones, porque representaba la imagen de Dios en la tierra. Y esa imagen era frágil como el cristal.

En su galería privada el rey había colocado los más hermosos desnudos de las diosas, ninfas y Venus de la colección de pinturas italianas y flamencas que tenía en el palacio. Contemplándolas, Felipe imaginaba besos suaves en los labios rosados de las ninfas. Miraba sus ojos entreabiertos entre el gozo y el éxtasis, y se deleitaba con la visión de las caderas y la suavidad de las musculosas nalgas de sus cuerpos. Observaba cómo las diosas se abrazaban desnudas y las ninfas secaban su piel después del baño, rozando con los dedos levemente los pezones de sus pechos. Esas mujeres le suscitaban imágenes de cuerpos entregados, agitación y sofocos sobre sábanas de seda, gemidos, respiraciones entrecortadas, suspiros y jadeos.

El Palacio Real tenía en aquella época unos jardines en terraza que bajaban hasta el río, con una densa arboleda y parterres con flores y estanques. El jardín tenía comunicación secreta con la Casa de Campo, a través de un pasadizo subterráneo que llevaba hasta el río. El rey solía ir a ese jardín con algunas de sus amantes, saliendo a él desde una casona con columnas y arcadas, en las que colgaban ramilletes de rosas que perfumaban el ambiente de un olor dulce y sensual. En los estanques, los faisanes se asomaban curiosos y se quedaban mirando sorprendidos cómo el rey abrazaba a esas mujeres y las apretaba fogoso contra el pretil.

Se dice que Felipe IV tuvo ocho hijos bastardos oficiales, aunque sólo reconoció a Juan José de Austria. Sin embargo, algunos autores afirman que el número de hijos ilegítimos del rey ascendía a más de treinta.

Elena volvió al sofá, se recostó en él, dejó el libro sobre la mesa y se llevó el vaso de zumo a la boca. Dio un sorbo y estuvo paladeando el sabor de la uva, la manzana y la naranja mezcladas en el batido. Cerró los ojos y se dejó llevar por los sonidos del armonio, el clavecín y la vihuela que envolvían la habitación. En el tocadiscos sonaba una pavana de la corte barroca. Al rey le gustaba escuchar aquellos sonidos armónicos, aunque prefería el guirigay y el bullicio de las danzas populares: la zarabanda, la chacona o las danzas de cascabel, que eran atrevidas, levantaban las polleras y vasquiñas de las mujeres y dejaban ver el vuelo de sus enaguas blancas.

En el salón de baile, Felipe observaba a las damas de la corte mover sus pies al ritmo hipnótico del tambor. Sobre el pecho les colgaban collares con piedras de colores enhebradas en hilos de oro, y el monarca se fijaba cómo, al saltar, las piedras rebotaban sobre los senos ceñidos por corpiños de generoso escote. Destellaban los brillos de la luz en las piedras preciosas, sonaba el frufrú de las faldas de seda cuando los danzantes se rozaban, y el aire se llenaba del perfume de agua de rosas y de ámbar de las mujeres. El rey las miraba codicioso. Sobre su jubón de terciopelo le colgaba un medallón de oro, el mismo que había sido robado en el Palacio Real. Así lo imaginaba Elena, mientras oía los sones del clavicordio con los ojos cerrados.

A finales de junio la corte se desplazaba al palacio del Buen Retiro para pasar allí los meses de verano. En la ciudad arden las hogueras de San Juan y desde el palacio se ven sus destellos, al otro lado de los campos de barbecho. El Buen Retiro se ha construido por orden del conde-duque de Olivares como un regalo personal al rey, en unos terrenos que el valido poseía a las afueras de Madrid. Son tiempos difíciles para la monarquía española y Olivares ha querido levantar un escenario para la diversión cortesana y palaciega. Ha diseñado estanques artificiales y jardines con una pajarera exótica, un teatro, un juego de pelota y patios para montar a caballo. Mientras Madrid crece con calles estrechas, apretujadas, húmedas y malolientes, el palacio del Buen Retiro ocupa una extensión similar a la mitad de la ciudad. Es el símbolo de la pompa y la ociosidad de la corte en un momento en el que el país está cayendo por la pendiente de la decadencia. Fiestas, teatro, juegos, torneos, bailes de máscaras y visitas de comediantes. La corte se divierte, mientras los lanceros mueren en los campos de batalla y las calles de Madrid se llenan de pícaros y de mendigos.

Ese día el rey contempla desde el balcón el resplandor de las hogueras de San Juan y oye a lo lejos redobles de tambores y rasgueos de guitarras que invitan a la gente a bailar. Por la ventana entra la brisa como una bocanada de aire cálido procedente de las tierras del sur. El monarca siente una leve desazón veraniega y una indescifrable inquietud en el cuerpo.

Se asoma a la ventana y contempla a los comediantes que descienden de su carromato. Entre ellos está la Calderona, con sus mejillas enrojecidas y sus duras nalgas. El viento le ondula las sayas y la tela del vestido se agita con vaivenes incitadores. Al verla recuerda el frenesí de sus movimientos cuando le restrega en la cara sus generosos pechos. El ventanillo golpea levemente la pared empujado por el aire y el rey sale entonces de su ensimismamiento.

—Hoy los comediantes escenificarán una mojiganga —le dice el ujier, asomándose a la puerta.

Pero el monarca apenas se inmuta, absorto en otros planes más privados.

Al atardecer está ya acomodado en el Salón de Reinos, donde entra una luz suave por los ventanales abiertos en la parte alta de la pared, como grandes claraboyas verticales. Sentado en la primera fila, el rey contempla los escudos de Navarra y Portugal, que están encima del escenario. Después va viendo alrededor del salón la serie interminable de los veinticinco escudos de los distintos reinos peninsulares, del Nuevo Mundo y de Europa que conforman el imperio. Observa la enseña flamenca y lamenta que los Países Bajos sean escenario de continuas guerras. Cierra un instante los ojos, pero en ese momento atruena un sonido de tambores y chirimías, se abre la cortina del escenario y aparecen danzando dos bailarinas vestidas con pantalones bombachos de seda y velos africanos, que contonean la cintura y juegan a cubrir y destaparse el rostro con el velo. Cuando el rey las mira, ellas agitan con espasmos las caderas. Aunque el monarca permanece hierático, observa con deseo el vaivén enloquecido del vientre de las bailarinas.

Unas horas más tarde, cuando hace ya un rato que ha acabado la representación, se oyen los rápidos taconazos de unas botas resonando por los pasillos del palacio. Alguien cruza aprisa el laberinto de corredores en penumbra del Retiro. Al rato se oyen unos gritos:

—¡Abrid paso!

Retumban las voces entre las paredes.

—El rey no lo permite —explica la guardia, cerrando con las picas el corredor.

—Soy el marqués de Los Vélez y traigo noticias urgentes de Flandes para Su Majestad.

Las voces dan paso a un duelo. El marqués desenfunda su espada y se cuela rápido, sorprendiendo a los guardianes. Vuelve a enfilar aprisa el pasillo que lleva al cuarto donde despacha el monarca los asuntos del reino, seguido por los dos asustados centinelas. Con las manos enguantadas golpea el marqués con fuerza la recia puerta de madera. Está a punto de abrirla cuando el propio rey aparece al otro lado, en calzas y con cara de susto por el vocerío. Se inclina el marqués, sorprendido, y se aparta ceremonioso, con el sombrero en la mano, dando un paso atrás.

—Majestad —le dice—, los tercios de Vuestra Majestad han sido derrotados por los holandeses en Las Dunas.

—Está bien, marqués, retiraos —le responde el rey, sin reponerse aún del susto.

En el suelo yacen amontonados por la urgencia chapines y medias de seda, la camisa y los calzones del rey, sayas femeninas y unas enaguas de encajes y bordados. Encima de todas las prendas está tirado un medallón de oro. Sobre la mesa hay un amasijo de telas revueltas entre las que asoma la pierna desnuda de una mujer.

III

En la sala de seguridad del palacio Héctor estaba sentado frente al mural de las pantallas de vigilancia, con dos de sus colaboradores. Los inspectores David Luengo y Pedro Montilla eran sus hombres de confianza. Llevaban años trabajando juntos y durante ese tiempo habían intervenido en numerosos casos. El jefe de seguridad se encontraba detrás de ellos, de pie, apoyando las manos en el respaldo de una de las sillas.

—Ésta es la cámara que graba el acceso al vestíbulo —dijo David, señalando una de las pantallas.

—Y ésta, la de la Capilla Real —añadió Pedro, sentado con una actitud descuidada. Era grueso y de aspecto bonachón, y la gravedad del asunto que tenían que investigar no parecía agobiarle.

—Aquí se ven las imágenes de la cámara fuerte de la capilla —volvió a intervenir David—. Hemos reunido todas las cintas grabadas aquel día.

En la pantalla se veía a la gente que pasaba por el portón de acceso al palacio. Todos se detenían en el control antes de cruzar dubitativos el arco de seguridad y mirar con sumisión a los vigilantes. Sólo cuando recibían el asentimiento de éstos, se dirigían hacia las escalinatas, donde les esperaba el gesto feroz de los dos leones de mármol que custodiaban ambos lados de la escalera principal. Al pulsar uno de los interruptores de avance del vídeo, las personas que visitaban el palacio comenzaron a moverse con gestos espasmódicos, veloces y desacompasados.

—Parece una película de Charlot —comentó el jefe de seguridad con un tono divertido, soltando una carcajada.

Héctor giró un poco el cuello hacia él y despegó los labios para responderle, pero al momento se arrepintió, volvió a mirar la pantalla y le dijo al que controlaba los mandos del vídeo:

—Rebobina hasta cuando ese hombre de la gabardina amplia cruza la puerta.

Las personas de la pantalla caminaron un rato hacia atrás con bamboleos ridículos, mientras la cinta chirriaba al rebobinarse. Luego repitieron la entrada como si fueran actores de una película en blanco y negro.

—¡Ése! —dijo señalando al hombre de la gabardina—. Ése está buscando dónde están colocadas las cámaras. Fijaos cómo dirige la mirada a las esquinas. Pasa a la cámara siguiente.

En la pantalla surgieron las imágenes tomadas en la puerta del Salón de Alabarderos.

—Y ahí ha cruzado la puerta mirando al suelo, de medio lado, para que no se le identifique —comentó David.

—Para esa imagen —pidió Héctor—. ¡Ése! —Volvió a señalar con el índice—. El que mira al suelo y al llegar al ángulo de la cámara se gira un poco. Ése conoce la posición de las cámaras, no hay duda. Y sabía que estudiaríamos las grabaciones.

En la pantalla quedó congelado el gesto de aquel hombre, apenas una silueta borrosa.

—Pasa a la cámara del vestíbulo —pidió nuevamente Héctor—. Vuelve al momento en que cruza el control.

El técnico del vídeo llevaba a cabo con diligencia cada una de las indicaciones y todos observaban en la pantalla a la persona que en ese momento pasaba con aire receloso el control de seguridad.

—Detenlo cuando mira hacia arriba, buscando las cámaras —ordenó Héctor—. Congela esa imagen. Rebobina un poco. Avanza despacio. Párala ahí.

En la pantalla se adivinaba la mirada temerosa de un hombre que levantaba la cabeza hacia el ángulo donde estaba colocada la cámara de seguridad. Llevaba una gabardina larga y tenía la cara embozada por una bufanda.

—Amplía esa imagen —dijo Héctor a David—. Límpiala todo lo que puedas y haz el retrato de esa persona. Identifica a todos los que veas en situación sospechosa como él. Y luego, búscalos.

El secretario particular del director encargado de custodiar los archivos la precedía por los pasillos que recorren los sótanos del Palacio Real, iluminados de forma tenue. Bajaron las escaleras de piedra y giraron varias veces a izquierda y derecha, como si estuvieran recorriendo el trazado de un laberinto. Él había accedido de mala gana a facilitarle los documentos que Elena le solicitó, y únicamente porque le había mostrado un permiso especial. A pesar de eso, la miró con recelo, descolgó el teléfono, desconfiado, y solicitó la preceptiva autorización. Sólo entonces, incómodo a pesar de todo, consintió en guiarla por aquellos pasillos enrevesados, en los que podía extraviarse cualquiera que no conociera bien su trazado.

—Es aquí —le indicó, abriendo la última puerta, después de haber tecleado un código en el control situado en la pared.

Dejó que ella entrara en primer lugar a aquella estancia situada al fondo de un corredor en penumbra. Después se acercó a uno de los archivadores, revolvió entre las carpetas y le pasó unos legajos, mientras le advertía:

—No está permitido sacar ningún documento de este depósito. No está permitido alterar su orden. No puede fotografiarlos ni hacer ninguna marca en ninguno de ellos. Además, debo permanecer junto a usted mientras realiza su consulta. —Y añadió con un gesto severo—. Son las normas.

Elena se dirigió a una pequeña mesa adosada a la pared, acercó la silla y abrió uno de aquellos legajos antiguos. Contenía el inventario original de los bienes de palacio realizado a la muerte de Felipe IV. Pasó las hojas, leyendo minuciosamente cada una de las anotaciones, sin preocuparse de la mirada recelosa del hombre que permanecía de pie, a su espalda, observándola con el cuidado con el que se vigila a un timador.

Pasó el tiempo, pero Elena se demoraba en cada una de las líneas de esos papeles perjurados. No era fácil interpretar su contenido. Algunas palabras estaban escritas con abreviaturas o se referían a objetos ya inexistentes, o eran citados con nombres en desuso.

De vez en cuando Elena colocaba las manos detrás de la cabeza, hacía un ligero estiramiento, se volvía hacia el hombre vigilante detrás de ella y le sonreía al observar su rostro severo.

Al cabo de un rato compuso un gesto de sorpresa. Se inclinó inquieta sobre los papeles y repasó con detenimiento lo que había leído.

—¡Aquí está! —comentó entre dientes.

Apartó uno de aquellos papeles y sonrió satisfecha.

Al volverse para extraer algo del bolso que había colgado en el respaldo de la silla, el secretario dio un paso, precavido.

—Necesito una libreta —explicó ella—. He de hacer algunas anotaciones.

Elena copió entonces la descripción que se citaba en aquel inventario: «Colección privada de S. Mg., lignum crucis. Sello de oro tallado con la imagen del paraíso y retrato de S. Mg. Medallón del Sol.»

—¿El medallón del Sol? —preguntó Héctor, extrañado—. ¿Qué es el medallón del Sol?

—Eso quisiera saber yo —le contestó Elena, que caminaba junto a él atravesando la plaza de la Armería en el exterior del palacio.

Desde los jardines del Campo del Moro subía un viento helado que hacía volar en remolinos algunas hojas desperdigadas sobre las losetas de la plaza. El sol se asomaba tímidamente sobre el cielo blanquecino de la ciudad, pero apenas conseguía caldear un poco la tibieza del ambiente gélido. Hacía frío aquella mañana y Héctor se levantó el cuello de la chaqueta para protegerse del aire.

—He descubierto algo —añadió Elena—. La pieza robada no estaba completa. Formaba parte de otra joya más grande. Y entre las dos componían el medallón del Sol. De la existencia de ese colgante sí que hay testimonios en documentos del siglo XVII.

—¿Testimonios de qué? —preguntó Héctor, escéptico.

—De que el rey lo llevaba. Por ejemplo en el auto de fe que se celebró en 1632. He consultado los dos documentos de la época que se conservan de este auto: uno lo escribió el arquitecto Juan Gómez de Mora, que fue el encargado de hacer el proyecto del tablado para que pudiera celebrarse en la plaza Mayor de Madrid; el otro lo redactó el oficial más antiguo de la Inquisición, Gaspar Isidro de Argüello, uno de los que prepararon toda la documentación para la ceremonia. Los dos estuvieron presentes en la plaza.

—Un auto de fe... —pronunció Héctor con recelo, porque no le gustaba nada el cariz que estaban tomando las indagaciones de Elena.

—Sí, un auto de fe. El único que se hizo en todo su reinado, un acto de gran relevancia. Se convocó para hacer una lectura pública de causas juzgadas por el Santo Oficio. Se leyeron las condenas ante el público, con la asistencia de los cincuenta y tres enjuiciados en un graderío, y allí mismo se procedió a la ejecución de las sentencias, que para siete encausados era ser quemados vivos.

—Menudo espectáculo...

—Pues, aunque no lo creas, sí que era un espectáculo, ya ves tú. Acudieron los nobles vestidos con sus mejores trajes, los obispos, el cabildo de la catedral y el tribunal de la Inquisición. Imagínate una larga procesión de gente principal a caballo, engalanados con paños de hilo de oro, estandartes agitados por el viento, cruces, cirios encendidos y una compañía de alabarderos con picas y banderas, recorriendo las calles y entrando en la plaza Mayor con trompas y timbales.

—¿Y los reos también iban en esa procesión?

—Por supuesto. A los más contumaces los conducían amordazados, para que no profirieran improperios durante la ceremonia ni insultasen a la gente que los increpaba en el recorrido. Otros llevaban la cabeza cubierta con sambenitos. Los de condenas más livianas portaban velas en las manos o sogas atadas a la garganta, que indicaban el número de azotes que iban a recibir según los nudos que tuvieran.

—Bonito espectáculo... —repitió Héctor, irónico—. ¿Y qué tiene que ver eso con el medallón robado?

—Tiene que ver, ya lo verás... El auto de fe era también un compromiso público de la monarquía en la defensa de la religión. En aquella ceremonia el inquisidor general tomó juramento al rey, que se arrodilló descubierto. ¡El rey! —recalcó Elena—. ¡Con la cabeza descubierta y jurando ante el inquisidor...! Sobre el pecho llevaba un medallón, que era un *lignum crucis* con la imagen del paraíso. Puso la mano sobre la cruz y juró defender la fe católica, perseguir a los herejes y ayudar a los fines del Santo Tribunal de la Inquisición. «Así lo juro y prometo por mi fe y palabra real», dijo delante de todos, ante las preguntas del inquisidor.

—¡La Inquisición! —estalló malhumorado Héctor—. Siempre con la Inquisición a vueltas... ¿Cuándo dejaremos en este país de arrastrar la imagen de la España negra?

—Bueno..., eso ocurrió hace muchos años, es verdad; pero no deberíamos olvidarlo. Aún no hemos dejado de quemarnos entre nosotros.

—¡Qué dices! —protestó Héctor.

—No hay más que echar una ojeada a la historia...

En el silencio de la plaza de la Armería a esa hora temprana de la mañana comenzó a resonar el ulular lejano de unas sirenas. Los dos se detuvieron a escuchar las alarmas cada vez más estridentes de los coches de la policía que se acercaban. Quietos en medio de la plaza, contemplaron el resplandor azul de las luces que cruzaron veloces la plaza de Oriente y se fueron perdiendo conforme se alejaban hacia la Puerta del Sol.

—¿Qué habrá ocurrido? —preguntó Héctor, con gesto preocupado.

Elena se volvió hacia él.

—¿Sabes lo que pasó después de aquel auto de fe? —dijo, mirándole fijamente a los ojos.

Héctor la observó con escepticismo. Elena llevaba anudada al cuello una bufanda amplia, liviana y llena de colorido. Contempló sus ojos brillantes, el color sonrosado de su cara, su gesto de entusiasmo, casi eufórico, mientras le miraba desafiante, como quien ha descubierto un secreto oculto durante largo tiempo.

—Al volver la comitiva hacia el Palacio Real —le explicó ella—, un anciano atravesó el cordón de la guardia, se acercó al rey y con gravedad gritó con voz profunda que desde Bamba no había habido un gobierno peor que el que ahora dirigía el reino. El anciano tenía un porte digno, llevaba una larga barba blanca y apoyaba la mano sobre un cayado de roble. Agarró el medallón del Sol que el rey llevaba sobre el pecho y mirándolo declaró, como si de una maldición se tratara, que el monarca no cumplía la ley de Dios, y que estuviese atento porque le esperaba la muerte.

—¿Que le esperaba la muerte? —se extrañó Héctor.

—Sí. Así lo escribió Barrionuevo por aquellos años.

—¿Y qué hicieron los miembros del cortejo?

—Se asustó el rey, tardó en reaccionar la guardia y a Jerónimo Villanueva, que estaba cerca, no se le ocurrió mejor defensa que darle en la cabeza al anciano con la vela que llevaba en la procesión.

—¿Quién has dicho que le dio con una vela?

—Jerónimo Villanueva, uno de los hombres más cercanos al rey. Fue secretario de Estado y uno de los miembros de la camarilla privada del monarca. Él tuvo mucho que ver con ese medallón. Te cuento su historia...

A Héctor no le interesaba enredarse en disquisiciones. No le interesaba Villanueva, ni los autos de fe, ni perder el tiempo hablando de ancianos de barba blanca. Sólo pensaba en la seguridad maltrecha del Palacio Real. Así que la interrumpió, comentando:

—Vaya seguridad... Un cortesano defendiendo al rey de España a velazos.

—Poco eficaz, desde luego —reconoció Elena—. Pues en ese momento, el anciano miró a Villanueva con tal furor en los ojos que todos quedaron paralizados; se volvió y desapareció entre la multitud antes de que nadie reaccionara. Así se cuenta en uno de los *Avisos* que se escribieron aquel año.

—Muy bonito —intervino Héctor—, pero ¿qué tiene esto que ver con el asunto que nos ocupa?

—¡Ese medallón es el que ha desaparecido!

—Sí, pero lo que tenemos que hacer es buscarlo, no entretenernos en historias del pasado —le recriminó Héctor.

—El pasado siempre vuelve. Está en nosotros. Somos también nuestro pasado. Si queremos entender lo que somos no podemos olvidar lo que hemos sido. Comprender lo que ocurrió ayer nos ayuda a entender lo que sucede hoy.

Héctor hizo un gesto de rechazo, cerrando los ojos y moviendo la mano como quien espanta un mosquito. Dio media vuelta y se encaminó hacia la puerta del palacio. De nuevo volvieron a sonar sirenas en las calles cercanas. Ambulancias y coches de bomberos cruzaban veloces y dejaban a su paso un fragor de urgencia, hasta que el ruido se perdía a lo lejos.

—Algo grave ha pasado en la ciudad —comentó Elena.

—El país así no se sostiene —reflexionó Héctor para sí mismo—. El presidente Suárez tiene los días contados.

Elena vio cómo Héctor cruzaba la puerta del palacio y desaparecía en el interior. Se preguntó cuántos secretos permanecerían aún ocultos en ese recinto, que jamás llegarán a conocerse. Entre esos muros de piedra forjaron pactos y traiciones hombres sin escrúpulos. Pero allí también dejaron su rastro de perfume princesas frágiles que arrastraron por los salones velos de tul, seguidas por los ojos codiciosos de sus pretendientes. La impiedad del poder y la delicada sensualidad del amor habían dejado sus huellas durante siglos en aquellas paredes. Y esas huellas le interesaban más a Elena que el rastro de la mano que había robado la joya de la capilla.

Volvió a pensar en Jerónimo Villanueva, porque había comprobado que era una de las primeras personas que en los documentos se le vinculaba al medallón del Sol. Villanueva era uno de los acompañantes habituales del joven Felipe: uno de los ojeadores que utilizaba el rey en sus aventuras galantes. Fue uno de los protegidos del conde-duque de Olivares y uno de sus más estrechos colaboradores. Desde su puesto como primer notario del Consejo de Aragón, llegó a secretario de Estado y fue miembro del Consejo de Guerra del Reino. Elena había recopilado datos de su vida y sabía la relación que tuvo con el colgante robado, pero Héctor no había mostrado ningún interés por conocerla, preocupado sólo por buscar huellas del robo entre las moquetas del Palacio Real.

Se acercó hacia la verja que se asoma a los jardines del Campo del Moro. Apoyada en la balaustrada de piedra dejó vagar la mirada sobre la fronda de los árboles hasta llegar al remanso de las orillas del Manzanares. En el aire de aquella mañana fría de Madrid seguía resonando el eco de las sirenas, que no presagiaban nada bueno. Pero Elena se había acostumbrado ya a la inseguridad de aquellos días inciertos en los que cualquier cosa era posible. A veces un país se instala durante un tiempo en la incertidumbre y vive al filo del abismo, obligado a dar un brinco entre dos montañas. Así eran aquellos días en los que se había saltado hacia la democracia, pero una vez dado el salto, España se tambaleaba por el impulso, inestable al borde del barranco. Eso pensaba Elena mientras oía a lo lejos el ulular de las sirenas. Sentía en la cara el aire frío de poniente que ascendía por la ladera. Cerró los ojos y pensó en las andanzas de Jerónimo Villanueva, un hombre conspirador que tantas veces había transitado por aquellas mismas losas que ella pisaba.

Villanueva era un personaje influyente en la corte; apoyaba al valido en sus estrategias políticas y al rey le procuraba diversión. Pero era un hombre peligroso: sabía más de la cuenta, no ignoraba nada concerniente al rey y su valido. Conocía todas las situaciones poco nobles en las que ambos habían estado enredados. Era el alcahuete en muchas de las correrías del monarca. Pero si Elena se interesaba por él era por lo que había leído en una crónica de la época: que Villanueva siempre mostraba un medallón como prueba de que actuaba como recadero del rey. Él lo ignoraba, pero ese medallón que le abría las puertas del poder mundano iba a acarrearle también la desgracia.

En ocasiones Villanueva va al atardecer al paseo del Prado, donde se congregan las gentes ociosas, entre ellas, mujeres dispuestas a satisfacer alguna perentoria necesidad. Ésos son los gustos del joven Felipe, nada exigente en sus amañadas conquistas amorosas. Prefiere las nalgas de una descarada campesina a la palidez de una cortesana llena de mohínes.

Villanueva comprueba siempre la calidad de lo que luego le ofrece al rey. Un día se acerca al paseo como otras veces. Camina al acecho, con porte altivo. No oculta su aspecto de hombre principal, así que enseguida se fija en él una mujer embozada, envuelta en su mantón, que no deja de observarlo. Va ella en un carruaje, con las ventanillas abiertas. Cuando él se percata, por fin, de su mirada, se vuelve ella con recato fingido, entornando al mismo tiempo suavemente las pestañas. Lo mira otra vez, lánguida, y viendo que el galán aún tiene en ella fijos sus ojos, parpadea varias veces, le hace una señal con el abanico y saca su pañuelo blanco, dejándolo extendido sobre la puerta del carruaje indicando que está disponible. Entonces inclina la cabeza, tuerce levemente el rostro y vuelve a ojearlo de soslayo. Villanueva está ya atado a su mirada. Cuando él le hace un guiño, ella parpadea de nuevo, inclina despacio la cabeza en señal de asentimiento y cierra la cortina.

Él inspecciona los alrededores, comprueba que nadie está pendiente de sus movimientos, llega hasta la puerta, la abre y sube de un salto al asiento del coche.

El interior de la carroza se halla en una tenue penumbra. El cortesano inclina con prudencia la cabeza hacia la desconocida, al tiempo que ella acerca el rostro de medio lado. Así que se confía, ya más seguro, apoya las manos en sus hombros, la acerca hacia sí y busca sus labios. Roza primero levemente el pelo, busca a tientas la piel del cuello y la de los pómulos, hasta la boca. Se excita tras el encuentro, y con una mano aprieta la cabeza de ella contra su rostro, mientras revuelve ansioso con la otra los fardos de ropa, el oleaje de falda, pollera, enagua y sayas de raso. Palpa las medias, que son de algodón y no de carmesí ni de seda fina. Se extraña del tacto basto de las telas, pero está más pendiente de encontrar la ternura de la carne y de los sabrosos labios de la mujer que de la calidad de sus ropas. Así que bucea entre pliegues de lana, arrugas de algodón y asperezas de raso; choca contra las prendas abrochadas, aparta telas, indaga en recónditos amasijos de ropa, pero no encuentra nada.

Muerde el hombre, ansioso, los labios de ella, agarra con la otra mano su cintura, la aprieta más fuerte contra sí, mide a ciegas las distancias y revuelve con desesperación en la entrepierna. Palpa entonces un bulto sospechoso, una daga tal vez, un palo oculto, un puñal, un nabo. Se separa, asustado, de aquel cuerpo ambiguo, escruta su cara en la penumbra y ve el rostro que se le ofrece: la peluca ladeada y revuelta, la nariz gruesa y la prominente barbilla.

—¡Un hombre! —grita Villanueva, sorprendido.

Y, sin pensarlo dos veces, se aparta raudo, abre la puerta, salta del carruaje y se aleja frustrado, recomponiéndose el pantalón y la chaquetilla bajo la que guarda el colgante del rey enredado en el cuello.

Héctor subió aprisa los peldaños de la escalinata principal. Al llegar al segundo tramo, para darse un impulso, se apoyó en las garras de uno de los leones de mármol que rugen en silencio desde el pedestal de la barandilla, custodiando aquel acceso al palacio que había perdido para él su antigua condición de inexpugnable. Los inspectores Pedro y David salieron a su encuentro desde la galería que rodea la planta del edificio.

—Tenemos tres sospechosos —le comunicó Pedro, mientras caminaban hacia los arcos de la galería sin detenerse.

—¿Sospechosos de qué? —preguntó Héctor.

—De cómo se comportaron en el palacio. Las cámaras de seguridad grabaron a una persona que hizo la visita dos días seguidos. Y la segunda vez fue directamente a la capilla.

—¿Están localizados?

—Aún no. Los están buscando. Uno de ellos parece de Europa del Este. Hemos pasado los retratos a la Interpol.

—Ve a la Policía Nacional y comprueba todos los archivos. No hay que descartar ninguna hipótesis.

—A eso iba.

—Que te den las listas de los grupos antimonárquicos. ¿Has hablado con la Brigada de Información?

—No, no he requerido sus servicios —le contestó, extrañado de que hubiera que implicar en el robo de una joya a la Brigada de Información Política.

—Pues ¿a qué esperas? —exclamó Héctor—. Hay que pasarles esos retratos ya.

—Sí, señor —dijo Pedro, iniciando un amago irónico de saludo militar.

—Pero nada de hablarles del robo. Diles que se trata de una identificación rutinaria. Ya sabes cómo son los de la Brigada...

—Menuda pandilla... —corroboró Pedro.

Vestía una gabardina de color claro y llevaba el cuello levantado, como si conservara aún hábitos de sus días de seguimientos callejeros en la Brigada de Investigación

Criminal. Siguiendo las instrucciones de Héctor, dio media vuelta y se marchó, balanceándose con el paso torpe a que le obligaban sus kilos de más.

Héctor y David siguieron andando bajo los arcos de la galería. Héctor tenía en la mente la escena de cómo había volado por los aires hacía unos años el coche del presidente del Gobierno, Carrero Blanco, en las calles más transitadas del mismo centro de Madrid. El Palacio Real era un punto crítico, y cualquier agujero de seguridad en él era un asunto grave. No era probable que se estuviera tramando algo así en el Palacio Real, pero Héctor era meticuloso y su celo le llevaba a no dejar suelta ninguna línea de investigación. Eran tiempos desequilibrados y confusos. Todas las mañanas leía en el periódico la noticia de algún atentado o sabotaje. No había aquellos días ningún remanso de paz. ¿Qué presidente, papa o rey está a salvo de la bala de un perturbado?, se preguntaba Héctor mientras oía a lo lejos el zumbido de las sirenas de los coches de la policía.

Desde el ala norte del patio, justo enfrente de la pared por encima de la cual se alzaba la cúpula de la capilla, miró la balconada de piedra del segundo piso.

—¿Es posible que alguien se haya descolgado por esos muros? —preguntó.

—No parece probable. Pero puede ser... —le respondió David con cautela—. En estas circunstancias, no hay que descartar ninguna hipótesis —añadió, repitiendo con intención las palabras que él mismo había dicho antes.

David tenía un aspecto enclenque. Delgado y con gesto siempre serio, era en ocasiones irónico y hasta mordaz. En su trabajo se mostraba minucioso y detallista; no daba nada por supuesto sin haberlo comprobado antes con rigor. Héctor confiaba plenamente en él; sabía que era prudente, pero también resolutivo: acumulaba indicios y pruebas, y cuando estaba seguro de una hipótesis, actuaba sin demoras, asumiendo el riesgo de equivocarse.

—Vamos —le dijo Héctor—. Tenemos que subir al tejado.

Cuando llegaron a la cubierta superior de la capilla, los dos se asomaron a la balaustrada de piedra que daba al patio. Desde allí todo parecía ordenado y tranquilo. Los ventanales de la galería estaban cubiertos con cortinas que llegaban todas a la misma altura. Las persianas de madera del segundo piso estaban cerradas. Nadie se asomaba a aquellos balcones; nadie cruzaba en esos momentos las losas cuadriculadas del patio. Desde sus pedestales, los reyes de piedra que vigilaban la puerta de entrada mostraban también un gesto despreocupado ante el sosiego de aquel recinto.

Caminaron sobre las cubiertas de plomo del tejado. Héctor se agarró a una de las chimeneas de piedra. Observó los orificios de salida del humo y comprobó que nadie podía introducirse por esos tubos estrechos. Se acercó a las claraboyas que iluminaban la capilla. Todas las vidrieras estaban intactas y no habían sido removidos los herrajes que las protegían. Levantó la vista hacia los jarrones flameros que ardían alrededor de la cúpula. Miró otra vez la fachada de enfrente: las pilastras, las columnas adosadas, los capiteles jónicos, la gran cornisa que rodeaba la balconada de piedra.

—No parece que nadie haya podido acceder a las estancias del palacio por estas cubiertas —comentó David.

—No parece... Pero a veces las cosas no son lo que aparentan.

Desde el tejado extendió la mirada sobre la ciudad que nacía a los pies del palacio y se perdía en el horizonte, más allá de la línea divisoria entre el campo y las viviendas. Levantó la vista, vio el cielo azul sobre las casas, respiró hondo y quiso infundirse ánimo ante la tarea que le aguardaba. Contempló los edificios de distintas alturas, que se levantaban sobre un fragor de coches, bocinas, petardeos de motocicletas y ruidos de las obras que se estaban haciendo en el pavimento de las calles cercanas. Sobre ese estruendo cotidiano seguían sonando las sirenas de las ambulancias.

—¿Qué ha pasado? —preguntó Héctor.

—Otro atentado de ETA —le respondió el inspector—. Un militar.

—¡Cuándo acabará esta sangría...! —exclamó Héctor, y al volver el rostro hacia la claraboya de acceso al tejado, no reparó en los nubarrones que empezaban a formarse a lo lejos, unos más allá del Cuartel de la Montaña; otros, al otro lado de las lomas de Somosierra. Cuando los embates del viento gélido los empujasen en direcciones encontradas, acabarían chocando inevitablemente y se formaría una tormenta airada sobre las calles agitadas de Madrid.

IV

El director del Patrimonio Nacional era un hombre afable. Tenía el pelo blanco, un escueto bigote y una perilla que llevaba siempre arreglada con esmero, como si en todo momento hubiera acabado de salir de la barbería. Sentado a la mesa del despacho, parecía un elemento más de la ambientación de aquella sala amueblada con un estilo decimonónico. Los grandes cortinajes que tapaban las ventanas, los armarios de madera oscura, los sillones de cuero negro y las dos mesitas rinconeras cubiertas con una tela de tafetán sobre las que reposaban unos platos damasquinados componían un conjunto tan vetusto que Elena no resistió comentarle:

—Director, hay que cambiar la decoración de este despacho.

Él la recibió sonriente, mientras se levantaba para saludarla.

—Ahora no es el momento. Ni yo mismo sé el tiempo que me queda aquí... —respondió un poco enigmático.

Al acercarse, Elena percibió el perfume de su rostro recién afeitado. «Demasiado intenso —pensó—. Un poco empalagoso.»

—¿Cómo va la investigación? —se interesó él.

—El medallón que robaron es una de las dos partes

que componían un colgante de oro macizo que perteneció a Felipe IV.

—¿No era una pieza completa?

—Sí, se llevaron la pieza que se conservaba en la arqueta de la Capilla Real, pero ese medallón estaba encastrado en otra pieza de oro más grande.

—Vaya... —se extrañó él.

—Lo curioso es que ese colgante era usado como un sello acreditativo de que quien lo llevaba era un mensajero del rey.

—Muy interesante —dijo, intentando manifestar atención por el tema.

—Yo creo que por eso lo robaron; no por su valor como pieza de oro.

—Pero su valor como antigüedad no es despreciable.

—Desde luego —admitió Elena—. Pero podían haber robado otros objetos más valiosos que estaban en el mismo lugar. ¿Por qué no lo hicieron? ¿Por qué se llevaron sólo ese medallón? Porque tiene algún significado para quienes lo cogieron. Eso pienso yo.

—Parece coherente lo que dices —reconoció él.

Elena percibió que el director del Patrimonio Nacional no estaba cómodo hablando del tema. Tenía las manos sobre la mesa, con los dedos entrelazados, y la observaba impertérrito. Elena se fijó en su pulcro atuendo, un traje oscuro de corte arcaico. Miró después sus finos dedos, que tenían las uñas recortadas con delicadeza. Al reparar en su impasibilidad, comprendió que con sus respuestas escuetas parecía indicarle sin disimulo el deseo de poner fin al encuentro cuanto antes.

—Pero todo esto no le interesa nada al jefe de la investigación de Delitos contra el Patrimonio —le reveló Elena.

—Pues es un hombre muy competente.

—Él cree que lo único que cuenta es descubrir huellas y seguir el rastro que pudieron dejar los ladrones. El pasado no le interesa.

—Vaya...

—Yo pienso que si descubrimos qué significa esa pieza, sabremos quién puede estar interesado en tenerla.

—Desde luego.

—El que la ha robado no lo ha hecho por lo que vale, sino por lo que representa —insistió Elena, intentando convencerle de la importancia de descubrir ese aspecto.

—Claro —respondió él, sin más.

Elena advirtió que el director del Patrimonio quería desvincularse del tema. Eso parecía estar empeñado en transmitirle con su falta de interés: que ese caso no era de su incumbencia. Pero a Elena eso le extrañó más. Al fin y al cabo, él era el responsable máximo del Patrimonio, no podía mantenerse al margen de lo que ocurriese. Pensó entonces que aquel hombre estaba ya cerca de la jubilación y quizá sólo esperaba que llegara cuanto antes el sosiego del retiro, sin que nada turbara sus últimos meses en aquel vetusto despacho. Así que lo miró a los ojos y le preguntó:

—¿Qué se supone que tengo que hacer yo en este asunto?

Él se extrañó de la pregunta.

—Lo que estás haciendo, supongo —respondió diplomático.

—Pero ¿cuál es mi misión en todo esto? ¿Por qué estoy yo en medio de un equipo de policías que lo único que quieren es investigar el robo y que les deje en paz?

La miró como si algo le hubiera desconcertado de repente. Descruzó las manos y las extendió sobre la mesa.

—El ministro mostró interés en incorporar a la investigación una persona que conociera el siglo XVII. Le dijeron que no se sabía con exactitud cómo era el objeto que había desaparecido. Tú eres historiadora. Eres asesora del ministerio para temas relacionados con la monarquía. Necesitamos a alguien que investigue en archivos y catálogos, para averiguar cómo es exactamente la pieza robada. Y que eso ayude a la investigación. Por eso te llamé la mañana del robo.

—Quiero hacer mi trabajo con tranquilidad —exigió ella—. Necesito autorización para poder consultar todos los documentos reservados sin problemas. He de poder fotocopiarlos y trabajar con ellos sin trabas. Quiero un permiso para moverme con libertad por todas las estancias del palacio.

—Es razonable —aceptó él—. Tendrás esa autorización.

—Y que no haya interferencias en mi trabajo por parte de la Brigada de Delitos contra el Patrimonio.

—No las habrá.

Abrió uno de los cajones de la mesa, sacó una tarjeta con membrete del ministerio y escribió rápidamente unas líneas.

A Elena le extrañó que no planteara ningún reparo a su petición y que tampoco diluyera su responsabilidad solicitando el permiso a una instancia superior. Él, que siempre parecía esquivo y rehuía comprometerse, le garantizaba plena libertad de movimientos y no ponía ninguna objeción a sus pretensiones de campar a sus anchas en las zonas más reservadas de los archivos. Era extraño.

Mientras le entregaba la tarjeta, él le preguntó:

—¿Qué piensas hacer?

—Tendré que seguir la pista de ese medallón y reconstruir cómo era completo... Tal vez el que lo ha robado tenía ya una de las dos partes y lo quería íntegro. Sé que una de las dos piezas estuvo en manos de Jerónimo Villanueva. Y que le servía como acreditación cuando actuaba como recadero del rey. Porque una de las funciones de ese personaje era mediar en los galanteos del monarca.

—¿Jerónimo Villanueva? —preguntó él—. ¿El que acabó procesado por la Inquisición por facilitar los amores del rey con una novicia del convento de San Plácido?

—Ese mismo —confirmó Elena—. Al que el Santo Oficio acusó de profanador e iluminado, a pesar de todo el poder que tenía.

—Un caso muy sonado...

—Y no fue el único en el que se vio envuelto —dijo Elena—. Porque él mismo experimentó la deshonra en sus carnes. Se dijo que su mujer mantuvo relaciones con un funcionario de la corte.

—¿Ah, sí? —se extrañó el director del Patrimonio.

—Sí —confirmó ella—. Y no le gustó nada.

—Es curioso qué distinta vara de medir había en aquella época para los hombres y para las mujeres.

—En aquella época y en ésta —exclamó Elena—. Si un hombre tenía amores con una mujer, sin matrimonio de por medio, la que quedaba marcada por la deshonra era ella. Y no sólo ella; también toda su familia: el marido, el padre, los hermanos.

—Eran tiempos curiosos.

—¿Curiosos? Algo más que eso... —quiso matizar Elena con contundencia—. Se vivía una doble moral. Oficialmente se exigía decencia, pero hasta el rey tuvo hijos bastardos reconocidos. Y cuántos más tendría que no se conocen...

—Eran tiempos contradictorios —concluyó él, levantándose y acompañándola hasta la puerta—. Mantenme informado de cómo van las investigaciones —le dijo, sorprendiéndola, y enseguida cambió de tema para despedirse—. ¿Ya sabes cómo acabó Jerónimo Villanueva?

—Lo sé —respondió ella—. Ésa puede ser una clave —añadió mientras salía del despacho y se alejaba por el pasillo.

En la calle, Elena volvió a sentir el frío de la mañana invernal. Para ir hacia el archivo, pasó junto a las escalinatas de la iglesia de San Felipe. Sólo una anciana subía por ellas en ese momento, pero aquel rincón de la ciudad había sido en otro tiempo un lugar de citas muy frecuentado, en el que se aireaban todos los amoríos. Nada que se hiciera en oscuro quedaba oculto para los abonados a las habladurías de aquel mentidero. En las escaleras se congregaban tunantes y rufianes, mosqueteros, gentes dedicadas a la holganza, escuderos, galanes al acecho, haraganes y timadores, soldados inválidos y estudiantes famélicos. En una esquina se amañaba alguna tropelía y se pagaban con maravedíes engaños y venganzas, mientras la parroquia repasaba los últimos galanteos y se cuchicheaban en pequeños grupos confidencias secretas que pronto acabarían siendo conocidas por todos.

Junto a las escalinatas de la iglesia, Elena recordó un documento que había leído, en el que se contaba cómo fueron aquellos días en los que el secretario de Estado, Jerónimo Villanueva, uno de los consejeros privados del monarca, estaba nervioso y fuera de sí, sospechando las malandanzas de su mujer con un funcionario de palacio que trabajaba en la secretaría de la Estampilla.

En el mentidero de San Felipe se comenta que una dama de hombre principal tiene amores con un servidor de la corte, bufón del rey y empleado en una de las secretarías que sellan los documentos reales. Eso le han susurrado voces maliciosas a Villanueva. Él observa que su mujer lleva unos días pálida. Tiene opilaciones, le insinúan en palacio. Y él mismo le pregunta un día adónde va, al verla salir con un cántaro a media tarde.

—Voy a la fuente del Acero —responde ella.

Y eso preocupa más al pobre Villanueva, que conoce bien los efectos de esas aguas sobre el cuerpo femenino. Si ella sufre el desarreglo de las opilaciones y está pálida y se le ha interrumpido la costumbre, es que algo ha hecho para cortar el ajustado reloj biológico que rige el cuerpo de las mujeres. Y todo con la obvia intención de que no acabe en alumbramiento el gozo. Pero en ese placer no le tiene a él como compañero, sino a otro.

Durante varios días se consume de celos y rabia por el deshonor que le acarrean las malas lenguas. Hasta que una noche ya no aguanta más. Espera en la sala a que ella se desnude y entra en la alcoba como un huracán, encontrándola vestida sólo con una enagua blanca.

—Dicen, mala mujer, que te han visto con don Diego de Acedo —le grita, poniéndose en jarras delante de ella.

—Por Dios, Jerónimo, ¿cómo puedes prestar oídos a tales tonterías?

—Te he visto riendo con él en los corredores del palacio.

—Don Diego es a veces ingenioso, pero de ahí a lo que imaginas...

—El otro día te seguí hasta la fuente; y allí apareció él cuando estabas llenando el cántaro.

—¿Y qué, si alguna vez nos hemos encontrado por casualidad?

—Vi cómo le dabas agua.

—Tal vez él me la pidiera.

—Vi cómo frotaba en tu delantal sus labios.

—El descaro es propio del oficio de bufón.

—¿El descaro, dices, o la lujuria?

—¿Otra vez estás con la misma murga?

Villanueva se acalora aún más al ver la displicencia de ella y le grita, ya fuera de sí:

—¿Murga o deshonra? ¡Confiesa que os habéis visto! ¿De dónde venías, si no, ayer tarde con el pelo revuelto?

—¿Ayer revuelto el pelo, con el viento que hacía? ¿Y eso te extraña?

—Sí, revuelto. ¿Y esto que encontré en tu falda?

Villanueva busca en el jubón. Saca unas pajas de cereal tronchadas y se las muestra estirando el brazo hasta el rostro de ella, que lo mira atónita.

—¿Lo ves? ¿En qué pajar te metiste? ¿En qué corral os solazasteis? ¿Contra qué pared te dejaste aplastar mientras él te babeaba la cara con sus labios?

Ella lo mira, incrédula, sin saber qué responder.

—Di, mujer infame, di por qué te dejas abrazar por ese mal nacido, por ese deforme hijo del pecado, por ese putón enano.

Ella calla y por un momento baja la cabeza.

—Estas pajas enredadas en tu sayal señalan tu pecado —dice él, volviendo a la carga—. ¡Confiesa! Reconoce que es verdad lo que todos me cuentan.

—Estás tronado, Jerónimo —responde ella al fin, mirándolo con asombro.

—¿Tronado, dices, encima? ¿Yo, que he de sufrir la afrenta de tu deshonra? —Villanueva enrojece de ira—. ¿Tronado yo, que tengo que aguantar cada día en la mirada de los otros el reproche de mi deshonor? ¿Tronado me llamas, cuando, si estoy loco, es por tu deshonra?

La rabia le arrebata a Villanueva, que está fuera de sí, descontrolado. Lleva la mano a la espada, la desenvaina y, sin pensarlo, la ensarta en el pecho de su mujer. Salpica la sangre. Mancha de rojo el blanco inmaculado de la enagua. A ella se le doblan las piernas y se acerca a su verdugo, tratando de agarrarse. Lo mira desquiciada, con los ojos incrédulos, más abiertos que nunca por el dolor. Con angustia se aferra al cordón que cuelga en el pecho de don Jerónimo e intenta mantenerse de pie. Pero él se aparta, extrae de la herida el tajo de la espada y sale corriendo, mientras ella se desploma sujetando entre las manos el cordón, roto por el tirón del cuerpo al derrumbarse, y el medallón que llevaba al cuello su marido.

Unas horas después, Villanueva está emboscado en una esquina, esperando. Por allí pasa cada día don Diego hacia la oficina de la Estampilla del rey. Hace frío y es aún noche cerrada, pero Villanueva está encendido de cólera. La defensa de su honor reclama venganza. Se envuelve en la capa y se queda acurrucado en la esquina, con la ropa arrugada, ojeroso, despeinado y con los ojos desquiciados de ira.

No lejos de allí, don Diego acaba de levantarse asustado al oír unos golpes de la aldaba. Un criado le envía aviso de que el rey va a salir de caza y él ha de acompañar al séquito, por lo que ese día no irá a la oficina de la Estampilla.

En las corralizas reales relinchan inquietos los caballos y resuena el eco de las herraduras en las losas del Alcázar. Se oyen voces de mando y hay un trasiego desacostumbrado a horas tan tempranas en las puertas del palacio. El sol está aún bajo, amarillento y débil, tumbado sobre el horizonte. La neblina del amanecer envuelve las casas de Madrid. El trajín de los cocheros ensillando los caballos rompe la monotonía de la corte. El rey y su séquito están ya en marcha.

Villanueva cabecea, adormilado. El frío del amanecer lo sorprende arrebujado en la capa. Espera. Pasa una hora. Y luego otra más. ¿Cómo es posible que no aparezca el maldito don Diego?

Acusa el cansancio y nota que se le van abotargando los sentidos. Como si estuviera ocurriendo de nuevo frente a él, ve cómo el hierro de la espada atraviesa el pecho traidor de la infame. Cómo salpica el chorro de sangre y se extiende la mancha roja en su enagua blanca. Cómo ella se desploma, le flaquean las fuerzas e intenta agarrarse a él, en un último abrazo inútil. «Se lo tiene merecido, por puta», se rebela.

Pero Villanueva no puede quitarse de la cabeza la última mirada de ella: la mirada de la muerte. La escarcha se le ha metido hasta los huesos y hace tanto frío que no para de temblar. Confuso por el sopor y el sueño, lo asaltan las dudas. Se debate entre el remordimiento y la ira. Su corazón es un tumulto atropellado de sentimientos. Se imagina a los dos amantes tumbados en el pajar y, luego, el andar chulesco de don Diego, y se enfurece. Después ve los ojos de ella como los recuerda de las noches en que se querían y lo miraban a él con afecto. Esos ojos lo contemplan, desesperados, desde la muerte. Y entonces piensa: ¿y si fuera un reproche de Dios?

Sólo entonces se percata de que no lleva al cuello el colgante que le dio el rey, e invade su memoria, como un fogonazo, la imagen de su mujer desplomándose con el cordón entre las manos. Siente pánico: esa cadena puede ser la prueba más clara de su delito. Duda. Está ya amaneciendo; una luz lechosa envuelve las calles y se pega, sucia, a las tapias de las corralizas donde se esconde. ¿Y si alguien del vecindario ha oído los últimos lamentos de la agonía de su mujer? ¿Y si alguien lo descubre mientras él se acerca para recuperar el sello real? ¿Qué puede hacer?

Se levanta con torpeza, se cala el sombrero, se envuelve en el manto y huye a esconderse en la hospedería del monasterio de Nuestra Señora de la Merced, donde vive fray Gabriel Téllez, el dramaturgo que firma sus obras con el seudónimo Tirso de Molina y con quien don Jerónimo tiene alguna amistad. Con él le manda recado al conde-duque y le pide que rescate como sea el medallón, que compromete al mismo rey. Después vuelve a quedarse solo en la hospedería, temblando de frío y de miedo.

V

La Capilla Real estaba tomada por agentes de la policía. En la puerta dos vigilantes tenían la misión de impedir el paso a quienes no mostraran la oportuna acreditación. Vestidos de uniforme o con trajes de civil, los policías estaban distribuidos por el interior de la capilla, iluminada en exceso, con todas las lámparas encendidas. Unos buscaban huellas en las paredes de mármol. Pertrechados con guantes, manejaban unas brochas con las que aplicaban una fina capa de polvo blanco para detectar cualquier huella sospechosa. Examinaban las manillas de las puertas y todos los rincones susceptibles de haber sido rozados por una mano descuidada. En la alfombra estaban marcados con cintas azules algunos cuadrados de distintos tamaños. Otras zonas se protegían con plásticos transparentes para que nadie borrara las posibles marcas que pudieran haber impreso las pisadas en aquella alfombra mullida. El flash del fotógrafo era apenas un mínimo destello en el fulgor de la capilla.

Héctor observaba pensativo el trabajo de cada uno. En medio de aquel ajetreo, él buscaba una señal reveladora. La función de aquellos agentes consistía en rescatar un resto minúsculo de tejido, un pelo extraviado, una mota náufraga en medio de la alfombra. Pero su misión era darle sentido a todo eso. Porque a veces tenemos ante nosotros signos tan evidentes que no reparamos en ellos. Él trabajaba con esos detalles. Su misión era sorprender los descuidos. A veces una distracción puede traicionar una operación diseñada milimétricamente. «Todos cometemos alguna negligencia —pensaba Héctor—, y en alguna de estas paredes ha de quedar la huella de un descuido», se decía a sí mismo para animarse.

En ese momento oyó voces en la puerta, se volvió y vio al jefe de seguridad del palacio, que se acercaba aprisa hacia él. «No puedo deshacerme de este tipo», pensó con disgusto; pero el hombre del traje gris estaba ya dentro de la capilla y desde allí le gritó sin la menor discreción:

—Han robado también en la farmacia.

Todos se volvieron a mirarlo, interrumpiendo sus respectivas labores. Algunos se incorporaron del suelo y se quedaron esperando la reacción de Héctor.

—Sigan con su trabajo —les dijo, y con una señal indicó al recién llegado que lo acompañara hacia la puerta.

—¿Cómo ha sido? —preguntó nada más pasar el dintel.

—No lo sabemos. No sabemos nada. Estamos comprobando todo el inventario, como ordenó, y han descubierto que falta algo de un tarro de la farmacia.

—¿De un tarro?

—Sí.

—¿De cerámica?

—No, de cristal.

—¿Y eso qué importancia tiene?

El encargado de la seguridad se encogió de hombros. Héctor se encaminó a la farmacia acompañado por Pedro Montilla, mientras el jefe de seguridad los siguió, azorado, esforzándose en vano por caminar junto a ellos.

Al entrar en la primera sala de la farmacia real, Héctor

hizo un repaso rápido de la disposición de los objetos en las estanterías. De arriba abajo, observó los anaqueles, las porcelanas blancas con los nombres escritos en color de oro, se fijó en los tarros de Talavera con blasones azules, vio un mortero de bronce, las botellas de cristal y las cajoneras empotradas en la pared, con marcos de púrpura, en las que estaban dibujadas las plantas que contenían. Era ya una deformación profesional: necesitaba controlar los lugares por los que se movía. Observaba el conjunto y eso le transmitía una determinada impresión. Así se acercaba Héctor a la realidad: por intuiciones. A partir de éstas desarrollaba después un trabajo minucioso.

Se volvió hacia el jefe de seguridad, le hizo un gesto con la cabeza reclamándole alguna explicación, y éste le señaló hacia la rebotica, indicándole con la mano extendida el envase de cristal que había encima de la mesa con algunos restos de plantas en el interior.

—¿Qué es esto? —preguntó.

—Quina, señor —se adelantó a explicarle un empleado del palacio que estaba en la sala con una carpeta entre las manos, con el inventario donde se enumeraba cada uno de los objetos que debería contener aquella sala.

—Quina... —repitió Héctor.

—Son cortezas de un árbol que crece en las selvas de Perú. Los indígenas molían las cortezas, y el polvo que resultaba lo disolvían en agua y lo daban a beber a los enfermos. Fue uno de los productos más usados por los galenos del siglo XVII.

—Pero ¿tiene algún valor? —preguntó Héctor, inquieto.

—Sólo histórico: aquí se conservaban muestras del último cargamento que se trajo desde Perú.

—¿Se traía desde Perú?

—A fardos —se animó el hombre—. El comercio de esta planta fue tan importante como el del oro. Los galeones cargaban toneladas de ella para cruzar el océano hacia España.

—¿Y para qué servía? —se interesó Héctor.

—Curaba las fiebres malignas y cualquier dolor. Los galenos la recetaban contra los reumas, los calambres, la tosferina, los desarreglos intestinales... y contra la sífilis.

—¡Servía para todo! —se extrañó Pedro—. Y a nosotros nos decían de pequeños que éramos más malos que la quina...

—Es que su sabor es muy amargo —respondió el empleado—. Pero durante siglos la quina ha sido la piedra filosofal de la farmacia.

Héctor seguía mirando aquella sala en la que todo parecía estar en su sitio.

—Bien... Pero ¿qué es lo que ha desaparecido? —volvió a preguntar.

—La quina —intervino el jefe de seguridad—, todas las cortezas antiguas que estaban en este bote.

—Unas cortezas de un árbol... —comentó Héctor, incrédulo—. ¿No es extraño que entre todos los tesoros de este palacio a alguien le dé por robar unas cortezas que están secas desde hace más de doscientos años?

—Aquí figura la relación de los frascos de la farmacia —se justificó el jefe de seguridad, señalando las hojas del inventario—, y se cita la existencia de muestras de la quina traída de Perú en 1807 para el rey. Usted dijo que repasáramos todos los objetos del inventario...

—Todos, sí... Pero si falta algo comprueben antes qué ha pasado con ello. ¡Esas cortezas se habrán podrido! —exclamó no sin cierta exasperación—. O estarían cubiertas de moho y alguien las tiró a la basura. Pregunten a ver...

—Es que eran muy antiguas —se justificó el jefe de seguridad—. Debían de valer mucho...

—¡No me toque los huevos! —explotó Héctor, ya fuera de sí.

Dio media vuelta y cruzó la puerta, seguido por el inspector que lo acompañaba.

—Panda de inútiles... —mascculló entre dientes, y repitió para sí mismo—. Con la que está cayendo, y les preocupa un puñado de cortezas secas.

Para llegar a su despacho, Héctor tenía que atravesar una sala común en la que trabajaban varios inspectores. Las estanterías estaban repletas de archivos y expedientes, así que en todas las mesas se amontonaban cartapacios, a la espera de encontrar algún lugar en el que quedaran ordenados. En la estancia se oía el repiqueteo insistente de un teléfono, hasta que alguien apareció por la puerta, dio unas zancadas y descolgó el auricular.

—¿Se sabe algo de los retratos de las cámaras de seguridad? —preguntó Héctor a David Luengo, que ocupaba la primera mesa.

—Nada todavía —le respondió—. Pero volveré a preguntar a los del departamento. Están desbordados.

—Hay mucha gente que identificar estos días —bromeó Pedro.

—Pues hay que meterles prisa —exigió Héctor, sin hacer caso al comentario burlón.

El inspector que estaba hablando por teléfono colgó en ese momento.

—Hay movimientos en el ejército —comentó.

Todos interrumpieron lo que estaban haciendo y se volvieron a mirarlo.

—¿Te extraña? —intervino uno de los que estaban de pie—. ¿Cuántos militares han caído desde que murió Franco? ¿Cuántos asesinó ETA el año pasado? ¿Cien? ¿Ciento veinte?

—Y algunos eran comandantes, y generales... Acuérdate cuando mataron al gobernador militar de Madrid —añadió un agente.

—Ese día estaba yo de servicio —recordó Pedro—. En el funeral íbamos de escuchas entre la gente. Cientos de oficiales y de jefes militares gritándole a la cara al ministro de Defensa, a Gutiérrez Mellado... Y pidiendo a voces la dimisión del Gobierno. Hubo broncas, empujones, insultos. «Aquí se arma», pensaba yo. Los oficiales se insubordinaron ante sus superiores públicamente, cogieron el féretro a hombros y lo llevaron por la calle hasta el cementerio. Nosotros íbamos camuflados entre la gente, y todos gritaban: «¡El ejército al poder!», con una furia en los ojos que había que verlos. «Aquí se arma», pensaba yo, y no se me quitaba de la cabeza.

—«El Gobierno al paredón», he leído hoy en una pintada en la calle Arenal —intervino David Luengo—. Están volviendo consignas que parecían ya superadas.

—Si es que se queman banderas y quieren independizarse las provincias, y a nadie le importa un pito —comentó malhumorado otro inspector.

—Esto es un desgobierno —sentenció el primero que había intervenido.

—Suárez está acorralado.

—A Suárez se la tienen todos jurada. Y que se ande con cuidado... Mira la granada que lanzó ETA el año pasado contra él. Que si lo pilla, adiós.

—Era una granada antitanques, y no cayó en la Moncloa por muy poco.

—El rey tiene que decir algo —intervino un agente que había estado en silencio hasta entonces.

—¿El rey? Si ni siquiera puede acercarse a las Vascongadas —le respondió otro—. Y Cataluña, ni pisarla...

—Pues por aquí, mira lo que le dicen... —añadió un tercero—. «Ni Juan Carlos ni Sofía. ¡No queremos monarquía!»

Héctor oía la conversación, pero estaba abstraído en sus propias cavilaciones. Que hubiera desaparecido una joya del Palacio Real era un asunto grave, pero aun así, perdía importancia ante lo que pudiera ocurrir después de eso. ¿Qué seguridad había en el palacio si desaparecía una pieza del tesoro y nadie sabía nada? ¿Podía estar tranquilo el rey en una recepción con embajadores? Cuando se celebraba una cena con algún presidente extranjero en el comedor de gala, ¿había garantías de que todo se hallaba bajo control? ETA había demostrado capacidad para acabar con el presidente del Gobierno y con militares de alto rango. ¿Por qué no con el rey? Ponían bombas todos los días, mataban a punta de pistola, lanzaban granadas. Y desde la extrema derecha no eran pocos los que le llamaban traidor al rey y lo culpaban de todo lo que estaba pasando. ¿Qué hacer?, se preguntaba Héctor. ¿Avisar al servicio de inteligencia? ¿Pasar una nota al CESID? El ministro les había ordenado silencio; lo tacharían de alarmista. Incluso podía caer en desgracia por denunciar negligencias infundadas. Ya sabía el ministro cómo estaban las cosas: que se preocupara él...

Sí, que se preocupara él; pero Héctor no estaba tranquilo.

—Hay ruido de sables —volvió a comentar el hombre que estaba junto al teléfono—. Y cada vez se oyen más.

—Los militares no pueden aguantar esta situación. Habrá un golpe —apostilló Pedro Montilla, que estaba a su lado.

—Se han reunido los generales Armada y Milans del Bosch —añadió el primero.

—¿Y eso cómo lo sabes? —le preguntó otro.

—Lo sé —replicó escuetamente—. Algún día estallará todo esto, y entonces lo veremos.

En ese momento comenzó a chirriar el fax situado sobre la mesa, en un rincón de la habitación. El inspector que estaba más cerca fue a recoger el papel, lo leyó y comentó en voz alta, con un tono animado:

—Es del laboratorio. Han encontrado huellas de un calzado sospechoso en la alfombra de la capilla.

Se acercó a Héctor y le entregó la hoja. Éste la leyó despacio.

—Y no sólo en la capilla; también han encontrado marcas en la sala del Relicario y junto a la cámara de seguridad —les informó—. Han descubierto una mancha de aceite al pie de la cámara de seguridad. Alguien intentó limpiarla con un paño, pero ha quedado el rastro. Y ese producto aceitoso está también en las huellas de la suela.

Entregó la hoja a David, apremiándole:

—Quiero saber todo sobre ese zapato: dónde se vende, quién lo compró y quién fue el listillo que pisó con él la sala del tesoro de la Capilla Real.

Sobre la mesa de su despacho Elena tenía unos documentos que hablaban del conde-duque de Olivares. Él fue la persona a la que se dirigió Jerónimo Villanueva para que rescatara el medallón que lo vinculaba con el asesinato de su esposa y que podía comprometer al mismo monarca. Que en las manos de una mujer muerta por el tajo de una espada apareciera una insignia con la efigie del rey ponía en un aprieto al mismo Felipe IV. Podían airearse hipótesis peligrosas sobre quién era realmente el amante de esa mujer asesinada o por qué había medrado tan fácilmente Villanueva en la corte.

Elena se preguntaba si Olivares llegó a tener ese medallón. En sus manos sostenía la carta que el arzobispo de Granada le había escrito al valido, reprochándole que fuera alcahuete en los amoríos del rey. Se conservaba en el Archivo Histórico Nacional, y ella la había fotocopiado junto con otros documentos. El arzobispo amonestaba así al conde-duque: «Suplícole cuanto me es posible que evite las salidas del rey de noche. [...] Vuestra Excelencia considere bien que ha de dar cuenta a Dios de lo que al rey aconseje, y si complace a Su Majestad en cosas poco lícitas, correrán riesgo el alma y el Estado.» Era una advertencia seria, pero el valido no le hizo caso. Siguió siendo conocida por todos la inclinación del monarca a mantener encuentros frecuentes con mujeres de diversa índole, principalmente con comediantas. Y uno de los que propiciaban esos encuentros era el conde-duque. Quevedo lo dejó escrito sin remilgos: «Hay, parece, nuevas odaliscas en el serrallo y esto entretiene mucho a Su Majestad y alarga la condición de Olivares para pelar la bolsa, en tanto que su amo pela la pava.»

Conocemos cómo era físicamente el conde-duque gracias a los retratos que le hizo Velázquez. Fue el valido quien llevó al artista a la corte desde Sevilla, para convertirlo en pintor del rey; y a partir de entonces Velázquez inmortalizó a Olivares plasmándolo con todos los atributos del poder en sus cuadros. Elena se levantó, fue a la estantería y miró en un libro reproducciones de esos retratos. En *La lección de equitación* Velázquez representa al conde-duque como el hombre clave de la corte: es el tutor del futuro rey. En el lienzo se ve al criado del príncipe heredero entregándole una lanza a Olivares para que éste lo adiestre en el arte de la guerra. Al fondo, los monarcas observan la escena desde el balcón del palacio y contemplan cómo el ministro prepara a Baltasar Carlos para ser rey.

Elena levantó la vista y miró por la ventana. Oyó a lo lejos el ulular de una ambulancia, pero no se inmutó. Madrid se estaba convirtiendo en la ciudad de las sirenas. «Vivimos en un permanente sobresalto», pensó, al tiempo que consideraba cuántos problemas de ese momento tenían sus raíces en aquella España del siglo XVII. Los protagonistas eran otros: Felipe IV, Olivares, el rey Juan Carlos I, Adolfo Suárez... La Transición parecía que nunca iba a terminarse. Juan Carlos también había tenido su educador de príncipes: el general Alfonso Armada, que aquellos días andaba muy ocupado en continuas conversaciones con los militares. ¿Adónde conduciría tanta conspiración? «Hay cosas que no cambian, por más que pase el tiempo», pensó Elena.

Buscó en el libro el retrato ecuestre del conde-duque. Olivares siempre quiso emular al rey, y así aparece en ese lienzo: sobre un caballo en posición de corveta, con el cetro de mando, la espada y la banda de capitán general de los ejércitos, como el mismo Felipe IV. El valido encargó a Velázquez que lo pintara tras la victoria contra los franceses en Fuenterrabía. Los tercios españoles habían ganado la batalla, pero Olivares no estuvo allí. Es más: él nunca participó en una batalla. Sin embargo, ahí está, señalando el escenario humeante de la guerra, los ejércitos en hilera, los caballos encabritados y las tropas que se despliegan por el campo. El arte a veces también es propaganda.

Fue entonces, al mirar una de las obras de Velázquez,

cuando a Elena se le iluminó el rostro. Apresurada, revolvió entre los documentos que tenía encima de la mesa, fue leyendo actas de los consejos que presidía el valido, repasó cédulas y ordenanzas, rebuscó memoriales y avisos, hasta que reparó en uno de los papeles. Lo extrajo del montón de pliegos que tenía delante y lo leyó atentamente, sosteniendo el papel vertical con la mano apoyada en la mesa. «¡Eureka!», exclamó en un momento, exaltada. Se levantó, descolgó el teléfono y aguardó impaciente mientras sonaban los timbrazos en el despacho de Héctor. Parecía que allí no había nadie. Esperó, escuchando con ansiedad el eco de la llamada. «Coge el teléfono», rogó en voz baja, justo en el momento en el que al otro lado descolgaban el auricular.

—¡Tengo que enseñarte una cosa! —le dijo, excitada.

—Ahora no —respondió Héctor con frialdad—. Ahora no tengo tiempo. Más tarde.

—¡Es importante! —insistió ella.

—Seguro que lo es, pero ahora no. Estamos siguiendo una pista.

—Yo también tengo una pista —persistió Elena.

—De acuerdo, pero ahora no. Ahora no puedo... Lo vemos mañana —concluyó, dando por acabada la conversación—. Por la tarde —añadió aún, antes de colgar.

Pero Elena era obstinada y no se rendía con facilidad. Amontonó aprisa los documentos, los guardó en la cartera, cogió el abrigo y salió de casa dando un portazo.

—Es la huella de una bota —informó David a Héctor, entrando en el despacho con un informe entre las manos—. Conocemos la marca y hemos contactado con el distribuidor.

Héctor había pedido que le acondicionaran un lugar para trabajar en el Palacio Real, porque desde allí podía seguir más fácilmente todos los indicios que fueran surgiendo. Quiso hacerlo así para estar en la escena del delito; porque de esa manera podía percatarse de algún detalle que de otra forma podía pasarle desapercibido.

En ese despacho, de pie, apoyado sobre la mesa, Héctor miraba en silencio a David, esperando que terminara de contarle todo lo que se sabía sobre el tema.

—Es de la marca Martinelli. No la venden en muchas tiendas. Y adivina quiénes usan ese calzado... —dijo, invitando a Héctor a intervenir. Pero éste se limitó a hacer un gesto leve, encogiéndose de hombros y moviendo la cabeza para que continuara—. Es un calzado de uniforme. Suelen llevarlo los vigilantes y algunos militares. Algunas empresas de seguridad visten también a sus empleados con esa bota corta. Éste es el modelo —le dijo, enseñándole uno de los dibujos.

—¿Sabemos el número?

—Lo sabemos; nos han dicho que no hay duda en eso. Es el cuarenta y cuatro. El que usa esas botas tiene un buen pie.

Mientras Héctor hojeaba el informe, el inspector añadió señalando una de las páginas:

—Pero aún hay más. Se han encontrado huellas de la suela en las salas anexas a la capilla. El que robó el medallón o no sabía dónde encontrarlo, o estuvo husmeando otras cosas.

Héctor esbozó un gesto de desagrado. Eso era lo que más le preocupaba: que el robo fuera sólo una cortina de humo, una manera de distraer la atención y una estratagema para que se dedicaran esfuerzos en una dirección que no llevaba a ninguna parte.

—¿Se han recogido muestras de materiales en la huella?

—En una de las pisadas. Son restos escasos, pero ya los están analizando.

Héctor se acercó, pensativo, hacia la ventana. Cada vez estaba más convencido de que el robo del medallón no era lo único que estaba en juego en ese caso. ¿Por qué iba a robar alguien esa pieza precisamente entre tantos objetos valiosos del palacio? ¿Y por qué sólo ésa? Miró entonces por la ventana y se quedó sorprendido. Observó con atención la plaza y no pudo evitar una expresión de asombro. ¡Era ella! Y se dirigía hacia allí. ¿No habían quedado para el día siguiente? Miró el reloj. Eran las dos y él aún no había comido. Tal vez fuera a otro lugar, pensó; pero en ese momento vio que cruzaba ya la puerta de la entrada, para dirigirse a las escaleras que daban acceso a su despacho. Se volvió de nuevo hacia el inspector.

—¿Han investigado al personal del palacio encargado de vigilar esas salas?

—No, no se ha hecho. ¿Lo ponemos en marcha ya?

—¡Por supuesto! —exclamó, con cierto enfado—. Pide una lista de los vigilantes, selecciona los que encajan en ese perfil y averígualo todo sobre ellos.

En ese momento Elena asomó la cara sonriente por la puerta.

—Creía que habíamos quedado para mañana —dijo Héctor con tono sarcástico.

—¿Ah, sí? —replicó ella, fingiendo sorpresa.

Héctor quiso mostrarse amable.

—¿Has comido? —le preguntó.

—No, aún no.

—Yo siempre almuerzo en el despacho. ¿Te apetece un sándwich?

—Está bien —asintió ella, encogiéndose de hombros.

Héctor se volvió hacia David.

—Dos de pollo —le pidió, como hacía todos los días en cualquiera de los lugares perdidos en medio de la ciudad en los que estuviese a esas horas—. ¿Ensalada? —preguntó, volviéndose hacia Elena, y al ver que ésta se encogía nuevamente de hombros, añadió—. Ensalada también.

Cuando les subieron las dos bolsas de comida, Héctor se sentó en la silla de respaldo alto que había detrás de la mesa y dejó encima de ésta las dos bandejas de cartón con los alimentos. Elena se sentó enfrente y se dispuso a aliñar la ensalada que le habían dado en un cuenco de plástico transparente.

—El medallón robado lo tuvo Olivares —comentó mientras vertía la sal de una pequeña bolsa de papel en la ensalada.

—¿No habíamos quedado que era Jerónimo Villanueva el que lo llevaba para presentarse como enviado del rey? —se extrañó Héctor.

—Así fue. Pero ocurrieron algunos sucesos luctuosos alrededor de Villanueva que obligaron al monarca a prescindir de él. Entonces éste confió todos sus secretos de alcoba a su valido.

—Al todopoderoso Olivares.

—Sí, eso fue durante un tiempo: todopoderoso. Pero las cosas no acabaron como él habría deseado.

Hizo Elena un silencio mientras comía un trozo de tomate, y luego comentó:

—¿Sabes que Olivares fue canónigo en Sevilla? Era el tercero de los hermanos; por lo tanto, un desheredado en aquella época. Así que lo destinaron al sacerdocio y lo nombraron canónigo. Pero cuando tenía diecisiete años ya habían muerto sus dos hermanos mayores, y entonces él heredó el mayorazgo; eso cambió su destino.

—¿Y cómo acabó en la corte?

—Su familia, los Guzmán, pertenecía a la nobleza más influyente. Su padre había sido embajador en Roma. Felipe IV era un joven inexperto cuando lo coronaron rey. No tenía más que dieciséis años. Olivares era astuto y persuasivo, y Felipe IV lo nombró su valido. Desde el principio supo hacerse imprescindible. Se levantaba a las cinco de la mañana y estudiaba memoriales y cartapacios hasta las once de la noche.

—Y el rey, mientras, de caza —apostilló Héctor.

—Sí, pero a Olivares eso no le importaba. Al contrario: siempre quiso ser el sustituto del rey; vestía como él, se hacía retratar como él, tuvo hijos bastardos como él. No podía ser el rey, pero quería parecerlo, y vivía como si fuera un monarca, en el Palacio Real.

A Héctor no le interesaban aquellas disquisiciones históricas. No quería perder el tiempo. En ese momento, sin embargo, se sentía tranquilo. Sólo recelaba de una cosa: qué iba a pedirle ella al final. Porque si no era por eso, ¿a qué había ido allí con tanta urgencia?

—Olivares era ostentoso y de una vanidad extrema —le seguía contando ella—. ¿Sabes cuántos criados tenía? En su casa había gentes de todos los oficios: guardarropa, botiller, portero de mujeres, mulatero, mozo de la plata, barbero, ayudante de cocina, lacayo... ¡Más de cien! Y el conde-duque no hacía distinciones; a todos los trataba por igual: a hombres, mujeres, caballos y mulas.

Héctor sonrió ante el desparpajo irónico de Elena. Mientras ella revolvía la ensalada, se quedó mirándola. Actuaba con gestos decididos y mostraba una profunda seguridad en todo lo que hacía. Al hablar le brillaban los ojos llenos de juventud y de vida. Elena levantó en ese momento la cabeza, hizo un gesto para retirar las mechas de pelo rubio que le tapaban la cara, percibió cómo la miraba él y le dedicó una sonrisa. Héctor apartó entonces la vista hacia el bocadillo y siguió comiendo.

—Con su esposa, Inés de Guzmán —siguió Elena—, Olivares sólo tuvo una hija: María. La casó como a una princesa, en la capilla del Palacio Real, cuando tenía dieciséis años. Pero se le murió a los diecisiete, en su primer parto. Ella y la recién nacida. Esas muertes lo dejaron abatido. Lo había tenido todo, pero todo lo perdió con ellas. Tenía a su alcance todo lo que quisiera, sí, pero le faltaba lo único que amaba realmente.

—Su hija —comentó Héctor.

—No. Su propia supervivencia. Un heredero. Sólo los hijos nos salvan un poco de la muerte. Y Olivares supo de repente que no tenía salvación alguna. Que su futuro era morir.

—¿Y qué tiene eso que ver con el medallón que ha desaparecido? —preguntó Héctor entonces.

—A eso voy —respondió ella—. En todos los retratos que le hizo Velázquez, Olivares quiso que quedase reflejado el poder que tenía. Hay uno en el que está con la cruz roja de caballero de Calatrava bordada en el pecho. En ese cuadro enseña orgulloso la llave de mayordomo que le daba acceso exclusivo a los cuartos privados del rey. Y en el cinturón le cuelgan las espuelas de oro que lo representaban como su caballerizo mayor. Siempre fue así. En los retratos aparece unas veces con la mano sobre una mesa de terciopelo rojo, indicando que es quien imparte justicia; o con la fusta de caballerizo; o con el cetro de mando, la espada y la banda de capitán general de los ejércitos. Todos son símbolos de su poder.

—Era un hombre orgulloso, sí, ¿y qué? —intervino Héctor.

—Olivares era soberbio —matizó Elena—. Se creía invulnerable. Pero todo ser humano es frágil y se rompe como un cristal. Él esa lección no la aprendió nunca.

Elena había terminado de comer. Se levantó y se acercó a la ventana.

—Uno de los retratos menos conocidos de Olivares está aquí, en el Palacio Real —comentó mientras contemplaba el cielo manchado de nubes grises—. Es una miniatura que no mide más que diez por ocho centímetros. Lo más conmovedor de ese retrato es la mirada entristecida del conde-duque. Velázquez lo pintó unos meses antes de que el valido cayera en desgracia en la corte. Aquel hombre que era el más poderoso del mundo...

Elena observó desde la ventana las losas de piedra de la plaza del palacio. Una racha de viento levantó en ese momento algunas hojas muertas que se pudrían con la humedad del suelo.

—Tuvo que abandonar el palacio aprisa un día de invierno desapacible como hoy —añadió Elena, que seguía mirando al otro lado de la ventana con actitud evocadora.

Estaba el cielo borrascoso y cubierto de nubes. Desde esa misma ventana, pensó Elena, habrían podido mirar los ojos de Olivares, cansados pero altivos aún, ese mismo cielo gris, la mañana que empezó para él la condena del exilio.

Olivares contempla desde la ventana el cielo encapotado que oscurece la ciudad y llena de sombras su cuarto privado del palacio del Alcázar. El viento helado de la sierra golpea los ventanillos mal sujetos al marco. El valido está solo. Hace frío en las grandes estancias del Palacio Real. Hay un silencio extraño en la sala, que rompen bruscamente los golpes de la madera del ventanillo al chocar contra el muro. Hace tiempo que el conde-duque ordenó que se reparase, pero el mozo que fue a arreglarlo ató con una cuerda el ventanillo a un clavo de la pared y la fuerza del viento ha acabado desatándolo.

Nada funciona ya con eficacia en el palacio, piensa Olivares. La chimenea de la habitación no ha sido encendida y el conde-duque recorre una y otra vez la sala, cojeando, movido por la inquietud y por el frío que ha traído el maldito invierno. Se siente cansado. Ha envejecido prematuramente. Está enfermo y sufre fuertes dolores. Los desastres que se suceden en el país son insostenibles. Las derrotas militares hacen cundir el desánimo. Hay levantamientos y revueltas en Cataluña y Portugal. La depreciación de la moneda ha supuesto otro motivo de descontento y de encono generalizado. Sabe que es el centro de todas las iras: los Grandes lo odian, el Consejo lo aborrece, el pueblo lo rechaza, el rey ya no lo protege. Es el final, aunque él todavía se resista a admitirlo.

Hace unos días seis hombres enmascarados asaltaron en Segovia la casa del corregidor. No había amanecido todavía; se subieron sobre un carro de paja que había junto a la fachada de la casa, escalaron hasta el balcón principal, entraron en su aposento privado y lo sacaron de la cama. Le ordenaron que se vistiera con prisa, montara a caballo, fuese a la corte y entregara directamente al rey el pliego que le dieron en una bolsa de cuero. Le advirtieron que exponía su vida si no lo hacía exactamente así, y en secreto. En ese pliego estaba escrito un memorial contra el valido y la petición de que fuera echado de la corte. No fue el único que recibió el rey, pero sí el definitivo, porque ese 20 de enero invernal, Felipe IV decidió alejar a Olivares de la corte. Para siempre.

Ahora Olivares aguarda nervioso en su aposento el momento de dejar el palacio. El mismo monarca le ha comunicado que su destino es el destierro: en el convento de Loeches.

Se retira a una sala, apesadumbrado. Se sienta frente a la mesa, sostiene en la mano el medallón que le cuelga aún en el pecho con la efigie del rey, coge una pluma y escribe un billete para el príncipe Baltasar Carlos. No quiere pasar el mal trago de la despedida con el príncipe heredero al que él mismo ha preparado para ser rey. Escribe: «Mi ternura no me deja despedirme a los pies de Vuestra Alteza. Yo parto, Señor...» Sólo cuando redacta estas palabras se da cuenta de que es realmente el final de todo. Se va solo. Desterrado. Como un malhechor. A escondidas. Vergonzosamente. Termina de escribir la nota con melancolía. Sólo le pide al príncipe que favorezca a su mujer, que permanecerá todavía en el palacio, como aya del heredero. Pero por poco tiempo...

Ha escrito apenas cinco líneas para despedirse del príncipe. Al final, estampa el lugar en el que ha redactado la nota, como una tozuda constatación última de dónde se encuentra: «Del aposento real», escribe. Dobla el pliego, se levanta y sale del cuarto hacia la estancia donde aguardan sus escasos acompañantes. Le han servido una comida en una sala pequeña y apartada, pero él ha mandado que la trasladen al comedor. Con él están un criado y su secretario, Rioja. Nadie más. El conde no tiene apetito y apenas prueba bocado de los platos que le sirven. Es su última comida en el palacio. Está solo, pero se sienta con dignidad, presidiendo la mesa del comedor.

Afuera espera un coche preparado desde primera hora. Lleva enganchadas seis mulas y una guía. En él ha de marcharse el conde, con poco acompañamiento. Olivares sabe que ése es el carro de la vergüenza. Y por eso retrasa su partida.

En la puerta del palacio se ha congregado gente que insulta al valido. El pueblo se amotina. Algunos se agarran a las verjas de la puerta principal y las zarandean con fuerza, pidiendo castigo para el conde-duque. Resuenan los gritos, chirrían los hierros de las cancelas agitadas por la plebe airada, aumenta el vocerío. La guardia teme lo peor. Los caballos del carruaje preparado para trasladar al conde se encabritan. Relinchan, patalean sobre el empedrado y apenas puede contenerlos el cochero. Un soldado corre nervioso por los pasillos para informar al capitán de la guardia.

—La gente está concentrada y grita contra el valido —le dice.

El capitán se ajusta el correaje, sale del puesto y se dirige a la sala donde aguarda Olivares.

—Señor, la gente se agolpa amenazadora en la puerta de la Priora.

Al grupo se han incorporado Luis de Haro, sobrino del conde-duque, y el conde de Grajal.

—Hay que evitar enfrentamientos —comenta éste.

—Saldremos por una puerta trasera —dice don Luis de Haro, mirando a su tío.

Olivares, abatido, no dice nada. Calla y mira al suelo. Su secretario, Francisco de Rioja, está junto a un baúl de cuero lleno de expedientes. Llama a dos lacayos.

—Hay que cargarlo en el segundo carruaje —les dice sin más.

Nadie habla. El silencio es dramático. Se ha sentado el conde-duque y sólo se oye en la estancia el taconeo de las botas del conde de Grajal, que pasea nervioso.

—Voy a avisar a la escolta —dice don Luis de Haro sin dirigirse a nadie en particular, mientras abre la puerta.

En las caballerizas aguardan cuarenta jinetes armados, dispuestos como escolta. Don Luis de Haro avisa al capitán:

—Preparad la marcha —le urge.

Todo está dispuesto para el engaño: en la puerta principal del palacio aguardan los soldados, los carruajes y la escolta. Pero no es ahí donde se acomodará el valido. Hay temor de que pueda producirse algún tumulto y de que la turba que se ha concentrado descargue sus iras sobre el privado. En secreto han preparado dos carros que esperan su salida en una puerta de servicio. Aguardan al atardecer, para que la mayor parte de los congregados se haya ido a sus casas.

El capitán asoma en la sala. Da un taconazo en el suelo y se dirige a don Luis de Haro:

—Todo está listo, señor.

Éste mira al conde-duque y el valido asiente con resignación. Está enfermo, hace días que le duelen las rodillas y no puede doblarlas para bajar las escaleras; así que dos criados lo levantan con la silla del comedor. Va sentado como un emperador antiguo, portado por esclavos. Parece un rey en su trono, pero en realidad es un condenado en la silla de la ejecución. Lo descienden a los infiernos de la vergüenza, como un malhechor, por una escalera lateral. Su trono es una vulgar silla con respaldo de piel de vaca.

Los criados balancean peligrosamente al conde en cada escalón, y con el bamboleo, la medalla rebota sobre el pecho del valido. Las escaleras de servicio son estrechas y los porteadores apenas caben en ese reducido espacio. Uno de ellos da un traspié, Olivares resbala en el asiento y se queda en el filo de la silla, agarrándose con miedo al respaldo, a punto de caerse.

—Por Dios, que descalabráis a Su Excelencia —les recrimina el de Grajal, que va custodiando por detrás la penosa comitiva.

Con prisa, salen todos al patio interior, donde aguardan los dos coches enjaezados. Suben al conde-duque a su litera, se abre con sigilo el portón lateral y la triste comitiva se pone en marcha hacia el convento de Loeches.

La tarde es fría. Vuelan los vencejos desorientados, buscando un refugio donde pasar la noche. La escolta levanta una nube de polvo mientras se aleja al galope. Está el cielo en penumbra y el horizonte en sombras. Desde las ramas de los chopos unos cuervos observan la huida del conde-duque hacia el destierro.

Mirando a través de la ventana, a Elena le pareció oír aún el galope de los caballos y el chirrido de las ruedas de hierro de los carruajes que resbalaban sobre el empedrado. Mientras se iba perdiendo el eco de las herraduras contra los adoquines en el cielo borrascoso de aquella tarde invernal, se volvió hacia Héctor y repitió:

—Vivir es aprender a perderlo todo.

—Olivares lo experimentó en sus propias carnes —añadió él—: pasó de ser el valido todopoderoso a convertirse en un desterrado.

—Sí, pero no aprendió nada. ¿Sabes que en Loeches siguió pergeñando proyectos de gobierno, como si fuera él el regidor? Cuando paseaba por el campo y veía las raquíticas cosechas de cereal, pensaba: «Las manadas de animales serían de más utilidad que estas míseras espigas.» Así que mandó que enviasen inmediatamente ¡cien parejas de conejos! Y los soltó como caza por aquellos campos recién sembrados de trigo.

—Los agricultores estarían contentos... —comentó Héctor.

—Tú verás... Pero es que Olivares seguía pensando que aún iban a llamarlo de la corte para que salvara la nación. «¿Quién como yo?», se decía a sí mismo. Verás lo que hizo un día: se presentó en la puerta de su casa un estudiante de Salamanca que afirmó haber descubierto el modo de convertir un mineral en plata. Sacó de su zurrón un trozo apelmazado, le dijo que era estaño, y de una bolsa volcó en su mano un puñado de tierra blanca. Le contó que después de probar numerosos fundidos en la fragua de su padre, había encontrado una fórmula para realizar una alquimia secreta. Rebuscó en el zurrón, sacó un paño, lo desenvolvió y le enseñó a Olivares una pequeña chapa brillante, que era, según le dijo, el trozo de plata obtenido después de refinar el mineral.

—¿Y Olivares qué hizo?

—Olivares le escuchó atónito. Pensaba que con eso se podrían recuperar las arcas de la nación. El mozo le explicó que había que fundir los materiales en la fragua, someterlos a diversas purgas y refinarlos después. Necesitaba comprar herramientas, algunas carretas de minerales y los componentes para hacer la tierra misteriosa donde estaba el secreto de la fórmula que había descubierto. Y con todo ello, le aseguró, podían levantar allí mismo la fábrica que salvaría la nación y que devolvería al privado del rey todo su poder.

—Un poco burdo, ¿no?

—¡Qué va! Eran momentos de crisis, y la gente necesitaba alimentar la esperanza. En ese tiempo fueron muchos los que se dedicaron a hacer fundidos, tratando de descubrir metales valiosos. Y al amparo de ello, progresaron los pícaros. El caso es que el conde-duque entregó al pretendido estudiante mil ducados para que reuniera todo lo necesario con que poner en marcha tan providencial empresa. Y le hizo jurar que sería allí mismo, en esas tierras, donde instalarían el taller, que estaría bajo su personal mandato y auspicio. Lo juró el mancebo y el conde-duque lo despidió en la puerta de su casa y quedó apoyado en el quicio, dichoso por la fortuna que iba a llevarle a él de nuevo a la corte, mientras veía cómo se alejaba el estudiante por el camino. ¡Había encontrado la piedra filosofal!, pensaba el soberbio valido.

—¿Adónde nos lleva todo esto? —volvió a inquietarse Héctor.

—Nos lleva al asunto que tenemos entre manos —dijo Elena, acercándose de nuevo a la mesa tras la que seguía sentado Héctor—. En uno de los legajos que se conservan en el Archivo de Palacio he leído las actas de una de las sesiones del Consejo que presidía Olivares. Allí se dice que «el privado dirigía el Consejo en nombre de S. Mg. Y por ello llevaba colgado un medallón con la efigie del rey». Ése es el medallón que ha desaparecido.

—Pero ¿qué necesidad tenía Olivares de una insignia que lo presentara como el valido que era?

—El siglo XVII era una sociedad de símbolos. Ésa era la manera que tenían entonces de expresarse. Y lo hacían en la poesía, en la pintura, en el teatro, en el amor. Los amantes se hablaban mediante símbolos: con el pañuelo, con el abanico... Los pícaros también. Y los tahúres. Y las rameras. Y los poetas. Los clérigos sermoneaban con símbolos. Calderón escribía teatro armonizando símbolos para hablar a la gente de Dios y del paraíso. Las prostitutas arrastraban a los clientes al catre con símbolos.

Elena calló un momento y miró el rostro impávido de Héctor.

—La piedra filosofal es un símbolo —añadió—. Ese medallón es un símbolo. Y quien lo haya robado lo ha hecho por lo que representa. Por ahí es por donde tenemos que investigar.

—Pero yo no puedo perder el tiempo buscando símbolos, mientras los delincuentes se deshacen del botín o planean otras acciones —objetó Héctor, levantándose del asiento.

Dio unos pasos, inquieto, por la habitación y siguió hablando:

—Mi trabajo es encontrar huellas y aportar pruebas. Yo tengo que moverme en el terreno de las certezas, no en el de las especulaciones.

El inspector David Luengo asomó la cabeza por la puerta y Héctor le hizo un gesto para que entrara. Elena comenzó a recoger su carpeta para marcharse, al ver el escepticismo con el que Héctor se planteaba estos temas. David le miró a ella y luego a él, dudando sobre si debía contar lo que sabía en presencia de Elena. Héctor le hizo un gesto de asentimiento y él comentó:

—Ya está identificada la persona que dejó sus huellas en la capilla.

—¡Bingo! —exclamó Héctor—. Hay que pincharle el teléfono y organizar los seguimientos. Que no dé un paso sin que sepamos adónde se dirige.

VI

El hombre salió por una de las puertas de servicio del Palacio Real.

—¡Ahí está! —dijo uno de los investigadores al que estaba sentado al volante, señalándolo con un movimiento de la cabeza.

Los dos inspectores de policía estaban dentro de un coche aparcado discretamente junto a otros, para que pasara desapercibido. Siguieron con la mirada al hombre que acababa de cruzar la calle Bailén hacia la plaza de Oriente, tratando de memorizar cada uno de los rasgos que podían identificarlo. Era de aspecto corpulento. Vestía una pelliza de cuero de color marrón y alrededor del cuello llevaba una bufanda de cuadros escoceses. Hacía frío y se protegía las manos con unos guantes de piel. Caminaba aprisa, a grandes zancadas, como si quisiera desaparecer cuanto antes para no ser visto. Cuando abrió la puerta del coche que había dejado aparcado junto a la acera unas horas antes, uno de los agentes ordenó a su compañero:

—Arranca. Vamos tras él.

Enfilaron en dirección a la plaza de España y enseguida se colocaron detrás del Fiat blanco que tenían que seguir. El vehículo giró hacia la derecha y ellos hicieron lo mismo. La Gran Vía estaba atascada a esas horas del atardecer en que coincidía el final de la jornada de trabajo de la mayoría de las oficinas instaladas en esa calle. Las aceras estaban repletas de gente y a la entrada de alguno de los cines se veían filas de las personas que estaban esperando frente a la taquilla. En el primer semáforo se interpuso entre ellos un coche que salía del aparcamiento.

—No lo perdamos —advirtió el copiloto.

Cuando llegaron al paseo de Recoletos, el Fiat se colocó en el carril de la izquierda y aceleró de una manera excesiva.

—Ojo, que no sospeche —le recomendó al conductor, al ver que seguían de cerca al coche y cambiaban de carril detrás de él.

—Vamos bien, no hay problema —lo tranquilizó el conductor.

El sol rojizo del atardecer reverberaba mortecino en las fachadas de cristal de la Castellana. El agente que conducía el coche no podía apreciar los arcoíris de colores que se formaban en los modernos edificios del paseo. Sólo iba pendiente del vehículo blanco que circulaba unos metros por delante y de la alternancia de rojos y verdes de los semáforos, para evitar perder el contacto con él en alguna parada inoportuna.

En la plaza de Castilla dobló hacia la derecha. Aceleró, como si quisiera evitar que lo siguieran o como si llegara tarde a su destino. Cruzó la M-30 y entró en el barrio de Hortaleza. Siguió el recorrido hasta unas calles laterales del barrio, y los dos inspectores vieron que se detenía frente a la puerta metálica de un garaje. El hombre del gabán de piel accionó un mando a distancia, se abrió la puerta y el coche desapareció en el interior.

—Ya ha llegado —comentó el agente que estaba al volante.

—Sigue y da la vuelta a la manzana —le indicó el otro.

El coche de seguimiento rebasó la puerta por la que había desaparecido el Fiat blanco, giró al final y volvió al mismo sitio, para aparcar discretamente en la esquina, al principio de la calle, en una zona limítrofe entre el fragor del tráfico de la M-30 y aquel barrio periférico de la ciudad.

Elena se dirigió a la habitación que había sido el cuarto privado del último rey que vivió en el Palacio Real. A Héctor le preocupaba que el robo estuviera relacionado de alguna manera con la situación política inmediata, que detrás de todo hubiera alguna intención más grave que el robo de una joya. Eso es lo que le había dicho.

Así que ella no podía dejar de considerar que el último monarca que habitó el palacio, Alfonso XIII, y su esposa, la reina Victoria Eugenia, habían tenido que salir de allí precipitadamente para marcharse al exilio.

Elena entró en el dormitorio de la reina y se detuvo frente al lecho real. La cama estaba coronada con un dosel imperial en forma de cúpula que llegaba hasta el techo, decorado en blanco y oro, con hermosos cortinajes recogidos a los lados. En el cielo abovedado de la habitación, un grupo de sátiros contemplaban lascivos a unas hermosas nereidas, mientras cupidos desnudos jugaban a tapar y descubrir el escudo borbónico de la flor de lis con un velo que parecía querer ocultar la orgía de los dioses rodeados de ninfas.

Recordó Elena que el rey Alfonso XIII era un reconocido galán. Para sus correrías amorosas utilizaba los servicios del conde de Romanones, como otros antes lo habían hecho con Jerónimo Villanueva o el conde-duque de Olivares. A Romanones le encargó que rodara unas películas pornográficas en el barrio chino de Barcelona. Y también era a él a quien le encomendaba que preparase los encuentros con sus amantes. Tuvo siete hijos legítimos, y al menos, tres bastardos conocidos; dos de ellos con una famosa actriz.

Elena notó que aquel dormitorio de la reina tenía un seductor ambiente lujurioso: las ninfas y sátiros del techo, el tacto de la seda en la cama real, el brillo de satén de las paredes, el blanco luminoso de las telas ... Se percibía un aire de lujosa intimidad en torno al lecho, que se ofrecía mullido en medio de la habitación. Todo parecía preparado para seducir, y no le habría extrañado, si hubiera levantado la colcha, que aparecieran entre las sábanas las enaguas carmesíes de una reina, unas medias de seda o un corpiño.

Elena contempló la alfombra y se fijó en la corona que estaba bordada en el centro. ¿Cuántas reinas habrían pisado con sus menudos pies descalzos aquel mismo punto en el que estaba ella? ¿Cuántas habrían corrido desnudas a acurrucarse entre las sábanas de la cama para evitar el frío de las noches de invierno, buscando el calor de otros brazos?

Sobre las mesillas de noche había portarretratos con fotos de la familia real. De esa habitación había partido la última reina que vivió en el palacio, al día siguiente de proclamarse la segunda República. De eso hacía precisamente cincuenta años: una fecha emblemática. Algún grupo podía estar tramando algo contra la monarquía con motivo de ese aniversario. Era un momento clave, desde luego, para realizar una acción sorpresiva en el Palacio Real. Podía ser... Ése era, en realidad, el verdadero temor de Héctor. Pero ella no pensaba que algo así pudiera estar relacionado con el robo de una joya del tesoro real.

Sin embargo, ahí estaba: recorriendo los salones privados del último rey que un día se había visto obligado a dejar aprisa esas habitaciones para marchar al exilio, si no quería perder al mismo tiempo la hacienda y la vida. Primero salió él, en coche, hacia el sur. Al día siguiente, la reina, en tren, hacia el norte. Después de cincuenta años de aquella huida, todo estaba igual que entonces: la cama preparada, las fotos familiares sobre las cómodas de marquetería, y el teléfono sobre la mesilla, dispuesto a sonar en cualquier momento para llamar a la reina.

Su misión en este caso, volvió a recordar Elena, era llegar a describir con exactitud la pieza desaparecida y averiguar si había algún motivo que pudiera explicar por qué se había robado precisamente ese medallón. Conocer esos datos podría ayudar a la investigación y apuntar algún indicio sobre los sospechosos. Por eso, a pesar del escepticismo de Héctor, estaba convencida de que era preciso seguir el rastro de esa pieza de oro y el de las personas que la tuvieron. Caminar por los salones del Palacio la ayudaba a reconstruir la historia; y ella sabía que el pasado siempre vuelve, que la historia es sólo una repetición de pasiones: ambiciones, hijos bastardos, símbolos que expresan el poder y que algunos codician hasta el punto de robarlos y matar por ellos.

Elena se fue a la puerta de ese cuarto privado de los reyes Alfonso XIII y Victoria Eugenia, para mirarlo como ellos lo habrían contemplado la última vez, antes de abandonar el dormitorio, el palacio, la ciudad, el país en donde habían vivido hasta entonces y al que el rey no volvería nunca más.

De esas mismas estancias había partido también al exilio Olivares, quien lució durante años el medallón que le otorgaba todo el poder del rey. «La historia siempre se repite», pensó Elena.

Cuando el conde-duque de Olivares es desterrado a Loeches, el Consejo y la nobleza siguen presionando al rey para que sea más severo; y éste, al final, claudica. Es invierno y desde la sierra de Guadarrama el viento helado sopla sobre Madrid y se cuela por sus callejas: mal tiempo para salir a los caminos embarrados esos días de nieve. Pero Olivares recibe la orden imperiosa de que debe abandonar inmediatamente el pueblo de Loeches y marcharse más lejos: hasta Toro.

Cumpliendo el mandato inexorable del rey, Olivares tiene que partir sin demora de ese pueblo situado en las cercanías de Madrid. El frío es intenso: se ha adelantado el invierno y la nieve cubre a trechos las estribaciones de la sierra de Guadalajara. En las laderas sombreadas y desprotegidas de la aldea, el viento hiela las raquíticas plantas que aguantan temblando el azote de la ventisca. Encorvado junto a la ventana, el conde-duque mira los campos áridos a los pies de las casas del pueblo, los terrones resecos, los caminos solitarios, y se arrebuja con un mantón para protegerse un poco del viento invernal que llega de la sierra. «En dos días partiremos hacia Toro», se dice resuelto.

Cuando se lo comunica al capellán, éste le advierte:

—El temporal se ha aferrado a las cimas de la montaña. El frío se ha instalado en los campos nevados. Es mal momento para andar por los caminos de la sierra. Será difícil cruzar Guadarrama.

Al día siguiente él mismo manda que preparen los carruajes y comprueba que no falte nada para el camino, yendo torpemente de un lado a otro, cojeando.

—Partiremos al poco de amanecer —ordena tajante, como si quisiera disimular su marcha aprovechando la clandestinidad de las primeras horas—. Partiremos con la salida del sol.

Pero por la mañana no se ve el sol. Apenas una brumosa luz ilumina el alba cuando los criados disponen los caballos en la puerta del convento. Una espesa capa de nubes cubre el cielo plomizo.

Las herraduras de los animales chirrían al resbalar en las piedras de la calzada. Los golpes de los cascos en los adoquines es el único ruido que se oye en la aldea a esas horas tan tempranas, mientras los criados preparan todo con prisa y en silencio: ajustan los aperos, cargan las últimas provisiones y esperan a que el conde dé la orden de partida.

Los primeros tramos de la marcha transcurren por caminos fangosos, en los que a veces se atascan las ruedas de los carros. Se tambalean las carrozas y, en el interior, los cuerpos de las mujeres que viajan para asistir al valido son zarandeados de un lado al otro. Un poco asustadas, oyen los gritos e improperios de los cocheros dirigidos a las cabalgaduras.

En las primeras estribaciones de la sierra el frío se hace más intenso. Los criados sacan mantas, que extienden sobre los lomos de las cabalgaduras. Ellos se atan bien las pellizas y los cueros, protegiéndose la cara contra el viento, que corta la piel como una cuchilla. El capellán se congela sobre una mula joven que rebufa y se afana en subir la cuesta del camino, balanceando con rabia el cuello y las crines. Un paje sentado en el pescante de la carroza tiembla de frío y comienza a castañetearle la dentadura. Es apenas un adolescente. Han empezado a caer unos copos de nieve dispersos, tímidos, deslavazados. La comitiva ha llegado donde la nieve caída los días pasados cubre ya el sendero, los ribazos y las ramas lánguidas de los pinos.

—Hace tanto frío que no puede nevar —se queja el cochero al paje.

Chasquea el látigo en el aire, grita una maldición y patalea en el estribo, para aliviar un poco los pies helados. Es entonces, al mirar al muchacho, cuando lo ve aterido, encogido en su jubón, silencioso, temblando. Se asusta tanto que detiene la carroza.

—¿Qué pasa? —pregunta el capellán, que se acerca baldado de frío.

—Vergara se congela —le responde con cara de susto el cochero.

El capellán va hasta el carruaje del conde-duque, retira la cortina y se asoma a la ventana.

—Señor, el niño Vergara está aterido —le informa.

Y el valido, sentado en el carruaje almidonado, con varias mantas extendidas sobre las piernas y el medallón de oro colgado en el pecho, ordena sin inmutarse:

—Que le den más ropa. Que lo abriguen bien.

El capellán cierra la cortina, va hacia el carromato más cercano, abre el primer baúl que encuentra y saca un paño recio, que es prenda femenina, de alguna de las damas que acompañan a la comitiva. Luego espolea la mula y vuelve junto al paje. Es apenas un niño. Está encogido y tiembla.

—Toma, hijo, ponte esto —le dice, mientras él mismo lo envuelve con la prenda como si fuera una manta.

El muchacho levanta un poco la cabeza inclinada contra el pecho y el capellán se fija en sus ojos apagados. Tiene la cara pálida y el rostro tan blanco y rígido como si estuviera en la antesala de la muerte.

El deán pica la mula y tira de las riendas para que vuelva atrás. Se acerca de nuevo a la carroza del conde-duque.

—Señor —le dice con sobresalto—, el niño está helado. No aguantará el camino.

Él se encoge de hombros, como si aquello no mereciera arreglo ni compasión. Una mujer que viaja como criada del conde en otro de los carromatos se ajusta bien el manto, abre la puerta de su coche y va hacia el carro donde está el paje. A sus pies, la nieve cruje aplastándose helada al paso de las botas de cuero. La mujer se apoya en el estribo y sube al pescante donde está Vergara.

—¿Cómo estás, hijo? —le pregunta.

Y él ni se mueve, ni contesta, ni levanta la cabeza, ni la mira siquiera. Asustada, le frota los brazos, le pasa la mano con fuerza por la espalda y lo aprieta contra sí para darle un poco de calor. Lo rodea con sus brazos y siente que es como un pajarillo helado, tembloroso y muerto de frío. Al abrazarlo ha sentido en las mejillas el rostro de mármol de ese niño de hielo que parece habitar ya el otro mundo.

—Se morirá de frío —dice asustada—. Llevadlo adentro de mi coche, abrigadlo bien y que alguien le frote las manos y los pies para que no se congele.

—El camino es largo y, cuanto más subamos la montaña, estará peor —le comenta el fraile al conde-duque, que ni siquiera se ha bajado de la carroza para ver al niño.

Olivares mira entonces hacia arriba, a la sierra lejana, al cielo gris y encapotado, a los ribazos de nieve junto al camino. Sopla el viento helado y todo está envuelto en un silencio amenazador. No se oye ningún animal. No parece haber vida en ese paraje donde sólo se mueven las ramas fantasmales de los pinos cubiertas de nieve.

—Decid a todos que den la vuelta y que busquen el camino de El Escorial. Hoy dormiremos en el monasterio.

El capellán da media vuelta y susurra entre dientes, tiritando de frío:

—Si no morimos antes.

Se acerca al cochero, que le comenta malhumorado:

—No es tiempo para andar como lobos hambrientos por la sierra.

—Ya lo avisé —dice él, sin mirarlo siquiera—; pero todos parecen estar locos en estos días de desdichas.

VII

Una furgoneta avanzaba despacio por la calle de Hortaleza adonde había ido el hombre de la pelliza de cuero. Circulaba junto a la acera desierta de esa calle estrecha, de poco tráfico, a la que se accedía después de seguir los recovecos de unas travesías apartadas. La furgoneta era de color blanco, no tenía ventanas en los laterales, y en la chapa aparecía rotulado con letras discretas el oficio de sus ocupantes. «Electricidad Gómez», podía leer quien se fijara con atención. Y debajo: «Instalaciones eléctricas. Reparaciones.» No había más: ni una dirección, ni un teléfono, ningún dato personal.

El vehículo se detuvo a la entrada de una de las viviendas. El conductor iba vestido con un mono de trabajo de color azul. En el bolsillo situado a la altura del pecho, unas letras lo identificaban como empleado de la empresa de electricidad. Cuando paró la furgoneta, se quedó al volante, quieto, sentado como estaba. Inclinó un poco la barbilla y dijo:

—Estamos en posición.

Desde el interior se abrió la puerta de atrás y por ella salieron con rapidez dos hombres ataviados con la misma ropa de trabajo que el conductor. Se acercaron a la puerta de hierro, uno de ellos introdujo un dispositivo en la cerradura e hizo saltar el resbalón. Subieron con unas rápidas zancadas las escaleras del portal, entraron en el ascensor y pulsaron el cuarto piso. Al llegar al rellano, uno de ellos pegó inmediatamente una pequeña tira de papel en la mirilla de una de las dos puertas del piso, mientras el otro manipulaba la cerradura de la otra, hasta que se abrió. En el interior, se separaron: uno entró en la sala de estar y el otro en el dormitorio.

Fuera, en la furgoneta, el conductor vigilaba la calle, mirando alternativamente hacia delante y al espejo retrovisor. Hacía frío; aquella mañana desapacible nadie pasaba por ese tranquilo lugar. Por eso le sorprendió ver por el retrovisor un coche azul marino que giró para acceder a la calle, circulando muy lentamente. Sería una complicación que ese automóvil se parara frente al portal. Lo fue siguiendo con la mirada hasta que el coche adelantó la furgoneta, y respiró tranquilo al ver que continuaba sin detenerse y giraba hacia la derecha, antes de abandonar la calle.

En el interior del piso, el hombre que había ido a la sala de estar desenroscaba aprisa el auricular del teléfono para poner un micrófono. En el dormitorio, el otro colocaba estratégicamente un dispositivo dentro de un enchufe, junto a la mesilla. Ambos llevaban guantes, trabajaban con rapidez y se movían con seguridad por las habitaciones, como si conocieran previamente la distribución de la casa y supieran perfectamente lo que tenían que hacer en cada lugar.

Al rato el conductor que permanecía al volante vio que se abría la puerta de hierro de la casa y que salían sus dos compañeros, en silencio y con la misma rapidez con la que habían entrado. Ambos subieron a la parte de atrás de la furgoneta y se sentaron frente a un panel, en el que había varios interruptores iluminados, un receptor de sonido, amplificadores, aparatos de grabación y antenas.

—No hay señal —dijo uno de ellos.

El otro maniobró en algunas conexiones y entonces se encendieron unos pilotos de color verde.

—Ya está listo —anunció.

Y al oírlo el conductor por el auricular que llevaba en la oreja, arrancó la furgoneta y, con la misma lentitud con la que habían llegado, para no despertar sospechas, la alejó unos metros del portal.

Acompañado de David Luengo y Pedro Montilla, Héctor iba inspeccionando todas las entradas del Palacio Real. Desde la plaza de Armas, observaba la puerta principal de la fachada, que estaba abierta aún a los visitantes. El palacio tiene en ese frontal cinco puertas. Las dos laterales se utilizaban para el paso de vehículos, pero estaban cerradas. Las otras tres daban acceso al zaguán principal; por ellas habían entrado en otros tiempos los cortesanos, y en esta época lo hacían los embajadores cuando entregaban las credenciales al rey. En tales circunstancias, iban en carrozas engalanadas al estilo antiguo, tiradas por caballos con cordeles festivos y una tropa de corceles abanderados como escolta. Recorrían así las calles desde el palacio de Santa Cruz, cruzaban la plaza Mayor y llegaban a la plaza de Armas del Palacio Real de forma muy parecida a como se hacía siglos atrás. Que hubiera una falta de seguridad en momentos como ésos era lo que realmente le preocupaba a Héctor.

—El que robó el medallón lo hizo con ayuda desde dentro del palacio —comentó a los dos inspectores que estaban junto a él.

—Sin duda —confirmó David, mientras se fijaba en la fortaleza de las garitas de vigilancia junto a las columnatas de piedra que sostenían la balconada principal.

Se acercaron al puesto de control de la entrada para observar la labor de los guardias de seguridad.

—¿Hay controles del número de personas que entran y de las que salen? —preguntó Héctor.

—Cada día —se adelantó Pedro—. Este contador registra las entradas de los visitantes, y éste, las salidas.

—¿Y el personal del palacio?

—Ellos tienen su propio registro de entrada y salida, pero está al otro lado.

—¿No hay otros accesos?

—Claro que los hay, pero no tienen comunicación con las dependencias regias.

—Acabo de inspeccionar la carpintería que está en la planta baja del edificio, junto a la Armería —intervino David—. No tiene acceso al resto del complejo. Por ahí no pudo entrar nadie.

—Los visitantes tampoco pueden introducir objetos en el palacio —añadió Pedro—. En ese mostrador tienen que dejar las bolsas.

—El que lo robó tuvo que contar con ayuda desde dentro —repitió Héctor, como una reflexión para sí mismo, mientras los tres se dirigían al pasillo que conducía a los almacenes de palacio. No se explicaba cómo había podido burlar alguien tantas medidas de control. Esa inseguridad le preocupaba mucho más que la desaparición de una joya.

Cuando llegaron al almacén, salió a su encuentro el encargado de esa nave, que estaba repleta de objetos: unos útiles y otros ya en desuso, unos listos para ser trasladados a alguna dependencia y otros condenados a un rincón y al olvido. Héctor se fijó en cómo se amontonaban junto a la pared taburetes con las tapicerías desgastadas, sillas de distintos estilos, cajas de madera, tablas, porcelanas, una mesa con tablero de marquetería...

—¿Qué paquetes han entrado en los últimos días? —preguntó.

—Poca cosa —respondió el encargado—: unos embalajes con sillas a las que había que arreglarles el tapizado, dos lámparas del comedor de gala que se llevaron para reparar los brazos con unos fundidos de bronce... y nada más.

—¿Qué tamaño tenían los paquetes? —se interesó Pedro.

—Una cosa así —dijo el encargado, extendiendo el brazo a la altura de la cadera, con la mano abierta hacia abajo.

Pedro miró a Héctor y le hizo un gesto para indicarle la escasa probabilidad de que aquellos paquetes guardaran relación con lo que ellos estaban tratando de averiguar, pero él estaba observando las estanterías: las cajas de cartón con etiquetas que indicaban su contenido, los paneles de herramientas, los reposteros de protocolo, las enseñas y banderas cubiertas con plásticos transparentes, las alfombras rojas enrolladas junto a la pared.

—¿Quién inspecciona lo que entra y sale de este depósito? —preguntó Héctor.

—Yo personalmente —le respondió el encargado, con un tono que no ocultaba su desagrado ante las dudas que Héctor parecía plantear.

Cuando salieron del almacén, volvieron a recorrer aprisa el frío pasillo de piedra hacia las escaleras que daban acceso a la primera planta. Héctor estaba acostumbrado a andar rápido y los otros lo seguían intentando mantener su paso.

—Yo diría que nadie puede haberse colarse en el palacio entre esos paquetes —apuntó Pedro.

—Y menos con una tripa así... —le dijo David, dándole unos golpecitos en la barriga.

Mientras subían por las escaleras, Pedro apuró el paso para situarse al lado de Héctor.

—En cada sala hay un vigilante —le dijo cuando estaba en su mismo escalón—. Entre ellos hay establecido un turno de rotaciones que controla el jefe de seguridad.

—El jefe de seguridad es un inútil —lo calificó Héctor—. Es un hombre del partido designado por el ministerio. De seguridad no sabe nada.

Al cruzar el Salón de Alabarderos y el de Columnas, Héctor se fijó en los encargados de la vigilancia, que llevaban esposas y un colgante de llaves en el cinturón, así como un micrófono en el hombro izquierdo para mantenerse en comunicación entre ellos. Sólo algunos llevaban pistola visible en una cartuchera de cuero. Pero todos vestían el mismo uniforme... y las mismas botas, se fijó expresamente Héctor.

—No hay ninguna duda de que las huellas detectadas en la cámara de seguridad corresponden al sospechoso —comentó David—. Esa persona no tenía que entrar ahí por su trabajo. Si lo hizo, fue con otras intenciones.

—Está vigilado las veinticuatro horas —intervino Pedro—. Hemos pinchado su teléfono, pero de momento no hay resultados.

—El laboratorio sí que ha confirmado el análisis de los restos de alguna huella —añadió David—. Dicen que es materia orgánica formada por la semilla de un árbol y filamentos de sus flores. Lo han pasado a Botánica para que averigüen qué tipo de árbol es y dónde se encuentra.

Héctor estaba inquieto. Había un topo entre el personal de servicio del Palacio Real y no sabía con qué intenciones. Tal vez fuera un simple ratero que había visto la oportunidad de hacerse con una pieza excepcional y se la había apropiado sin más pretensiones. O tal vez ésa fuera la punta de un iceberg que escondía otros objetivos más peligrosos. ¿Qué información delicada sobre la seguridad del palacio podía filtrarse?, se preguntaba Héctor. Y sobre todo: ¿para quién y con qué finalidad?

Elena recapituló lo que había averiguado hasta entonces del robo. Ella tenía que reconstruir lo más fielmente posible la imagen de ese colgante y entregársela a Héctor para que se la proporcionara a los investigadores que trabajaban con él. No se conservaba ninguna reproducción del medallón robado. La única referencia que había encontrado de él estaba en el inventario que se hizo en el Alcázar a la muerte de Felipe IV. Hasta el momento sólo sabía que era un medallón tallado en oro, con las imágenes del sol y del paraíso. Pero ¿cómo eran esas imágenes?

Había consultado algunos libros de emblemas y llevaba una carpeta con reproducciones de sellos del siglo XVII para enseñárselos a Héctor. Caminaba por la plaza de Oriente en dirección al palacio. Hacía frío en aquellas horas del atardecer, cuando la tibieza del sol casi horizontal en la lejanía apenas lograba contrarrestar el avance de las sombras gélidas de la noche. Elena dio una vuelta más a la bufanda que llevaba en el cuello y aceleró el paso. Pensaba en el dibujo del medallón. En el inventario de Felipe IV se decía que en él estaba grabada una escena del paraíso. Muy bien, pero ¿cuál? Conocía bien la iconografía más frecuente sobre ese tema: Eva junto al tronco del árbol del Bien y del Mal ofreciendo a Adán una manzana. La felicidad y la tentación, pensó Elena. Desear siempre aquello que no tenemos.

Por otra parte, también había averiguado que en el medallón estaba representado el sol: el amanecer iluminando el mundo con sus rayos. Pero ¿cómo era esa imagen?

Elena cruzó la verja de hierro para entrar en la plaza de la Armería. Miró al cielo, que mostraba ya una tonalidad de bronce envejecido. Los rayos rebotaban en los cristales de los edificios, pero parecían deshacerse en el choque, sin fuerzas para calentar el mundo. Miró la piedra del palacio, que adquiría con los reflejos una tonalidad dorada. Entonces descubrió algo en lo que no se había fijado antes. Lo había tenido siempre ante ella, pero no se había percatado de su sentido. «Así somos a veces —pensó—, tenemos delante lo que más importa y no nos damos cuenta, porque estamos preocupados por asuntos que no valen nada.»

Se fijó en los tres cuerpos de la fachada principal del palacio sostenidos por columnas. El inferior daba acceso a la planta baja; el segundo era la balconada, con columnas estriadas y capiteles jónicos; encima estaba la balaustrada, que rodeaba todo el tejado del edificio. En el centro de la misma había una espadaña rectangular con el signo que ella andaba buscando, esculpido en un lugar preferente: junto al escudo de la nación, junto a la corona real, junto a la imagen mítica de los reyes de España.

Elena observó con asombro la orientación del palacio: estaba pensada para que el sol recorriera la fachada cada día, desde el amanecer al ocaso. Y ese sol estaba esculpido en unos paneles de mármol de más de cinco metros de altura, en la parte más elevada de la fachada. Se fijó en el óvalo que presidía la balconada: una matrona joven, representando la nación, vestida con túnica y yelmo, sostenía un ramo de olivo y espigas, mientras a sus pies el dios Plutón derramaba el cuerno de la abundancia, sentado desnudo junto a un toro y un caballo blanco. A ambos lados, dos grandes paneles representaban la luna en cuarto creciente y en cuarto menguante.

«Vivimos rodeados de símbolos —pensó Elena—, y a veces no nos damos cuenta de su lenguaje.» ¿Era casual que esas imágenes estuvieran esculpidas en la fachada? El palacio actual se construyó tras el ocaso de los Austrias, una dinastía procedente del centro de Europa, cuando fueron sustituidos por los Borbones, que provenían de Francia. Se levantó después de quemarse el Alcázar la Nochebuena de 1734, en el mismo sitio que ocupaba éste. Se había derrumbado un palacio, pero sobre sus cenizas se levantó otro. Se agotó una dinastía, pero sobre aquella ruina se instauró otro linaje. «Al crepúsculo le sigue siempre un nuevo amanecer —pensó Elena mirando la fachada del Palacio Real—. Después de la noche viene un nuevo día. Se oculta el sol y aparece la luna. Y así eternamente. Alguien muere y, a pesar de ello, continúan existiendo el sol y la lluvia, el sudor del verano y la ventisca del invierno.» La sabiduría popular lo había sintetizado en un pensamiento escueto: «A rey muerto, rey puesto.»

Elena decidió entonces volver al día siguiente con una cámara de fotos y añadir toda esa iconografía para imaginar la representación más exacta del medallón desaparecido. Miró hacia poniente, donde el sol se arrastraba por las ramas altas de los árboles de la Casa de Campo. «Todo tiene un significado», volvió a considerar Elena; y al hacerlo se preguntó si esa luz crepuscular que alumbraba las paredes del Palacio Real anunciaba esos días un parto en el edificio, la continuación de una dinastía, o eran más bien los estertores de un último aliento.

Bruscamente, se abrió la puerta del despacho provisional que Héctor había instalado en la zona administrativa del palacio. Un inspector joven, de cara delgada y con una sombra de bigote encima de los labios, vestido con una chaqueta de color marrón, asomó la cabeza y desde allí le informó:

—¡En la sala del control eléctrico han encontrado huellas sospechosas!

—¿Las están analizando? —preguntó Héctor inmediatamente.

—Los equipos del laboratorio ya se han llevado muestras.

—¿Y han inspeccionado la instalación eléctrica?

—Creo que todavía no.

Héctor se levantó, llamó a David y Pedro, y salió del despacho seguido por ambos. Recorrieron con paso rápido los largos pasillos de piedra, hasta llegar a una puerta metálica pintada de gris, en la que aguardaba el jefe de mantenimiento.

Al entrar en la sala, Héctor tuvo la impresión de acceder a la cabina de mando de un avión o a la zona de pilotaje de un submarino. Tres de las paredes del cuarto estaban cubiertas con varios paneles eléctricos de distinto tamaño. Numerosas luces se encendían en las cajas de control instaladas en la pared. Los reflejos de colores rojo, verde y blanco se combinaban de forma aparentemente arbitraria. Algunos pilotos parpadeaban con urgencia, como si reclamaran una atención especial.

—El control eléctrico del edificio está centralizado en esta sala —les informó el jefe de mantenimiento.

—Está organizado por zonas... —comentó David Luengo, fijándose en los letreros que estaban escritos en tiras de plástico.

—En efecto. Estos paneles corresponden al exterior —siguió explicando el hombre, mientras señalaba con la mano una de las secciones—. Éstos son los indicadores de las escalinatas y pasillos; aquí están los de los salones de Alabarderos y de Columnas —y mientras lo decía, iba mostrando con el dedo distintas secciones de la sala—; desde aquí se controlan los componentes electrónicos de los cuartos reales: el de Carlos III, el de María Luisa de Parma... Estos otros cuadros indican el estado del comedor de gala...

—¿Y la Capilla Real? —lo interrumpió Héctor.

—Son estos indicadores —le contestó el técnico, señalando uno de los paneles.

Héctor se acercó al tablero y fue leyendo los letreros impresos junto a diferenciales, interruptores y pilotos encendidos, que indicaban «Retablo», «Sacristía», «Relicario», «Cámara de seguridad».

—¿Las alarmas se controlan también desde aquí? —preguntó Pedro Montilla.

—Desde ese cuadro —contestó el jefe de mantenimiento, volviéndose hacia otra pared.

Héctor se acercó a la sección que le señalaba y estuvo observando cada uno de los interruptores y clavijas del tablero de alarmas.

—Deme un destornillador —le pidió.

—No debería tocarlo, señor —se alarmó el técnico.

—No se preocupe, que no lo voy a tocar —le contestó.

Héctor metió la punta del destornillador en una tapa e hizo palanca, hasta que saltó la chapa de plástico. Apareció entonces un amasijo enredado de cables de distintos colores conectados a varios terminales. Héctor fue cogiendo los haces de cables, procurando separarlos. Se detuvo en uno de ellos, en el que había varias tiras reparadas con cinta aislante del mismo color que los plásticos del cableado. Había que ser muy minucioso para detectar el arreglo: los hilos de cobre habían sido cortados y luego empalmados de nuevo con soldaduras minúsculas, disimuladas con cinta idéntica al cable original. Era sospechoso ese apaño: las conexiones de la alarma habían sido manipuladas.

—Fíjate en esto —le dijo a Pedro, que estaba junto a él.

—Ésta es la madriguera del zorro —le contestó éste después de haber visto los empalmes.

—¿De dónde son estos cables? —preguntó al jefe de mantenimiento.

—A ver... —dijo el técnico, acercándose para observar las conexiones.

Estuvo un rato comprobando las clavijas y al fin dijo:

—Son de la cámara de seguridad de la capilla.

Cuando volvían los tres por uno de los pasillos de la planta baja que rodea el patio del Príncipe, David comentó:

—Parece que alguien se les ha colado en el cuarto de alarmas.

Héctor contemplaba los ventanales del patio completamente cerrados, la balaustrada del segundo piso vacía y los tejados inaccesibles alrededor de la cúpula de la capilla.

—El robo se hizo desde dentro —dijo—; o aún peor: los ladrones están dentro del palacio.

—Tal vez entraron camuflados como visitantes —apuntó Pedro.

—Sí, pero alguien tuvo que facilitarles el trabajo. Sabían adónde iban y qué debían hacer.

—El acceso a la sala del control eléctrico es restringido —añadió David—. Sólo el personal de mantenimiento puede acercarse a esa zona. Y la entrada está protegida mediante tarjetas personalizadas.

—Fabricar una tarjeta para abrir un control eléctrico no es difícil —intervino Pedro, y añadió con cierta ingenuidad—. Nosotros lo hacemos todos los días.

Héctor lo miró con expresión de reproche.

—La capilla del relicario está bastante desprotegida —observó David—. No hay sensores de movimiento, ni cámaras de visión nocturna...

—Supongamos que el robo se planifica desde el exterior —concedió Héctor—. Los ladrones antes de nada tienen que ir hasta la sala de control eléctrico, que es una zona vigilada.

—No es difícil —apuntó Pedro—. Pudieron entrar vestidos con un traje de faena y presentar una petición falsificada de revisión de las instalaciones. Alguien les abrió la puerta y ellos manipularon el cableado para que las alarmas quedaran inutilizadas.

—¿Se ha interrogado al personal de esa zona?

—Lo están haciendo; y lo que se sabe es que durante esos días hubo que hacer una reparación en unas salas contiguas.

—O sea, que hubo movimiento de gente.

—Sí, se produjo mucho trasiego de personal durante unos días —explicó Pedro—. Estamos viendo con las empresas contratadas quiénes fueron los operarios que trabajaron en esas tareas.

—Pero luego la pieza robada tuvieron que sacarla por alguna puerta de servicio —intervino David—. ¿Cómo evitaron, si no, los detectores de metal?

—Tuvo que sacarla alguien que por su trabajo no iba

a despertar sospechas —sugirió Héctor—. O alguien que dentro del palacio podía moverse con cierta facilidad —añadió, abundando en la idea de que el robo había tenido que contar con la complicidad de alguien desde el interior del palacio.

Cuando llegaron a la puerta, el cielo de la atardecida estaba gris, pero en la piedra del Palacio Real brillaban aún los últimos reflejos del sol mortecino del ocaso.

—¿Se tiene alguna noticia del paradero de la pieza robada? —preguntó Héctor.

—Aún no —le respondió David—. Se han rastreado ventas, pero nada. Están advertidos coleccionistas y anticuarios, por si acaso. Pero es difícil que algo así salga inmediatamente.

—Ya veremos...

Desde el portalón de la entrada oyeron el taconeo de alguien que bajaba aprisa la escalinata de mármol hacia el vestíbulo. Se volvieron los tres al mismo tiempo y vieron a un agente que llevaba unos papeles en la mano.

—Acaba de llegar este informe —le dijo a Héctor al entregárselo.

—Es del laboratorio —les comentó él, nada más verlo. Leyó los primeros párrafos y añadió—. Confirman que todas las huellas sospechosas son del mismo calzado, tanto las de la capilla como las de la sala de electricidad.

—¿Son de una sola persona? —se interesó David.

—Eso dice aquí. Al parecer no fue muy cuidadoso... Han analizado algunos restos. Dicen que son semillas de un árbol poco frecuente. «Árbol del paraíso», lo llaman.

—¿Del paraíso? —preguntó Pedro, extrañado.

—Eso pone.

—Un árbol del paraíso... —repitió Pedro con tono evocador—. En Madrid, un árbol del paraíso... Lo que nos faltaba para ser más chulos que nadie.

—Las huellas coinciden con las pruebas que les mandamos del calzado de uno de los vigilantes de seguridad —siguió leyendo Héctor del informe.

—Ese hombre no tenía que hacer ninguna vigilancia en la capilla ni en la sala de electricidad —intervino David—. Eso lo hemos comprobado. Si estuvo allí fue por su cuenta, y fuera de servicio.

—Pues parece que estamos en la dirección correcta. —Héctor se animó—. A primera hora de la mañana quiero saber qué pasa con las escuchas del piso que hemos pinchado.

Detrás de los jardines del Campo del Moro, el sol formaba los últimos arreboles sobre el horizonte y teñía las nubes de color morado. Los tres atravesaron la plaza de Armas, cruzaron los jardines de la plaza de Oriente y se perdieron detrás del Teatro Real, entre las calles que conservaban aún el aliento del antiguo Madrid de los Austrias. El cielo se oscureció en un instante, y si se hubiese podido observar la ciudad desde la altura, todo habría sido un fragor de luces encendidas, faros de coches en hilera, focos rojos, y, en medio, el destello azul de unas ambulancias que se abrían paso entre tanto desbarajuste, transportando la carga dolorosa de la última desgracia ocurrida en la ciudad.

VIII

Con una cámara de fotos en las manos, Elena recorría el exterior del Palacio Real. Desde la plaza de Armas fue fotografiando todos los relieves tallados en la fachada. Después se dirigió a la pared de la capilla, al norte, donde se reproducía el mismo motivo que en la fachada del mediodía: en la espadaña que coronaba el balcón en ese lado del edificio, el sol también extendía sus rayos sobre el escudo y la corona real.

Entró en el palacio para ir en busca de Héctor. Subió las escalinatas, recorrió la galería, cogió un ascensor y llegó al tercer piso, donde estaba instalado el despacho que el comisario usaba provisionalmente. Sin embargo, él no estaba allí. Uno de los inspectores le explicó que había ido a los archivos de identificación de la policía, para comprobar las fichas de algunos grupos de sospechosos.

—Ha ido también a ver unas grabaciones. Han encontrado algo —le dijo.

En ese momento se oyó el eco de las sirenas de coches policiales que cruzaban la calle a velocidad de vértigo.

—¿Qué ha ocurrido? —preguntó Elena.

—Ha habido algunas detenciones —le contestó el inspector.

—¿De quién?

—Jóvenes del Frente Nacional.

—Ayer por la noche se oyeron muchas sirenas —apuntó ella.

—Sí, hubo jaleo en la calle. Cortaron el tráfico quemando barricadas y al final se produjo algún herido.

—Qué mala pinta tiene esto... —intervino otro que estaba sentado en una mesa contigua.

—Todos los días es igual —se lamentó el primero—. Todos los días hay algo para acabar jodiéndola.

Elena dijo que llamaría por teléfono a Héctor más tarde y se fue.

Salió del palacio y pasó junto a la puerta de la farmacia, situada en una de las alas laterales del edificio. Allí se preparaban hasta no hacía mucho los extractos de las plantas para curar las dolencias de los que vivían en el palacio. Los botánicos separaban los tallos, las raíces, las hojas y las flores que les llegaban a la rebotica y los clasificaban según su calidad. Los de mayor pureza los seleccionaban para destilar los remedios que dedicarían sólo a los miembros de la familia real; los demás eran enviados a hospitales y campamentos militares. Sólo los moradores del real sitio tenían el privilegio de usar los remedios de la botica.

Elena pensó en el conde-duque de Olivares, desterrado en Toro. Desde el poblacho de su exilio mandó una vez que le fueran servidos emplastos y aguas destiladas de la farmacia real para curar sus dolencias. Pero no pudo hacerlo como valido ni como enviado del rey ni como cortesano. No era más que un hombre solo en el destierro. Y aquella petición no le fue atendida.

¿Tendría entonces el medallón que le había dejado el rey?, se preguntó Elena. Había comprobado los documentos de aquellos años finales de la vida del conde-duque que se conservan en el archivo. Había repasado el inventario de los bienes que dejó a su muerte. ¿Qué había sido de esa joya? Es más, se preguntaba Elena: ¿qué fue de Olivares después de todo su poder? ¿Cómo terminaron sus días? ¿De qué manera se cebó en él la maldición de la muerte?

En el destierro de Toro, ya poco podían hacer por él los remedios de la botica. Hay un momento en la vida en que el deterioro es un camino sin retorno. Y entonces sólo queda desear que el final no se retrase demasiado, para no vivir los últimos años como una fruta en descomposición.

Aquellos días de destierro en Toro, Olivares se quedaba a ratos ensimismado, y se extraviaba en el pasado. Su memoria se diluía con la misma rapidez con la que se disuelve en el agua un trozo de sal. A veces le invadían la cabeza imágenes deslavazadas. Rememoraba obsesivamente el séquito que fue hasta Burdeos a recoger a Isabel de Borbón para casarla con el joven Felipe IV. Era una niña de doce años, que fue custodiada hasta el palacio de Madrid por un cortejo de honor, en el cual también se encontraba él. Recordaba cómo el embajador le presentó a la princesa: «Don Gaspar de Guzmán y Pimentel Ribera Velasco y de Tovar.» Y él, inclinándose ante la futura reina, añadió orgulloso: «Desciendo de Guzmán el Bueno.» Como si la joven infanta francesa pudiera tener alguna idea remota de la altanería de aquel noble que lanzó su puñal a los musulmanes para que sacrificaran con él a su hijo.

Las losetas de la plaza de la Armería estaban mojadas por la humedad. Elena caminaba hacia la verja de hierro, dejando atrás la farmacia y sus destilados, que no sirvieron para paliar la decadencia progresiva del valido. Mientras abandonaba los muros de piedra del palacio, recordó cómo fueron aquellos últimos días en los que Olivares, entonces sí, lo perdió todo definitivamente.

Olivares está envejecido y enfermo. Los dolores que le produce la gota le resultan cada vez más inaguantables. Hasta para ponerse de pie tienen que ayudarle dos criados. Siempre le dejan a mano una muleta de madera o el bastón de puño, pero cada vez está más desabrido y sin ganas de nada. Apenas anda unos pasos, se fatiga. Y con frecuencia el desánimo no le permite levantarse del lecho. En los últimos tiempos su gordura se ha incrementado. Y la calvicie. Y el cansancio. Pasa el día amodorrado y ya ni siquiera duerme por las noches. Unas manchas rojas le han salpicado la piel de úlceras, sobre todo en las piernas, y le producen picores y un gran quebranto. Hasta las encías tiene ya infectadas.

Se han agravado sus rarezas; se siente confuso, pierde la memoria, y con frecuencia lo asalta el desvarío. Por la noche un criado vela en su alcoba, y a veces el conde se convulsiona en sueños y grita:

—¡¿Quién sino yo?! ¡Soy el privado del rey!

Y al pronto vuelve a quedarse pánfilo sobre la cama, olvidado de todo y perdido.

Cuando la condesa se acerca a la alcoba por la mañana, para levantarle el ánimo, se encuentra más un cadáver que un cuerpo en vida. Mira su cara hinchada y la piel moteada de erisipela. Olivares está insomne y con la mirada perdida. Tiene la cara terrosa y la piel de ceniza, que parece ya anticipo de la muerte.

—No hay mal que no se cebe en mí —se lamenta, hablando entre dientes consigo mismo, sin apreciar la presencia de su mujer.

Entonces ella recoge la colcha que su marido ha lanzado fuera de la cama en su delirio, lo arropa y dobla bien el embozo, para que no haga pliegues que molesten su piel enferma. Sobre el lecho ensombrecido, el cuerpo quieto e inerte de ese hombre parece el de un náufrago a la deriva, abandonado en medio de las aguas de la muerte.

Al cabo de unos días, Olivares ya no quiere levantarse de la cama. Le ahoga el cansancio. Lleva varios días comiendo con disgusto. Al mediodía su nuera Juana, casada con el hijo bastardo reconocido por el conde, entra en la estancia y abre los ventanucos para que la luz del sol alegre un poco la sombría habitación. Se acerca a la cama y deja encima una bandeja con fruta troceada.

—Por vida del rey —le dice—, que Vuestra Excelencia coma algún bocado.

Pero él cierra los ojos y mueve la cabeza, negando sin pronunciar palabra. Luego mira hacia otro lado, para apartar la vista de los alimentos que tiene delante.

—Señor —insiste ella—, entonces, por amor a mí, ¿no comerá Vuestra Excelencia un bocadito?

Y el conde la mira momentáneamente enternecido. Tiene él los párpados caídos y sus ojos transmiten una infinita melancolía. Le cuesta pronunciar las palabras; le fatiga hablar y le agobia hasta mover los labios. La mira y ve en ella a la hija que se le murió tan joven. Tiene la misma edad que ella el día que la enterraron, la misma cara juvenil, el mismo gesto, idéntica inocencia. Ve Olivares a su hija frente a él, mirándolo. Hace un esfuerzo y susurra:

—Por amor a ti, comería; pero es que no puedo.

En los escasos momentos en que recupera algo la lucidez, los criados lo sientan a su pesar en una silla junto a la ventana de su aposento. Con la mirada perdida contempla los campos. Los cereales tiemblan movidos por las ráfagas del viento ahora hacia un lado y luego hacia el otro, desorientados como su mente enferma. La condesa se acerca a él.

—¿Quién sois, señora? —le pregunta él, que a ratos pierde la cabeza.

—Soy Inés de Zúñiga —le responde ella con melancolía, mientras apoya la mano en el respaldo de la silla, poniéndose a su lado—. ¿Y vos, señor, quién sois?

—Don Gaspar de Guzmán y Pimentel Ribera Velasco y de Tovar. Desciendo de Guzmán el Bueno —responde él con dignidad ofendida; y, señalando el medallón que cuelga en su pecho, añade con altivez—. Y sirvo como privado al rey Felipe.

En la pantalla provisional que habían instalado en el despacho estaban viendo al hombre que salía por una puerta de servicio del Palacio Real, cruzaba aprisa la calle, se montaba en un coche, circulaba por varias avenidas y llegaba sin detenerse hasta Hortaleza.

—Siempre realiza el mismo recorrido —informó uno de los investigadores—. No se detiene nunca. No hace ninguna parada ni cambia de itinerario.

En la sala había seis personas sentadas alrededor de una mesa alargada: Héctor, David, Pedro y tres investigadores encargados de la vigilancia y el seguimiento del sospechoso.

—Apenas sale de casa —continuó explicando—; no se mueve por la ciudad. Lleva una vida semiclandestina, excepto las horas que está de vigilante en el Palacio Real. Se diría que tiene ese piso como refugio —comentó en el momento en el que se proyectaban unas imágenes con detalles del edificio, de la puerta, de las ventanas y de la entrada al garaje.

Las imágenes poseían escasa calidad. Se notaba que estaban tomadas a mucha distancia, con un zoom excesivo y sin soporte fijo, pues evidenciaban los movimientos de la persona que las había captado, así como el temblor y los reflejos de los cristales del coche desde el que estaban sacadas mientras el vehículo circulaba por las calles de Madrid.

—Ésta es una de las salidas que hace regularmente —comentó—: dos veces a la semana va al gimnasio, se queda allí una hora y vuelve por el mismo camino.

En la pantalla, el hombre se bajaba del Fiat blanco, con una bolsa de deporte en la mano, andaba un trecho por la acera, empujaba la puerta del gimnasio y desaparecía en el interior. La cámara se centraba entonces en grabar detalles del lugar: la calle, la entrada del local, el coche aparcado cerca y la matrícula. Al rato, se veía al tipo que salía con la misma bolsa en la mano, miraba hacia ambos lados de la calle, como si quisiera cerciorarse de que no había ningún peligro, y, con la misma rapidez de antes, llegaba hasta el coche y dejaba raudo el aparcamiento, mezclándose con el tráfico de la ciudad.

—¿Qué sabemos de él hasta ahora? —preguntó Héctor.

Otro de los investigadores se acercó al proyector, hizo avanzar la cinta con un chirrido de los cabezales y dejó la proyección en el momento en que la imagen buscaba un primer plano del hombre. Se veía un zoom rápido y tembloroso para grabar la cara de frente, que al principio aparecía borrosa y poco reconocible, pero al instante se enfocó la imagen y el rostro del hombre quedó congelado en la pantalla.

—Se llama Norberto Alfonsín de Zárate. Es chileno. Ingeniero electrónico —informó el inspector que se había levantado hacia el proyector.

—¿Ingeniero? —preguntó Héctor.

—Es lo que pone en su documento de identidad; pero a saber qué quiere decir eso en Sudamérica.

—Pero tendrá conocimientos de electrónica...

—Eso parece.

—O sea, que podría manipular una alarma, o anular unos códigos, o desbloquear una caja fuerte —insistió Héctor.

—Es posible —admitió el inspector con prudencia.

—¿Y se sabe si tiene vinculación con grupos políticos?

—No hemos solicitado información a la Brigada Política; pero en los seguimientos no se ha detectado ningún contacto, ni ha asistido a reuniones ni a citas con militantes políticos.

—¿Ni legales ni ilegales? —quiso aclarar David.

—Con ningún grupo legal ni con ninguno que no esté legalizado —confirmó el inspector.

—¿Y con los militares? —insistió Héctor—. ¿Podría tener vinculación con los militares?

Los investigadores se miraron sorprendidos. Les habían ordenado que realizaran, con todo el secreto y sigilo posibles, la identificación y seguimiento del sospechoso de un robo, y eso era lo único que sabían de la misión que se les había encomendado.

—¿Con los militares? —preguntó extrañado el inspector que estaba al mando de la vigilancia del sospechoso.

—Sí —recalcó Héctor—. Habéis dicho que es chileno. ¿Sabemos si mantiene relación con la dictadura de su país o si tiene algo que ver con los militares golpistas?

El inspector se sorprendió aún más: como si todos los chilenos estuvieran implicados en la dictadura... Y como si investigar esas circunstancias fuera cosa de dos días...

—No nos constan esas relaciones —se justificó—. Pero no era una vía de investigación abierta.

—Pues ábranla —ordenó Héctor, tajante—. Hay que comprobar si tiene contactos con grupos militares o con la extrema derecha española.

Los otros investigadores se miraron incrédulos: no había ningún indicio para sospechar esa vinculación. ¿Qué estaban buscando realmente? La investigación de esos temas era competencia de la Brigada Política. O del recién creado CESID, que para eso se había puesto en marcha. Sin embargo, callaron, disciplinados.

Héctor se quedó mirando el rostro del hombre proyectado en la pantalla. Era corpulento, tenía unas cejas pobladas que le agrandaban las cuencas de los ojos y su gesto era de desconfianza. Su imagen se inclinaba a un lado, como si buscara la manera de salir de esa pared en la que le habían dejado inmóvil.

Héctor no lo dijo, pero mientras miraba la proyección estaba pensando en las recientes detenciones de ultraderechistas del Frente Nacional de la Juventud, una rama escindida de Fuerza Nueva, a quienes se investigaba por unos atentados ocurridos en Madrid. Uno de los máximos dirigentes de esa organización había sido asesinado hacía unas semanas de tres balazos en la cabeza. Héctor recordaba su entierro. El féretro, cubierto por una gran bandera española, fue llevado a hombros por las calles; recorrió Goya, Serrano, Alcalá, la Cibeles y la Castellana, hasta la glorieta de Atocha. Iba custodiado por jóvenes vestidos con la camisa azul falangista, cazadoras negras y boinas. Otros militantes formaban una comitiva con banderas y coronas de flores. Y miles de personas, de Fuerza Nueva, de la Falange, de la Confederación de Combatientes, saludaban a su paso con el brazo en alto, cantando el *Cara al sol* y profiriendo insultos contra el Gobierno y contra el rey. Un helicóptero de la policía sobrevoló todo el recorrido y los antidisturbios formaron un cordón de seguridad, pero al final hubo enfrentamientos, heridos, barricadas y coches volcados cortando la carretera.

Todo era tensión, nerviosismo y violencia aquellos días de incertidumbre. Héctor no conocía el alcance de lo que estaba investigando. Tal vez no fuera más que el robo de una joya de oro que tenía un alto precio, pero él se temía lo peor. La operación estaba rodeada de sigilo. El ministro le había puesto a él al frente de la investigación, pero el director del Patrimonio Nacional le había ordenado que no abriera la vía judicial sin contar con su aprobación. Lo habían colocado en medio de una marejada. No podía desechar ninguna hipótesis. En última instancia, era el responsable de evitar peores consecuencias. Y tenía miedo de que algo se le escapara de las manos.

IX

El aire de la mañana le acariciaba el rostro y eso le hacía sentirse bien. Elena corría por los caminos de tierra del parque del Retiro, flanqueados de álamos. Iba vestida con un chándal ceñido azul celeste, con unas líneas blancas en los laterales. Llevaba deportivas también blancas y se protegía las manos con unos guantes de lana del mismo color. Al respirar notaba cómo penetraba el frescor en su cuerpo y expulsaba rítmicamente el aire cálido, después de haberlo calentado en la laringe, en la tráquea, en las ramificaciones minúsculas de los bronquios. Junto a sus labios, cada vez que soplaba se formaba una neblina momentánea que se diluía al instante en el aire.

Mientras hacía ejercicio rodeada por el verde húmedo del Retiro, iba pensando en el destino del medallón del rey. Sabía que esa pieza de oro constaba de dos partes que encajaban entre sí. Una la llevaba el rey, y ella pensaba que ésa era la insignia del Paraíso. La otra la tuvieron sólo algunas personas muy cercanas al monarca y servía como un refrendo de que actuaban en representación del soberano. Jerónimo Villanueva la tuvo; Olivares, también. Pero a la muerte de uno y de otro, en los archivos desaparecía toda referencia acerca del destino de esa joya.

El parque estaba silencioso y parecía deshabitado a

esas horas de la mañana. Al otro lado de la verja de hierro que lo rodeaba se oía el ronroneo del tráfico que saturaba la calle Alcalá, pero entre los árboles todo era sosiego. Al correr, Elena notaba cómo se le tensaba el cuerpo y los músculos iban adquiriendo un movimiento acompasado, de émbolos flexibles. Le parecía sentir en su interior cómo los alvéolos oxigenaban las arterias pulmonares, y el corazón bombeaba entonces sangre limpia con un ritmo alegre, y el hipotálamo transmitía a todo su cuerpo impulsos de un sereno bienestar.

Elena se planteaba si alguna otra persona pudo ser depositaria del medallón. Había de ser, desde luego, alguien muy cercano al monarca. ¿Quién tenía acceso a la intimidad del rey?, se preguntaba.

Elena corría junto al estanque. Las aguas estaban lisas e inmóviles, hasta que una bandada de patos aterrizó sobre ellas, creando un revuelo de ondas y un estruendo de alas batientes. Mientras hacía *footing*, no podía olvidar que aquellas tierras arenosas habían sido el escenario de la diversión de Felipe IV y de su corte. Los nobles se habían cobijado antaño a la sombra de aquellos mismos árboles centenarios, las muchachas refrescaron sus bocas en los chorros de agua de las fuentes y las princesas miraron sus rostros en el espejo del estanque, hasta que los patos provocaban ondas que rompían las imágenes del agua, igual que había ocurrido en ese momento. El rey habría contemplado todo aquello asomado al balcón de la fachada principal, tal como se puede ver en el cuadro que pintó Velázquez: desde el balcón principal del palacio del Retiro observa desde la distancia a Olivares impartiendo lecciones de equitación al heredero Baltasar Carlos, en ese mismo lugar en el que ella estaba corriendo entonces. «¡Velázquez!», pronunció de repente Elena. ¿No era él uno de los que más intimidad tenía con el rey? ¿Quién disfrutaba del privilegio exclusivo de disponer de las llaves de su cuarto privado? Él fue su ujier de cámara y su aposentador. ¿Quién, sino él, entraba cada día en su alcoba?

Elena sintió que una corriente de adrenalina le recorría el cuerpo. Pensó en el final desdichado de las vidas de Villanueva y Olivares. No recordaba cómo fueron los últimos años de la vida de Velázquez. Pero ¿qué final de una vida no es desdichado?

Elena estuvo todo el día en el archivo consultando documentos que relacionaran la vida privada de Velázquez con el rey. En uno de los legajos encontró un papel marcado como «Orden de Su Magestad. 22 de junio 1629». En ella se decía: «A Diego Velázquez, mi pintor de cámara, he dado licencia para que vaya a Ytalia. Y tengo por bien que por el tiempo que durase su ausencia se le conserve la cassa de aposento que tuviesse señalada. Y para ello se le dará el despacho necesario.»

El rey autorizaba personalmente a Velázquez para que fuese a Roma y ordenaba que para el viaje se le diera todo lo necesario. El suegro de Velázquez, Francisco Pacheco, contó cómo hizo el pintor ese viaje. Elena lo leyó en el libro que Pacheco publicó pocos años después con el título *El arte de la pintura*. Cuenta que le entregaron a su yerno cuatrocientos ducados de plata, doscientos de oro y una medalla con el retrato del rey. ¡Ahí estaba lo que ella andaba buscando!

Elena copió esos documentos y, mientras estallaba la luz de la fotocopiadora, le asaltó una duda: ¿esa medalla era la misma que tuvieron Villanueva y Olivares? ¿Era una única pieza que pasaba de mano en mano? ¿O había unas pocas reproducciones que el rey entregaba a quienes habían de representarlo en alguna misión especial?

Sería extraño que mientras Velázquez estuvo en Italia, Olivares fuera desposeído de ese símbolo. Lo más probable, pensó Elena, era que hubiese una pieza que estaba siempre en poder del rey. Ésa era única y llevaba representada la imagen del paraíso. En ella se engarzaba el medallón que tenía grabado el retrato del monarca. De esta segunda pieza pudieron existir unos pocos ejemplares, que el rey entregaba a personas encargadas de alguna misión especial, entre ellas Velázquez, según consta en escritos de la época, quien lo usó el tiempo que estuvo en Roma y en el Vaticano.

¿A qué fue el pintor del rey a Italia? Elena consultó en el archivo una carta del embajador de Parma, Flavio Atti, quien escribió a su esposa, la duquesa de Parma, un correo cifrado en el que le sugería que trataran bien y agasajaran a Velázquez, porque era enviado personal del rey.

Ese mismo año, Rubens había estado unos meses en Madrid. Llegó como pintor, pero en realidad tenía una misión diplomática. Pasó muchas horas con el rey, le hizo algún retrato y aprovechó esa cercanía para cumplir el encargo que se le había encomendado: preparar las negociaciones de paz con Inglaterra.

Esa misma estrategia pudo usar Felipe IV con Velázquez: aparentemente el artista iba a Roma para conocer mejor la pintura de los maestros italianos, con lo cual pudo pasar muchas horas en el Vaticano, en una corte papal que era hostil a España y aliada de los franceses, con quienes el monarca español mantenía continuas guerras. Pero los embajadores de las ciudades en las que estuvo no ignoraban su verdadera misión: era un informador del rey.

En otra misiva que Elena leyó en el archivo, el embajador toscano comunicaba a Roma que Velázquez era un hombre cercano al monarca y a Olivares y que llevaba como presentación varias cartas y un sello real. Ése era el sello que ella andaba buscando.

Por la tarde, Elena llamó por teléfono a Héctor.

—Estamos siguiendo una pista fiable —le informó él, disculpándose por su escasa disponibilidad.

—Eso está bien —se alegró Elena—. Pero tengo algunos datos que pueden interesarte.

—¿De ahora mismo o de hace siglos? —preguntó Héctor con evidente desinterés.

Elena permaneció callada. Al otro lado del teléfono, Héctor sintió el peso del silencio. No pudo dejar de imaginarse los ojos de ella como si le estuvieran mirando fijamente sin pronunciar palabra.

—Me refería a si es un aspecto nuevo para la investigación... —se vio obligado a rectificar.

—Sí —respondió ella lacónicamente—. Lo es.

—Entonces podemos verlo el lunes —concedió Héctor con un tono de voz que indicaba el poco entusiasmo que le suscitaban las indagaciones de Elena sobre el pasado.

Era ya viernes, era tarde y, aunque a Héctor no le agradaba comenzar la mañana del lunes con un tema que no aportaba gran cosa a la investigación que estaba realizando, pensó que esa atención inmediata después del fin de semana complacería a Elena. Imaginó que eso era lo más conveniente y se dispuso a dar por terminado el asunto. No se esperaba la reacción de ella.

—¿Tú cenas alguna vez? —le preguntó.

Héctor se vio sorprendido.

—Nos vemos hoy a las nueve, en la Taberna del Alabardero —le propuso Elena con decisión, y añadió—. ¿No irás a rechazar una proposición así de una mujer?

Héctor quiso buscar una excusa, pero no reaccionó a tiempo. Oyó que ella se despedía y colgaba el teléfono, sin que él le hubiera dicho nada. Sólo entonces se dio cuenta de su falta de reflejos y se desahogó con rabia:

—¡Qué mujer más testaruda! —protestó, mientras dejaba de golpe el auricular del teléfono.

A Elena no le pasó desapercibido el detalle: Héctor se había vestido de modo especial para la cena; o tal vez mejor: para cenar a solas con ella. Mientras lo miraba, sentada frente a él en el restaurante, pensó que había pasado por casa para cambiarse de ropa. No llevaba corbata, que era habitualmente su uniforme de trabajo, pero sí una chaqueta oscura y una camisa negra, con unas rayas blancas muy finas.

—Trabajas demasiado —le recriminó ella con tono amable.

—Algunos temas son urgentes y hay que solucionarlos cuanto antes —se disculpó Héctor.

—Sí, pero ya sabes que lo urgente nunca debe llevarnos a olvidar lo que es realmente importante.

—¿Qué es importante...? —comentó con cierto escepticismo.

—Para ti, tú eres lo más importante: tu vida, tu tiempo, la gente a la que quieres...

Héctor cogió la carta del restaurante, la abrió y se dedicó a repasar la relación de platos que ofrecía. Al rato, la dejó sobre la mesa y dijo:

—Un robo en el Palacio Real es una cosa seria. Es un tema de seguridad.

Elena seguía con la carta abierta en las manos.

—Por los indicios que tenemos, a mí no me parece tan claro —discrepó.

—Cualquier delito que pueda cometerse en el Palacio Real pone en duda los sistemas de seguridad del edificio. Y eso es muy grave —insistió él—. No sabemos quiénes lo hicieron ni con qué intenciones. Si pudieron llevarse una joya del tesoro, es que tienen capacidad para realizar otras acciones. Y eso es lo que más me preocupa.

—Pero lo significativo es que, pudiendo haberse llevado otros objetos, lo que cogieron fue un medallón. Y sólo eso. ¿No te parece?

—Bueno... ¿Y eso qué indica, en tu opinión?

—Que lo único que querían era esa pieza. No era la más valiosa de la colección real, pero era la única que les interesaba. ¿Por qué?, deberíamos preguntarnos.

—¿Porque vale más de lo que pensamos?

—Desde luego: para el que la robó lo vale todo. Pero su valor no es económico ni artístico. Su valor es simbólico.

El camarero se acercó a servirles el vino que habían pedido. Vertió un poco en la copa de Héctor y aguardó a que lo probara. Éste, sin embargo, le hizo un gesto para que llenara las copas de ambos sin haberlo catado. Cuando el camarero volvió a dejarlos solos, Héctor cogió la copa e inició un brindis, rozando suavemente la de Elena.

—Que el caso se resuelva pronto —dijo.

Pero Elena acercó su copa con decisión y chocó sin recato la de Héctor.

—Por nosotros —añadió.

Después se llevó el borde del cristal a los labios y paladeó el Ribera de Duero que él había escogido. Mientras volvía a dejar la copa sobre la mesa, se pasó la punta de la lengua por los labios, saboreando el regusto del vino.

—¿Sabes quién tuvo también ese medallón? —le preguntó.

Y antes de que él aventurara ninguna hipótesis, añadió:

—Velázquez.

—¿Velázquez? —se extrañó Héctor—. ¿El pintor?

—Sí. Lo cuenta su suegro, Francisco Pacheco, en *El arte de la pintura*. Velázquez tenía que ser recibido en Roma por el Papa, y se presentó en el Vaticano como enviado de Su Majestad Católica. Ese medallón era su carta de presentación.

—Velázquez... —repitió Héctor—. Pintor y cortesano: el hombre que consiguió todo lo que se propuso en la corte...

—Sí, pero nada le parecía suficiente. Llegó a ingresar al año más de tres mil ducados. Una fortuna para entonces... Tenía, además, casa y médico gratis. Recibía pagos extraordinarios ordenados directamente por el rey. Y cobraba al mismo tiempo por varios cargos: pintor, ayuda de cámara, superintendente de obras, aposentador mayor del palacio... Pero no le bastaba —insistió Elena—. Solicitó casas de aposento, por las que después cobraba alquiler. Reclamó una pensión eclesiástica, sin ser clérigo. ¡Y se la concedieron! La estuvo cobrando de las rentas del arzobispado de Canarias. Luego se propuso entrar en la Orden de Santiago para percibir la suculenta enmienda anual que les correspondía a los caballeros de la orden. No cumplía ninguna de las condiciones para serlo, pero hizo declarar a los testigos en su provecho y hasta pidió la dispensa personal al mismo rey y al papa en Roma. Todo lo conseguía... ¡y todo le parecía poco!

—Velázquez sabía que estaba viviendo en una sociedad de privilegios: los que da la sangre y los que concede la corte. Él no tenía los primeros, así que buscó la manera de hacerse con los segundos.

—Sí —admitió Elena—. Pero no se conformaba con nada. ¿Cuántas casas, corralizas y aposentos tuvo en Madrid y en Sevilla, que vendió, alquiló y cedió a toda su familia...?

El camarero se acercó para dejarles los platos que habían pedido.

—Verduras asadas —dijo mientras colocaba el primero para Elena—. Y *foie* con mermelada de cebolla sobre pan de pasas —añadió ante Héctor.

Héctor cogió la servilleta y fue desdoblando sus pliegues de forma sistemática antes de ponérsela sobre las rodillas. Elena hizo lo propio, pero la desdobló agitándola con un impulso.

—Nadie está contento con lo que tiene —reflexionó Héctor.

—Ése es el problema: la codicia. Querer siempre más. Y admitir que todo puede conseguirse de cualquier forma. Velázquez también conoció la codicia, y por eso se metió en asuntos turbios.

—¿A qué te refieres? —se sorprendió Héctor.

—En la corte de Felipe IV se pagaba tarde y mal. Escaseaba el dinero y se podían pasar meses y años sin recibir ni un ducado. A Velázquez tampoco se le pagaba, a juzgar por sus cartas de protesta que se conservan en el archivo. Pero no le hicieron caso, porque las arcas del palacio estaban vacías. ¿Qué hizo entonces? Lo que no debía hacer: cobrárselo él mismo.

—¿Ah, sí? —volvió a extrañarse Héctor.

—Sí. Como aposentador administraba gastos y se encargaba de algunos pagos. Pues los últimos años de su vida estuvieron envueltos en pleitos y en reclamaciones a cuenta de eso. Lo demandaron los carpinteros. Y los barrenderos. Y los mozos de retrete. Un grupo de viudas de la furriera envió un memorial quejándose de que hacía tiempo que no habían recibido su pensión.

—¿Y Velázquez qué hacía con el dinero?

—Eso quiso saber el controlador del Tesoro, que envió un expediente al Bureo, en el que informaba que a Velázquez se le habían librado cinco mil reales cada mes para los gastos de su oficio como aposentador de palacio. Y él nunca había dado cuentas de ello. ¡Y debía darlas cada mes! —resaltó Elena, levantando la mano en la que sostenía el tenedor.

Elena pinchó un trozo de tomate asado al horno. Al morder la pulpa, sintió que un líquido levemente ácido le inundaba la boca. Héctor observó sus labios humedecidos por el color rojo, mientras ella seguía contando:

—Unos cuatrocientos ducados anuales desvió Velázquez para sus propios fondos desde que fue nombrado aposentador. ¿Y sabes cómo acabó al final?

—¿Cómo? —se interesó Héctor.

—A su muerte fueron embargados todos sus bienes.

—Mal asunto —consideró Héctor—. ¡Qué mal acabaron los hombres a los que el rey les entregó ese medallón...!

—Sí, muy mal. Es como si el medallón les hubiera transmitido una maldición.

—No será para tanto... —discrepó Héctor.

—Es una forma de hablar. Eres demasiado racional —le reprochó ella, sonriéndole—. No todo llegamos a entenderlo. Hay demasiadas cosas que no podemos explicarnos: el milagro de la vida, la existencia del mal, la conciencia que tenemos de nosotros mismos... No todo se puede expresar con las palabras. Por eso el mundo está lleno de imágenes: porque necesitamos acudir a símbolos para entenderlo un poco.

Calló mientras lo observaba con un gesto de ternura. Héctor estaba con las manos sobre la mesa, escuchándola. Ella pensó entonces que, en efecto, él era demasiado racional, demasiado organizado, demasiado responsable; y eso le ataba en exceso.

—El medallón que ha desaparecido es también un símbolo —añadió.

—¿Un símbolo de qué?

—No sé... De la transgresión, quizá. De la mala vida... Olivares es la soberbia. Jerónimo Villanueva, la ira. Felipe IV, la lujuria. Velázquez, la avaricia... Y ese medallón con la escena del paraíso les recuerda el castigo de la muerte.

—Todos hemos recibido esa misma condena —meditó Héctor.

—Sí: ése es el misterio...

El camarero pasó el brazo por detrás de ella para retirar el plato, y entonces Elena interrumpió lo que estaba diciendo, mientras colocaba el tenedor encima. Les sirvieron al momento la lubina al horno que ambos habían pedido. Elena observó cómo Héctor se ponía inmediatamente a limpiar el pescado con movimientos rápidos. «Es decidido», pensó. Héctor dispuso en un lado del plato los lomos de la lubina, y en el otro, las espinas. «Está acostumbrado a hacer las cosas de forma sistemática.» Se fijó en sus manos: finas, alargadas, y le parecieron hermosas para dejarse acariciar por ellas. Pensó que sabía poco de él; pero le atraía el misterio de ese hombre minucioso. Miró sus ojos negros y los vio cansados. Había en él un aspecto frágil que resultaba conmovedor. Pensaba que su rostro severo le servía para ocultar esa fragilidad. «Se protege mostrando una apariencia dura, porque se sabe vulnerable.»

—¿Tú no descansas nunca? —le preguntó, sonriéndole.

—Ése es mi problema: trabajo demasiado. No tengo horarios, y llego a casa molido.

—Eso es porque no te esperará nadie... —indagó Elena.

—No, ahora no me espera nadie —reconoció él con cierto pudor.

—¿Y antes sí?

—Bueno... Hasta no hace mucho tenía... —dudó—, tenía más obligaciones.

Calló y quiso zanjar el tema llevándose a la boca la copa de vino. Pero Elena lo miraba en silencio, atenta, esperando a que él continuara.

—No hace mucho que terminó mi relación con una persona —explicó entonces—. Yo no estaba mucho en casa: demasiado trabajo, demasiadas horas persiguiendo las huellas de otros. Buscaba los retratos de sospechosos desconocidos y olvidaba el rostro de las personas que tenía más cerca.

Héctor bajó la vista hacia el mantel y se distrajo empujando unas migas de pan mientras hablaba:

—Siempre llegaba tarde a casa. Algunos días la encontraba dormida encima de la cama, con un libro entre las manos, esperándome. Eso fue al principio. Pero al poco tiempo, cuando yo llegaba ella ya se había acostado y dormía.

Calló un momento y levantó la cabeza. Miró a Elena e hizo un gesto de resignación abriendo las manos y encogiéndose de hombros. Ella lo miraba con delicadeza y volvió a sonreírle. Héctor continuó entonces:

—Un día llegué antes y ella no estaba en casa. Eso no

tenía importancia. Pero al volver, me dijo que había estado con una amiga. Y no era verdad. En cuanto se rompe la confianza entre dos personas, empieza a perderse el afecto. Otro día me dijo que ésa no era la vida que ella había pensado conmigo. Le dije: «Cambiaré.» Y ella: «No cambiarás. Te gusta controlarlo todo, terminarlo todo; y el trabajo acaba absorbiéndote. Es mejor no engañarse: no cambiarás.» Y tenía razón: desde entonces no he cambiado.

—Cada uno es como es —comentó Elena—, y así han de querernos. Si ella no te quería como eres, es que no te quería.

—Se fue con otro —añadió Héctor—. Con un compañero de trabajo. Durante un tiempo conocí el dolor que produce la pérdida de aquello que queremos. Porque yo la amaba de verdad y me culpaba por no haber sabido retenerla.

Ninguno de los dos quiso tomar postre. El camarero dejó sobre la mesa la taza con el café cortado que había pedido Héctor y la infusión de poleo menta para Elena. Héctor agitó con la cucharilla el café, sin azúcar. Se llevó la taza a los labios y se lo tomó de un sorbo. Entonces volvió a mirar a Elena.

—Pero no sé por qué te cuento esto... —le dijo.

—Porque es tu vida —respondió ella—. Y eso es para ti lo importante. Lo demás es secundario, aunque te refugies en ello.

Y al decirlo extendió la mano y acarició la de Héctor sobre la mesa, rozándole la piel con sus dedos finísimos.

Cuando salieron del restaurante, notaron el frío de la noche en sus rostros acostumbrados a la calidez del interior. Caminaron unos pasos en silencio, oyendo los tacones de ella, que resonaban sobre la acera. Elena se llevó las manos al cuello del abrigo, para mantenerlo cerrado alrededor de la garganta. Al verla, Héctor se quitó la bufanda para ponérsela a ella sobre los hombros. Elena se detuvo y se volvió hacia él para que se la colocara bien. Héctor se vio frente a ella, junto a su cuerpo; cogió la bufanda y le rodeó el cuello; levantó la melena, que voló sobre sus manos con suavidad; después anudó la bufanda bajo su rostro mientras ella le sonreía.

Volvieron a caminar en silencio. El taconeo firme de los zapatos de Elena provocaba en Héctor una sensación de intimidad compartida. Quiso romper el silencio y comentó:

—¿Y dices que Velázquez también tuvo ese medallón del rey?

En la quietud de la noche, se quebró entonces la atmósfera de complicidad que se había creado entre ambos. Elena pensó que así era él: necesitaba protegerse y buscaba refugio en el trabajo. Detrás de su silencio había un mundo de afectos. Pero él prefería esconder sus emociones. Se defendía así. Porque en el fondo se sabía frágil.

X

La furgoneta blanca estaba estacionada en la esquina de la calle. Era una travesía con viviendas de seis pisos de altura, aceras estrechas y estacionamientos a un solo lado de la calzada. No había muchos coches aparcados a esas horas de la mañana, pero sí los suficientes para que pasara desapercibida aquella furgoneta, sin otra señal que un pequeño rótulo de «Electricidad Gómez» pegado en uno de los laterales. No tenía más cristal que el del conductor, porque la parte de atrás era completamente metálica, sin ventanas. En el interior estaban sentados dos investigadores de la policía, vestidos con cazadoras. Uno de ellos observaba un panel de luces y de vez en cuando bebía un sorbo de café de la taza metálica quc había dejado junto a los interruptores. El otro llevaba unos auriculares que le aplastaban el pelo rizado en el centro de la cabeza, dejándoselo libre y ahuecado a ambos lados.

En ese instante sonó un clic en la mesa de control. En uno de los cuadros se encendió una luz verde. El agente de los cascos le hizo una señal a su compañero y éste accionó algunos interruptores. Sobre un panel comenzaron a girar las cintas de grabación.

—Es en la sala de estar —comentó, mientras cogía

unos auriculares colgados en el lateral y se disponía él también a escuchar la conversación.

Permanecieron así un rato, en silencio, escuchando. Al poco tiempo volvió a sonar el clic y uno de ellos detuvo la grabación. Se miraron con cara de asombro. ¿Qué es lo que habían oído?, parecían decirse con gesto de sorpresa.

—Rebobina —dijo el del pelo rizado.

Chirriaron las cintas un instante, hasta que el investigador volvió a pulsar el botón de parada y el de reproducción, y ambos escucharon de nuevo la conversación que se había grabado.

—Esto hay que comunicarlo inmediatamente —dijo el mismo agente—. Haz una copia y llévala cuanto antes.

Elena extendió sobre la mesa de la Biblioteca del Palacio el inventario de los bienes que dejó Velázquez a su muerte. Con paciencia fue revisando los muebles, taburetes, tapices, telas, jubones y golillas, libros de su biblioteca, grabados y cuadros que el pintor tenía en su alcoba, caballetes de su taller, joyas, emblemas e insignias. El inventario era minucioso y completo. En su redacción participaron el notario del rey, Gaspar de Fuensalida, y el yerno del pintor, Martínez del Mazo. Además estuvieron presentes otros dos testigos, que dieron fe de la veracidad de cuanto se anotaba en aquel registro, que se conserva aún hoy en el Archivo Histórico de Protocolos de Madrid. Ese inventario era una relación de las pertenencias que iban a quedar embargadas en la Casa del Tesoro hasta que la familia de Velázquez aclarara adónde habían ido a parar todos los ducados que el pintor recibió mensualmente durante años para atender sus obligaciones como aposentador mayor del palacio. Así que los responsables del registro anotaron ahí todas las joyas que ocultaba en los arcones de su alcoba, el título de cada uno de los libros de su biblioteca, hasta el último de los calzones que tenía el pintor en los baúles de su casa. Todo estaba ahí, y Elena lo repasaba leyendo atentamente cada línea.

Podía parecer un tiempo perdido revisar una por una tantas páginas y leer nombres de objetos que no estaban ya en ninguna parte y que eran sólo palabras vacías. Pero Elena sabía que eso era precisamente mirar hacia el pasado: asomarse a un túnel de imágenes borrosas y pronunciar palabras que habían perdido el significado con que las dijeron otros labios hacía siglos. Eso pensaba distraída, cuando en uno de los pliegos leyó: «Medalla de SS. MMg., con la divisa *Res prae Manibus existens*.»

Se detuvo en esa línea, colocó el dedo encima y fue repitiendo despacio las palabras. ¡Eso era lo que estaba buscando!, se dijo con nerviosismo.

Pero, tras la euforia inicial, se quedó pensativa. Tradujo mentalmente la frase escrita en latín: «Todo lo tenemos al alcance de las manos», susurró. ¿Qué significaba esa inscripción?

Cogió el bolígrafo y anotó las palabras en una libreta. Levantó la cabeza y dejó vagar la mirada en la pared forrada de madera de esa sala de la Biblioteca a la que sólo se podía acceder con un permiso muy especial. Sí, reflexionó: la gente del siglo XVII aplicaba a todas sus actividades el lenguaje de los símbolos. En la pintura, en el amor y en el gobierno. Fundió fábulas con mitos, y personajes bíblicos con lemas filosóficos. «El mundo es un paisaje mudo y necesitamos imágenes para comprenderlo», pensó Elena.

Se levantó para revisar los catálogos. Fue a las estanterías y reunió algunos libros de emblemas. «Todo lo tenemos al alcance de las manos.» Una fábula, una imagen y un lema. Ésos eran los tres elementos que combinaban nobles, poetas, pintores, filósofos, guerreros y reyes para transmitir el mensaje que habían escogido como enseña de su vida. Ese lema grabado en el medallón tenía un sentido, representaba una imagen y encerraba una historia que ella debía encontrar.

Estuvo toda la mañana repasando páginas con reproducciones de grabados que encerraban secretos en forma de alegorías y de jeroglíficos. Vio grabados de Durero y admiró las tablas del *Poliphilo* que imprimió Aldo en Venecia. Repasó textos de humanistas que fueron protegidos de los Médicis en Florencia y de los reyes en Viena. Elena sabía que la iconografía de los emblemas se repitió con muy pocas variantes a lo largo del Barroco. Desde Venecia a Amberes, los grabadores se inspiraron en motivos similares, combinando la mitología y la Biblia.

Sabía todo eso, y estuvo comprobando los grabados que había impreso la familia De Bry en Fráncfort, los libros de Michael Maier editados en Londres, las tablas que Goossen van Vreeswijk grabó en cobre en Ámsterdam, los trabajos de Jean Matheus impresos en París. Eran los grabadores más famosos del siglo XVII. Reunieron mitos clásicos y parábolas, juntaron signos celestes, animales y dioses, y crearon emblemas para acercarse a los secretos de la naturaleza. Elena lo sabía, sí, pero durante toda la mañana no encontró nada que le revelara el sentido de esas palabras tan arrogantes: «Todo lo tenemos al alcance de las manos.»

El investigador policial recorrió apresuradamente la distancia desde el control de entrada del Departamento de Delitos contra el Patrimonio hasta los ascensores. Ninguno de los dos estaba en la planta baja. Pulsó varias veces el botón con nerviosismo. Se volvió a mirar hacia las escaleras y luego otra vez hacia las puertas cerradas de los dos ascensores. Cruzó el rellano y empezó a subir las escaleras con prisa. Cuando llegó al piso en el que estaba el despacho de Héctor, recorrió el pasillo a grandes zancadas, golpeó la puerta con el puño y abrió sin esperar respuesta.

En el interior estaban aguardándole Héctor, David y Pedro. Los tres se giraron al ver al agente, que había entrado en el despacho como un vendaval.

—La cinta —dijo acercándose a Héctor, mientras se llevaba la mano a un bolsillo interior de la cazadora y extraía la grabación que les había anunciado poco antes por teléfono.

Héctor la introdujo en el reproductor que tenía encima de la mesa y todos se colocaron alrededor dispuestos a escucharla.

«Habíamos quedado en que nada de llamadas», oyeron que decía una voz temblorosa en el aparato.

«Han pasado tres días y no he tenido ninguna noticia —se quejaba con tono amenazador la otra persona en la conversación grabada—. Eso no es lo que habíamos acordado.»

«He estado enfermo —se disculpó el primero—. Ha sido imposible... Pero dijimos que nada de llamadas —insistió—. Yo me pondré en contacto contigo.» Y colgó bruscamente.

Héctor rebobinó la cinta y se repitió la misma conversación en el despacho.

—Siempre acaban cometiendo algún error —comentó Pedro, optimista.

—Pero hay que estar en el momento que se comete, para verlo —dijo Héctor, animado también por esa grabación, que parecía confirmar que la investigación seguía una pista fiable.

Volvió a rebobinar la cinta, y por tercera vez escucharon las voces de los dos hombres. Se intuía un tono de desconfianza mutua. No parecían estar hablando de un asunto cotidiano, sino de algo excepcional. Por otra parte, sus palabras eran prudentes, casi enigmáticas, como si no quisieran revelar lo que se traían entre manos. Había entre ellos un tono de amenaza comedida. Y de recelo.

«Habíamos quedado en que nada de llamadas», repitió la voz recriminatoria, cuando Héctor pulsó de nuevo el interruptor.

«Han pasado tres días y no he tenido ninguna noticia. Eso no es lo que habíamos acordado.»

«He estado enfermo. Ha sido imposible... Pero dijimos que nada de llamadas. Yo me pondré en contacto contigo.»

Al oír repetido por tercera vez el mismo diálogo, Pedro comentó burlón:

—Parecen actores de teatro ensayando un papel.

Héctor lo miró un instante, sin atender al comentario, mientras pensaba en el tono de temor y cautela que mostraban los dos hombres. Y eso le parecía sospechoso.

—Solicita el registro de llamadas —indicó a Pedro inmediatamente—. Que te digan cuál es el número de teléfono que ha marcado. Y luego averígualo todo sobre la persona de ese teléfono con la que ha hablado el vigilante del museo: quién es, dónde vive y a qué se dedica.

En 1618 un galeno y filósofo llamado Johann Daniel Mylius publicó en Fráncfort un libro colosal, *Opus medico-chymicum*, dividido en tres partes: la primera dedicada a la medicina; la segunda, a la química; y la tercera, a la filosofía. Elena lo tenía abierto encima de la mesa y lo miraba fascinada. Después de haber revisado varias obras, encontró, en la tercera parte de ese libro, titulada *Basilica philosophica*, unos grabados impresos por uno de los más famosos grabadores de Amberes. Contenían los ciento sesenta y siete sellos de los filósofos. Desde el egipcio Hermes Trimegisto, el fundador de la alquimia y de la medicina antigua, cada uno de los filósofos tenía un sello y una leyenda. Entre ellos estaba la reproducción del emblema de Miguel Escoto.

¿Quién era Miguel Escoto? Un monje escocés de la Edad Media que dominaba el árabe y el hebreo. Divulgó en Europa la *Biología* de Aristóteles y los comentarios de Avicena y Averroes. Fue llamado a Alemania, para estar en la corte del emperador; a Italia, para trabajar al servicio del papa; y a España, para traducir textos destinados al rey en la Escuela de Traductores de Toledo. Era médico, pero conocía también los movimientos de las estrellas y sabía leer las huellas que deja una pisada en el polvo. Sabía que los males se curaban con hierbas, ungüentos y emplastos, pero también por la virtud de las palabras.

Consideraba mágico el número siete, y lo razonaba así: siete son los planetas que hay en el cielo, los metales que nos da la tierra, los días de la semana y los colores del arcoíris. Siete veces siete son las veces que el hombre debe perdonar las faltas de los otros.

Escribió sobre la procreación del ser humano. Y ésa fue su obra más difundida: la que hablaba del hombre y de la mujer, del sexo, de cómo interpretar los signos del rostro, las posturas del cuerpo, el tacto de la piel, el llanto de los niños.

Conoció los sueños imposibles y el fracaso: enterró

azufre y mercurio con hierro, esperando que la tierra y el tiempo los convirtieran en oro. Y conoció también la falsedad de las apariencias: mezcló mercurio, azufre, arsénico y amoníaco. El resultado era un metal dorado, pero que no era oro. Su brillo duraba un tiempo, pero enseguida experimentaba la corrosión del aire. «Todo parece que lo tenemos al alcance de la mano, y se evapora en un instante —escribió—. La vida es fugaz. No existe el elixir que cure todas las enfermedades. No es posible fabricar la piedra filosofal. Somos herederos del destierro del paraíso.» Entonces dibujó su emblema: un hombre y una mujer desnudos, un árbol en medio y una leyenda: «Todo lo teníamos al alcance de la mano y lo perdimos.»

Elena pensó que así debía de ser el medallón robado, algo parecido a ese sello que reproducía un libro de emblemas del siglo XVII: el hombre y la mujer en el paraíso rodeados de símbolos de contrarios; el día y la noche, el sol y la luna, el principio y el fin, el alfa y el omega, el bien y el mal. Alrededor estaba el lema de Miguel Escoto: *Res prae Manibus existens amittitur propter peccata Hominu impiorum*. «Todo lo teníamos al alcance de la mano, y se perdió por culpa de los impíos.»

Pedro se sentó frente a su mesa, abrió un cajón y sacó una libreta. Pasó varias hojas, estuvo repasando algunas anotaciones que había en ellas y se detuvo en una página. Tenía un contacto en Telefónica, donde conocía a una persona con acceso a los registros de las llamadas. Pedro sabía que el caso en el que estaban metidos era así: urgente y casi secreto. Y de esa manera tenían que actuar. Nada podía trascender de lo que estaban investigando y no convenía demorarse en permisos judiciales. Tampoco querían dar explicaciones sobre lo que había ocurrido ni sobre lo que estaban haciendo y cómo. Así que hizo la llamada y esperó.

Al rato sonó el teléfono sobre su mesa, descolgó y sujetó el auricular sobre el hombro con la cabeza inclinada, mientras buscaba un bolígrafo abriendo los cajones de la mesa y pasaba después las hojas de la libreta hasta llegar a una página en blanco. Entonces anotó lo que le decían al otro lado de la línea. Se levantó y se dirigió al despacho de Héctor. Debido a su aspecto corpulento, cuando caminaba deprisa se le notaba un andar forzado, como si necesitara tomar impulso a cada paso. Abrió la puerta del despacho. Héctor estaba sentado junto a la mesa. Pedro comenzó a hablar desde la puerta y siguió mientras se acercaba a él:

—Ya tenemos el teléfono con el que ha comunicado el vigilante de seguridad.

—¡Bien! —le felicitó Héctor.

—Es de un chalet de El Viso. Parece que el hombre de Hortaleza no ha trabajado solo.

—Ése es el problema —dijo Héctor con preocupación—: qué hay detrás de todo esto.

—Ya vamos teniendo alguna pista —comentó Pedro, abriendo los brazos con un gesto campechano.

—Sí, alguna... Pero a ver adónde nos lleva... —intervino David.

Héctor interrumpió la conversación para preguntar con firmeza:

—Pero ¿quién es la persona con la que habló el vigilante?

—El titular del teléfono se llama Ángel del Valle y de Velázquez.

—Ángel del Valle... —repitió Héctor, mientras lo escribía en una libreta.

—Y de Velázquez —añadió Pedro, risueño—. Como el pintor.

—¿Sabemos algo más de él?

—Por el momento, nada

—Hay que montar la operativa habitual —le urgió Héctor—. Que lo vigilen. Que pinchen el teléfono. ¡Y tráeme su ficha de identidad!

Pedro inició el movimiento de marcharse, mientras Héctor cogió unos folios y los golpeó verticalmente sobre la mesa, como si quisiera ordenar así las ideas que le rondaban confusas.

—Ángel del Valle y de Velázquez... —pronunció, pensativo.

—Como el pintor —repitió Pedro desde la puerta.

—¡Qué casualidad! —advirtió Héctor la coincidencia—. Cuando se entere Elena...

En ese momento Elena estaba en el archivo del Palacio, sentada a una mesa con varios libros abiertos, uno encima del otro, y al lado tenía ilustraciones y grabados de época. Había encontrado los documentos que testimoniaban la última vez en que Velázquez llevó el medallón que lo presentaba como hombre privado y representante del rey.

Fue en la primavera de 1660. Las cortes española y francesa habían acordado el matrimonio del joven rey Luis XIV con la hija de Felipe IV, María Teresa de Austria. Para ello se organizó un encuentro en el que iban a reunirse los dos cortejos reales. ¿Quién fue el encargado de preparar todo lo que necesitaba el rey para el viaje? ¿Quién decoró los pabellones en los que se había de celebrar el acto de entrega de la hija del monarca español al francés? ¿Y quién actuó como enviado suyo en esas tareas? Lógicamente, el aposentador mayor del palacio: el pintor Velázquez.

Se decidió que el encuentro tendría lugar en la isla de los Faisanes, en la frontera entre los dos países. Así que dos meses antes Velázquez salió de Madrid para seleccionar cada uno de los pueblos, casas y alcobas donde se hospedaría el rey. Elena tenía delante la relación de las jornadas y hospedajes que realizó la comitiva: Alcalá, Guadalajara, Jadraque, Berlanga, Gormaz, Burgos, Briviesca, Pancorbo, Miranda, Tolosa, Hernani, San Sebastián y Fuenterrabía. En esta ciudad las aguas del Bidasoa bajan transparentes y se abren antes de llegar al mar, para rodear un islote en medio del cauce, llamado la isla de los Faisanes, que es una lengua de tierra en la frontera entre España y Francia.

Elena contempló los grabados que recordaban el acontecimiento y reflejaban fielmente el estilo de las comitivas de las dos cortes: la que estaba dejando de ser el imperio más poderoso del mundo y la que iba a convertirse en el centro del universo. La escena era un pacto matrimonial, pero más bien parecía un traspaso de poderes. Los españoles vestían sobrios, con capa negra y golilla blanca; los nobles caballeros franceses, con un lujo ostentoso, con abundancia de encajes los hombres, lazos, pelucas, zapatos de tacón, mantos de armiño y enaguas de satén. Eran los nuevos ricos de Europa.

En las aguas del río se reflejaron los estandartes y las suntuosas barcazas en las que cruzaron los dos séquitos. La gente se apiñó en las orillas para observar con curiosidad los ejércitos en formación, los caballos enjaezados, las carrozas y la trompetería de la escolta. Pero la escena importante se produjo en el interior, donde los dos reyes se estrecharon las manos, como se muestra en el grabado que hizo Charles LeBrun, que Elena estaba viendo. En él, la reina de Francia, hermana de Felipe IV, estaba detrás de su hijo y era la única que miraba al cielo, pensativa. Tenía cincuenta y nueve años. Fue enviada a aquel país para casarse cuando apenas había cumplido catorce. La corte francesa era un hervidero de conspiraciones y un nido de amantes. El pueblo lo llamaba «el lupanar», «el prostíbulo». Su marido, el rey, era débil y caprichoso. Tenía relaciones con muchachas jóvenes, a las que llevaba a la corte nombrándolas damas de la reina, y también con jóvenes muchachos, a los que incorporaba a su séquito personal. No hacía demasiado caso a la reina. Se conserva una carta que el rey español escribió a su hija cuando ésta llevaba ya varios años casada sin tener descendencia. «Os confieso que quisiera —aunque os pongáis colorada— que, como el rey está muchos ratos del día en vuestro aposento, estuviere algunos de la noche. Quisiera que Luis estuviera un poco más galán con vos y que durmiera algunas noches en vuestra cama.»

Un día de invierno el rey francés iba a visitar a una de sus amantes, cuando de pronto se levantó una ventisca y una tormenta tan fuertes que el monarca no pudo continuar el viaje y se vio obligado a pasar la noche en el palacio del Louvre, donde estaba la reina. La habitación de la reina era la única confortable del gélido edificio, en aquella noche inhóspita del mes de diciembre. Nueve meses después nacería un varón, Luis XIV, al que los franceses llamarían el Rey Sol. «Así se engendraron algunos monarcas», pensó Elena.

Y allí estaba, en la isla de los Faisanes, donde se juntaron el Rey Sol y la sombra de Felipe IV. El grabador francés Charles LeBrun reprodujo la escena con todo detalle:

no sólo los personajes que participaron, con los atuendos que vestían; incluso copió la suntuosa decoración mitológica de la parte francesa del pabellón y la sobriedad de las alfombras y tapices con los que Velázquez decoró la sala y el oratorio de la parte española. Ese grabado era el que Elena había desplegado sobre la mesa y lo observaba con atención. En la última fila había un personaje que identificó con el pintor de *Las meninas*, de porte sereno, rostro con bigote arqueado y melena. Llevaba una capa negra con la cruz de Santiago pintada en el pecho, y del cuello le colgaba un medallón en forma de una media luna tumbada.

—¡Así era la otra parte del medallón del Sol! —exclamó Elena.

Se sintió eufórica. Lo dejó todo extendido sobre la mesa, salió al pasillo y buscó un teléfono.

—Creo que ya sé cómo era la pieza completa del medallón —dijo en cuanto descolgaron al otro lado.

—¿Qué pieza completa? —preguntó Héctor sorprendido, ajeno absolutamente a las averiguaciones que a ella le ocupaban.

—El medallón tenía dos partes —explicó Elena, desconcertada por tener que repetir algo que ya había dicho varias veces antes—. Una la llevaba el rey, y es la que estaba en el Palacio Real; la otra la tuvieron sólo los más cercanos al monarca. He averiguado cómo era esa pieza de oro.

—Pero eso no es lo que buscamos —replicó Héctor, sorprendido.

—Claro que lo es... —recalcó Elena—. También buscamos eso.

Héctor no quiso volver a enredarse en una discusión que no llevaba a ningún lado. Tampoco le pareció correcto despedirse sin más: Elena podía interpretarlo como una reacción de disgusto por su parte, o un rechazo hacia ella. Y eso era lo último que habría querido que percibiese. Por eso permaneció callado, esperando que ella cambiara de tema o se despidiese sin más. Pero no fue así.

—Me gustaría que me acompañases a ver el último aposento en el que estuvo Velázquez.

Héctor no supo qué decir. No era ésa la línea de investigación que le interesaba. Tenía informes fiables sobre sospechosos. Estaba siguiendo una pista importante.

—Estamos siguiendo... —comenzó a decir, pero incluso a él mismo le sonó a disculpa. Recordó que ese argumento ya lo había usado antes y no le había servido de nada.

—A veces es necesario alejarse un poco de las cosas que nos preocupan —le dijo Elena—. Retirarse, para retomarlas después con más fuerza.

Cuando Elena se despidió, Héctor se quedó confuso, con el teléfono en la mano, pensativo. Al momento colgó, frunciendo los labios en un gesto de resignación, tranquilo a pesar de todo.

—¿Qué me importa más? —se dijo—. ¿Esta mujer o el medallón?

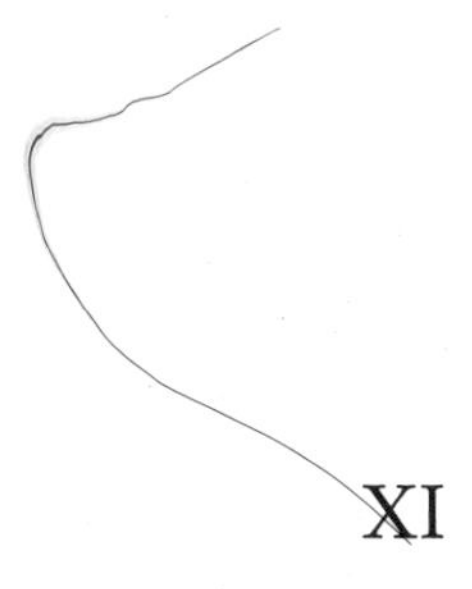

XI

Estuvo lloviendo durante toda la mañana. Héctor había mirado de vez en cuando por la ventana, con la esperanza de que Elena pospusiera para otra ocasión la visita a la que le había convocado, teniendo en cuenta las condiciones poco propicias para andar por la calle. Pero se equivocó otra vez más. A la hora prevista ella asomó la cabeza por la puerta de su despacho, sonriente. Llevaba un impermeable rojo, así que Héctor no tuvo ninguna duda de que la historiadora se hallaba preparada para la lluvia y dispuesta a todo.

Salieron caminando, cruzaron la plaza de la Armería, atravesaron la calle Bailén y siguieron hacia la iglesia de San Juan. La calle estaba cortada por unas vallas metálicas, debido a las obras de excavación que estaban realizando en aquel lugar. Las rodearon para entrar en la plaza de Ramales, un pequeño lugar de paso, que era en realidad la desembocadura de varias calles. En un flanco de esa plaza había una columna de granito coronada por una modesta cruz de Santiago de hierro.

—Aquí, donde se alza esta columna, estaba en el siglo XVII la iglesia de San Juan Bautista —le explicó Elena a Héctor, que caminaba a su lado con el cuello de la gabardina levantado para protegerse del viento que había sustituido a la lluvia—. José Bonaparte mandó que la demoliesen, porque quería dar más amplitud al entorno del Palacio Real.

Pasaron la valla hasta donde una excavadora abría el acceso a un garaje subterráneo que se construía en la plaza. El suelo estaba encharcado, y la tierra removida se pegaba, tenaz, a las botas de Elena y a las suelas de los zapatos de Héctor. Junto a un barracón metálico varios trabajadores se cobijaban de la lluvia, cubiertos con impermeables y cascos.

—¿Restos de Velázquez? —se extrañó el arquitecto técnico, al que Elena había preguntado sobre la excavación—. ¿Andan buscando los restos de Velázquez?

La iglesia que un día estuvo en aquel lugar era una construcción humilde, con un tejado a dos aguas y un campanario adherido a la fachada principal. Junto al altar había una cripta subterránea, que servía para los enterramientos. La iglesia estaba a unos metros del Alcázar y sirvió de sepultura a alguna gente principal que vivía en el palacio. A través de un tragaluz se introducían los féretros, deslizándolos por el suelo de la iglesia hasta el interior oscuro de la cripta. Velázquez vivía al lado, en la Casa del Tesoro, donde pasó sus últimos años. La iglesia de San Juan debió de ser el último aposento del pintor: el lugar en el que fue sepultado. Pero ¿ocurrió realmente así?

—Cuando José Bonaparte mandó derruirla, sólo se tiraron las paredes de la iglesia a ras del suelo —explicó Elena al arquitecto—, no se hizo ninguna excavación. La cripta no se tocó. Por eso es posible que aún se conserven los nichos, los ataúdes y los huesos de quienes fueron enterrados aquí.

—Eso ya lo estudiaron los arqueólogos del Ayuntamiento —comentó el arquitecto que estaba al pie de la obra del garaje—. Hicieron catas en el suelo, analizaron la tierra, buscaron maderas o restos humanos: cualquier señal que indicase que aquí hubo alguna vez cuerpos pudriéndose hasta la eternidad. Pero ¿sabe lo que encontraron? Nada de nada. Aparecieron otros restos, pero eran de origen árabe. Mu-sul-mán —silabeó despacio, como si estuviera hablando a japoneses—. De Velázquez, ni un hueso.

El pintor murió el 6 de agosto de 1660. Una semana después fallecía también su mujer, Juana Pacheco. ¿Qué enfermedad, qué virus o epidemia los llevó a la tumba? Elena se volvió hacia Héctor para contarle que el pintor había ingresado poco antes en la Orden de Santiago. Su entierro tuvo la pompa que se reservaba sólo a los caballeros de la orden: el cadáver fue vestido con manto, sombrero, botas y espuelas. Se le ciñó una espada y se le dejó reposar durante una noche en la cama de su aposento, para que fuera velado su cuerpo sin vida. Al día siguiente lo depositaron en un ataúd forrado de terciopelo negro, tachonado y guarnecido con pasamanos de oro, que cerraron con dos llaves. Al atardecer lo llevaron entre varios caballeros hasta la tumba de la iglesia. Lo acompañaba un séquito de criados del rey, que entraron silenciosamente en la nave del templo. En el suelo de las capillas, sobre cojines, estaban sentadas mujeres piadosas. Algunos hombres se quedaron atrás, de pie, con el sombrero entre las manos. Se rezaron responsos y sonaron las campanas a luto sin tinieblas, mientras depositaban el féretro en la cripta.

—¿Fue así como lo enterraron? —se preguntó Elena; y añadió—. Al menos así lo cuenta Antonio Palomino en la primera biografía que se escribió sobre él, poco después de su muerte.

En ese momento comenzó a llover de nuevo de forma inmisericorde sobre la tierra que un día cobijó a Velázquez. Héctor abrió el paraguas y se acercó a Elena para protegerla. Ella estaba en medio del desmonte de la obra, pisando incómoda sobre la tierra embarrada. Pasó una mano alrededor del brazo con el que Héctor le ofrecía el paraguas, acercó el otro hasta entrelazar los dedos de ambas, y se quedó así, aferrada a él. Después miró la tierra removida de la plaza de Ramales y el barro arcilloso que se pegaba a sus botas de tacón. Velázquez y otros artistas estuvieron enterrados allí. De ellos no se había encontrado nada: ni un hueso ni una peluca; ninguna taba, ningún peroné, ni las cuencas vacías de los ojos de una calavera que indicaran su paso por este mundo efímero.

—¿No serán ustedes del Patrimonio? —preguntó, receloso, el arquitecto—. Porque el estudio arqueológico ya se hizo en su momento, antes de empezar las obras del parking.

Elena y Héctor se volvieron para pasar de nuevo al otro lado de la valla que protegía las obras y llegar hasta la triste cruz que recordaba dónde estuvieron un día los despojos del pintor sevillano. El agua había encharcado ya el polvo que envolvió sus huesos y la arcilla removida formaba una superficie pringosa en la que se andaba con dificultad.

Antes de salir del recinto en obras, el arquitecto les gritó desde la barraca de metal:

—¡Vayan a la iglesia de San Plácido!

Se pararon en medio del barro y Elena se volvió a mirarlo. Apenas se veía el perfil de su figura detrás de la cortina de agua.

—¿Adónde? —preguntó, tratando de imponerse a la furia desatada del aguacero.

—¡A San Plácido! —volvió a gritar él—. He oído que el cadáver de Velázquez fue llevado a aquel convento.

Elena se soltó del brazo de Héctor y volvió a donde estaba el hombre protegiéndose de la lluvia debajo del alero de una de las casetas metálicas de la construcción.

—Al hacer unas obras en la iglesia de ese convento, aparecieron los cuerpos de una mujer y de un hombre que podrían ser Velázquez y su esposa —le dijo el arquitecto.

Héctor, quieto y solo en el descampado, miró sus zapatos llenos de barro, y se vio allí, en medio de los charcos, cuando más arreciaba la lluvia, pisando una tierra fangosa, buscando los huesos de un hombre muerto hacía más de trescientos años, mientras el país era un escenario de conspiraciones y en el Palacio Real podía pasar cualquier cosa. Esbozó un gesto de desagrado y levantó con cuidado el pie del barro, dio varios pasos y se colocó de nuevo junto a Elena para guarecerla debajo del paraguas. Al verlo a su lado, Elena empezó a explicarle la situación, como si Héctor estuviera preocupado en ese momento por tales temas, que para él pertenecían a un pasado remoto y ajeno a lo que estaban investigando.

—La causa de la muerte de Velázquez no se conoce con certeza —le dijo—. Uno de sus criados murió unos días antes, y su mujer, Juana Pacheco, falleció una semana después que él. Probablemente los tres murieron por la misma causa: se supone que comieron alimentos en mal estado, sufrieron botulismo y la infección los llevó a la muerte.

A Héctor no le interesaban nada aquellas informaciones. Había ido allí sólo por estar con ella, y ahora de lo único que estaba pendiente era del penoso estado de sus zapatos.

—¿Y qué se sabe de los cuerpos que se encontraron? —preguntó Elena al arquitecto.

—Lo ignoro. —Se encogió de hombros—. Se iban a hacer comparaciones del ADN de los cadáveres con muestras de algunos descendientes del pintor...

—Una investigación disparatada —protestó Héctor, mientras con un zapato trataba de despegarse el engrudo de barro que se le había pegado en el otro.

El arquitecto insistió:

—Vayan al convento de San Plácido. Quizás allí encuentren algún dato que pueda interesarles.

La calle de San Roque está en un barrio donde abundan las tabernas, mesones, hornos de asar, bares de alterne y casas de citas. Es una calle estrecha, que conserva el desorden y la agitación que pudieron vivir entre los muros de sus casas antiguas las gentes del siglo XVII. Y allí, en medio de ese trasiego, está el convento de la Encarnación Benita, llamado también convento de San Plácido. Elena y Héctor se acercaron hasta sus puertas. En el convento vivían monjas benedictinas, que observaban fielmente la Regla de San Benito y la clausura: no salían, no se dejaban ver; y no veían a más personas que a ellas mismas cada día, cada hora, cada año, hasta su muerte.

Entraron en la iglesia, en la que resonaba el canto de la hora tercia que las monjas recitaban desde algún lugar escondido. Elena se acercó al retablo, que enmarcaba con brillos de oro un gran cuadro del pintor Claudio Coello. Héctor se quedó detrás, a unos metros, sin saber qué hacer, con el paraguas cerrado, preocupado porque iba goteando como un grifo abierto sobre el suelo impoluto de la iglesia. A ambos lados del altar, dos balcones con celosías de hierro señalaban el lugar desde el que las monjas seguían los ritos, ocultas y misteriosas. Las columnas del retablo brillaban tanto que, al mirarlas, Héctor se quedó aturdido por el fulgor de los paneles de oro, el movimiento de los ángeles en el lienzo, el resplandor de la luz que inundaba el cuadro, la agitación abigarrada de profetas, sibilas y arcángeles, y el canto gregoriano que se difundía no sabía a través de qué ventanas o grietas o balconadas de la iglesia.

—El oro del retablo estaba muy deteriorado hasta hace poco —oyó de repente a su espalda.

Al volverse, vio a una monja que le sonreía con una cara redonda, sonrosada y amable.

—El cuadro estaba comido por la polilla —añadió la religiosa—, y sucio del humo de las velas. Y así ha quedado ahora; ya lo ve: brillante y espléndido.

—Busca el sepulcro... —dijo Héctor señalando a Elena con el paraguas, pero enseguida se corrigió—. Buscamos el sepulcro de Velázquez.

—El sepulcro de Velázquez... —repitió ella—. Vengan conmigo.

Elena se acercó a ellos, se puso justo detrás de la monja y la siguió en silencio, entre los bancos de madera, hasta una capilla lateral, donde ella se detuvo.

—¿No le impresiona la imagen de este Cristo desnudo? —dijo la monja, volviéndose hacia Elena.

Era la escultura de madera de un cuerpo muerto, muy delgado, manchado con hilos de sangre que manaban de una llaga producida por una lanza clavada en el costado y que le recorrían los brazos y el pecho. También tenía sangre en la frente, por las heridas causadas por una corona de espinas. Ese cuerpo blanco de muerte yacía detrás de la urna acristalada de un ataúd.

—Parece realmente un cadáver —comentó Elena.

Y la monja se acercó para decirle en voz baja:

—A mí me da un escalofrío cuando cruzo cada noche ante este féretro y este cuerpo muerto y ensangrentado, yo sola, para apagar las luces de la capilla.

Se habían callado los cánticos de las monjas de clausura. Y ella volvió a hablar con un tono de voz más elevado:

—Pues ya ve... Antes había aquí un altar, pero lo desmantelaron para instalar este sepulcro de cristal con el Cristo muerto. Al levantarlo fue cuando aparecieron dos cuerpos que habían sido enterrados justo debajo. Estaban rodeados de tierra, y conforme la fueron quitando, aparecieron una espada y restos de un manto negro. Había hasta un sombrero junto a la calavera. El difunto estaba vestido con el traje de caballero de Santiago y con la gola de cuello recto, que es como se enterró a Velázquez.

—Entonces, se le dio sepultura en esta iglesia... —quiso confirmar Elena.

—No, no. Fue enterrado en San Juan Bautista. Eso está documentado. Lo que se cree es que lo trasladaron después a esta capilla.

—¿Y por qué aquí?

—Pues verá... Quien hizo el inventario de los bienes de Velázquez se llamaba Gaspar de Fuensalida, que era notario en la corte. Él tenía un panteón de su propiedad en la cripta de esa iglesia y lo cedió para que el pintor fuera enterrado en él. Era un momento penoso, porque al difunto se le habían embargado todos los bienes. Pero el notario también podía autorizar enterramientos en este convento, porque había aportado rentas que le facilitaron derechos de patronazgo sobre él. En su testamento dispuso para sí mismo que fuera enterrado en San Juan y después trasladado en secreto a un panteón de esta capilla. Es posible que lo mismo se hiciera con el cuerpo de Velázquez, trayéndolo a esta iglesia también en secreto.

—¿Y por qué en secreto? —se extrañó Elena.

—Porque el fundador del convento, don Jerónimo Villanueva, había dejado escrito que no se enterrara aquí a nadie ajeno a su familia sin su consentimiento. Y durante un tiempo, al final de su vida, él ya no pudo autorizar nada, porque estaba implicado en un proceso de la Inquisición.

—Jerónimo Villanueva —repitió Elena—. Hábleme de él.

—Ésa es otra historia —comentó la monja, evasiva.

—Pero ¿tiene algo que ver con todo esto?

—Algo... Pero ahora tengo que cerrar la iglesia —dijo, reticente, mientras les hacía un gesto indicándoles la puerta.

—¿Y no podría hablarme de don Jerónimo Villanueva? —insistió Elena.

—Se hace tarde y tengo que cerrar la iglesia —repitió ella.

—Entonces volveremos luego, cuando la haya abierto por la tarde.

La religiosa se detuvo un momento, mirándolos. Elena la contemplaba fijamente y mostraba una clara determinación en sus ojos. Héctor frunció el ceño, como si tratara de disculparse por la actitud de ella, y volvió a mirar cabizbajo el paraguas, que seguía goteando en el suelo inmaculado de la capilla.

—Está bien —accedió la monja, y se dirigió a la parte posterior de la iglesia, donde estaba el coro, cerrado por una verja de hierro. Señaló un cuadro colgado en la pared y explicó—. Ese Cristo fue pintado por Velázquez para esta comunidad. ¿Y saben por qué? Para expiar los amores que Felipe IV tuvo con una monja de este convento. Y el causante de todo fue don Jerónimo Villanueva.

—¿Ah, sí? —intervino Héctor, que se sentía obligado a corresponder la atención que ella les estaba prestando fuera del horario de apertura de la iglesia.

—Don Jerónimo compró las casas que formaban una manzana en este lugar en el que estamos —siguió ella—, para establecer aquí un convento de monjas benedictinas. Al frente de él puso a doña Teresa Valle, que había sido su prometida. Junto al convento estaba la vivienda de don Jerónimo, y así pudo construir un pasillo secreto que comunicaba la casa y el convento. No fueron tiempos piadosos en la vida de esta institución. El mismo rey quedó prendado de una novicia adolescente, que se llamaba sor Margarita de la Cruz. Era hermosa y limpia como un día recién amanecido. Pero el monarca quiso tenerla entre sus brazos. Y usó la puerta secreta que se hizo construir don Jerónimo, con intención de rendirla. Aún hoy rogamos en el convento a Dios cada día para que la tenga inocente entre sus elegidos. Y para que a nosotras nos libre de pruebas semejantes.

—Así que el rey encargó a Velázquez este Cristo crucificado para expiar su pecado y mostrar su arrepentimiento —dijo Héctor.

—Así es —confirmó la monja.

Héctor se quedó mirando el cuadro, en el que un cuerpo perfecto se inclinaba semidesnudo, crucificado sobre un madero. La inscripción de la condena se leía en tres lenguas: hebreo, griego y latín. «Jesús Nazareno, Rey de los Judíos.» El Cristo mantenía una armonía casi simétrica, con los dos pies separados sobre el pedestal de madera y el cuerpo recto y erguido, como si no pesara, y sin que nada lo desgarrase.

—Velázquez pintó aquí la hora más oscura del mundo —comentó la monja—. El hombre quiso ser como Dios y se convirtió en un canalla. Y Dios se hizo hombre para rescatarlo de su maldad. Y ahí está: muerto en una cruz, como un villano.

Mientras la monja contemplaba devota el Cristo de Velázquez, los dos permanecieron en silencio.

—Siempre que me detengo ante este cuadro —añadió— recito unos versos que Unamuno dedicó a este cuerpo blanco, pintado sobre un fondo más negro que la noche.

Su voz sonaba como un susurro llegado del más allá, en el silencio de la iglesia solitaria. Calló un momento y se quedó mirando la cara ensangrentada del Crucificado. Los rezos de las monjas, que volvieron a oírse desde algún lugar oculto del convento, añadían una salmodia a los comentarios de la monja portera.

—¿Sabe lo que se decía también? —preguntó, volviéndose hacia Elena—. Que el rey Felipe había regalado al convento un reloj que tocaba todos los cuartos. Y desde aquellos días luctuosos, el reloj imitaba el toque de difuntos al dar las horas. Ese lúgubre sonido era un reproche por el pecado del rey.

La monja se dirigió hacia la salida y los dos la siguieron. En el portón de madera se volvió de nuevo hacia Elena para preguntarle otra vez:

—¿Sabe qué pienso yo de todo esto?

—Dígamelo.

Se detuvo frente a ella y levantó la cabeza para mirarla fijamente a los ojos.

—Que es todo una falsedad. Pura invención.

—Pero ¿en qué quedó la indagación sobre los cadáveres aparecidos en la iglesia, los que estaban enterrados bajo el altar? —le preguntó Elena con urgencia, ya en la calle.

—En nada. Al final dijeron que de aquello no se podía deducir nada: que no se podía averiguar a quién pertenecían esos restos. Así que volvieron a enterrarlos, y ahí están, esperando el fin del mundo.

Cerró la puerta y los dos oyeron desde la calle el chirrido de la cerradura.

Las calles alrededor del convento de San Plácido son estrechas y un poco laberínticas. En la acera olía a humedad y a desinfectante. No había parado de llover y, mientras abría el paraguas, Héctor comentó:

—Éste es el mismo Madrid canalla de hace trescientos años.

La gente caminaba en fila, pegada a la pared. Siglos atrás, cuando la lluvia arreciaba, los mosqueteros se arrimaban también a las paredes de piedra de las casas. «¡Agua va!», podía gritar una mujer desde el balcón. Y vaciaba el orinal con el estrépito del chorro que salpicaba en la tierra mojada. Olía a orines. Un olor que la lluvia arrastraba hasta estancarlo en las paredes y en el suelo de tierra.

—¿Es posible —preguntó Elena— que entre el barro de estas calles húmedas se estén pudriendo las manos que pintaron el cuerpo de una mujer tan bella como *La Venus del espejo*? ¿En eso acaba todo?

Héctor le acercó el paraguas para que ella volviera a colgarse de su brazo. Le gustaba esa intimidad. Hacía que se sintiera bien. La acera era tan estrecha que les obligaba a caminar pegados para no tener que bajarse a la calzada. Héctor pensó: «Sí, en eso acaba todo lo que en la vida atesoramos con tanta codicia.» Pero no dijo nada; sólo se arrimó más a ella para sentir el roce de su cuerpo mientras caminaban agarrados bajo la lluvia.

XII

—Deberíamos intervenir sobre los sospechosos —dijo David.

—Todavía no —replicó Héctor—. Aún no tenemos pruebas concluyentes.

—Pero hay suficientes indicios para hacerlo: han manipulado la alarma y han intervenido la apertura de la cámara fuerte. Un vigilante del palacio estuvo en los dos sitios... cuando no debería haber estado en ninguno de los dos.

—¿Qué garantías tenemos de que fuera él?

—Las huellas.

—Sí, pero no es definitivo que sean suyas.

—¿Cómo que no? Coinciden el número, la suela, el tipo de calzado. Es el único vigilante que cumple todas las características.

—¿Y si fueran de otro? —planteó Héctor, prudente.

—Lleva una vida semiclandestina. Tiene conocimientos de electrónica. Tenemos grabadas conversaciones suyas comprometedoras... ¿Qué más quieres?

Estaban los dos de pie en el despacho que Héctor había mandado acondicionar en la zona de los servicios administrativos del palacio. Héctor se acercó a la ventana y se quedó contemplando la mole de piedra blanca de la fachada de enfrente, con las columnas estriadas y los capiteles jónicos. Los reyes godos se alzaban majestuosos sobre sus peanas en la balaustrada del tejado. Todo aparentaba solidez en ese edificio que parecía desafiar los vaivenes de la historia. Pero las cosas son más vulnerables de lo que parecen...

—¿Qué se sabe de las personas que grabaron las cámaras de seguridad? —preguntó.

—No se han localizado todavía.

—En el vídeo mostraban una actitud sospechosa... Miraban con recelo y parecía que estuvieran tratando de averiguar dónde había puntos de vigilancia.

—Sí, pero no es una pista fácil. Ninguno estaba fichado. No sabemos nada de ellos.

Héctor contemplaba los modillones de la fachada, donde estaban tallados unos leones que sujetaban con los dientes armaduras de los soldados enemigos y haces de flechas.

—¿Por qué no interrogamos al vigilante? —planteó David.

—Todavía no. No tenemos pruebas. Si sospecha que vamos tras él, podría dar la espantada. No podemos exponernos a perder la pista más fiable. Hay que seguir vigilándolo.

Héctor era prudente y cauteloso. Sabía que no son suficientes los indicios. Necesitaba tener alguna prueba irrefutable, averiguar si había alguien más detrás de aquel robo. No quería precipitarse. Miró de nuevo los modillones de piedra de la fachada. Ésa era la estrategia, pensó: seguir con paciencia a los sospechosos y cercarlos sin que se dieran cuenta. El salto sobre ellos había de hacerse cuando ya no tuvieran espacio para la huida. Como los leones con sus presas.

En ese momento se abrió la puerta del despacho y entró Pedro, que llegaba de la calle, cubierto con la gabardina, con el cuello levantado, como siempre: una costumbre que había adquirido en sus primeros años de investigador callejero. Por alguna extraña razón, le hacía sentirse protegido. En la mano llevaba un sobre que tendió a Héctor, mientras le decía:

—Aquí tienes la ficha de la persona que vive en el chalet de El Viso.

El sobre estaba cerrado. Héctor abrió el cajón de la mesa, cogió un abrecartas y lo rasgó de un tajo. Sacó el papel que había dentro y le echó una ojeada rápida. Después leyó en voz alta:

—Ángel del Valle y de Velázquez, nacido en Sevilla en 1935.

—Nació el mismo año que yo —comentó Pedro, celebrando la coincidencia—. Un hombre joven... —añadió risueño.

Héctor levantó la vista del folio, desconcertado por la jovialidad repentina del inspector, y al instante volvió al informe que tenía entre las manos.

—Hijo único de Alberto del Valle y de Velázquez y de Alfonsina Lapierre. Estudió Derecho, pero nunca llegó a ejercer la abogacía. Se dedica a dirigir las empresas familiares. Su padre tenía inversiones en varios negocios y le cedió a él la propiedad de Textiles del Valle, que abastece de uniformes militares al ejército desde hace más de un siglo. A su muerte, heredó todo el patrimonio familiar. Tiene inmuebles en Sevilla y Madrid.

Héctor dejó de leer, levantó la cabeza y se dirigió a Pedro para confirmar:

—¿Éste es el hombre al que llamó el vigilante del palacio que vive en Hortaleza?

—El mismo —asintió Pedro—. La llamada que interceptamos procedía de su teléfono.

—¿Vive ahora en el chalet que estamos vigilando?

—Eso parece.

—¿Y su familia?

—No tiene mujer ni hijos. No tiene familia. Sólo hay un hombre que vive con él.

—¿Qué relación les une? —se interesó Héctor.

—Aún no lo sabemos. Ignoramos por qué están juntos.

—¿Es un empresario como él? ¿Un criado? ¿Un amigo? ¿Algún familiar? —quiso indagar Héctor.

—Parece que no. Más bien es un secretario personal o algo así.

—¡Qué raro! —exclamó Héctor.

—Estamos investigando su pasado y la relación que mantienen.

—Porque este..., Ángel del Valle —insistió Héctor, leyendo el nombre en la ficha que tenía entre las manos—, es un hombre muy rico.

—Eso dice el informe.

—Hay algo extraño en todo esto, ¿no os parece? —les preguntó Héctor.

—Sí —reconoció David.

—Un rico empresario que vive solo, en un chalet de los más grandes de la zona...

—Vive con otro hombre. Quizá son pareja... —aventuró Pedro.

—Pareja ¿de qué?

—Pareja pareja —añadió encogiéndose de hombros.

—Pero...

Héctor se quedó dudando, abrió las manos, extendió los brazos y dijo finalmente:

—Pero... ¿se les ve juntos?

—Juntos, poco. Eso han dicho los agentes que los vigilan —informó David—. No salen del chalet.

—Hará cada uno su vida, supongo... Ya me gustaría a mí hacer lo mismo en mi casa —intervino Pedro con el tono bromista que acostumbraba.

—Reforzad los controles. Que no los pierdan de vista —ordenó Héctor.

—Las veinticuatro horas del día —asintió David—. Hay un coche camuflado en la calle y otro de refuerzo que controlan todos los movimientos de la casa.

—De momento no ha habido nada sospechoso —añadió Pedro.

—Si tienen algo que ver con este caso, ya lo habrá —sentenció Héctor—. Cometerán algún error.

Lo dijo con convencimiento, aunque en el fondo no estaba tranquilo. Pasaba el tiempo y seguían sin tener ninguna certeza sobre el robo. Él sabía que los delitos hay que atajarlos cuanto antes y las conspiraciones han de abortarse antes de que se produzcan. Si no, todo puede llegar a ser muy complicado.

Pedro había dejado abierta la puerta del despacho. En ese momento apareció Elena y los tres se volvieron hacia ella. Al ver su figura bajo el umbral, la contemplaron sorprendidos. Estaba atractiva. Vestía un chaquetón rojo ceñido con un cinturón de paño anudado informalmente. Las botas de cuero realzaban su figura esbelta y los pantalones negros ajustados le abrazaban las piernas con impudor.

—Nosotros ya nos íbamos —comentó David, al tiempo que señalaba a Pedro.

Éste lo miró con un gesto de sorpresa, vio que David se dirigía hacia la puerta y tardó un poco en reaccionar y hacer lo propio. Antes de salir del despacho, Pedro no pudo evitar volverse para mirarla de nuevo. En el pasillo le comentó a David, bajando la voz:

—Es guapa esta chica... —Y exageró un suspiro de resignación y de deseo.

Héctor se sintió en aquel momento un poco azorado frente a ella. No lo había experimentado antes, pero ahora ya no la miraba igual. Se fijó en el brillo de sus ojos grandes, en su mirada cálida... y se sintió turbado. ¿Qué le decían esos ojos seductores y esos labios entreabiertos que le sonreían con suavidad? Volvió a meter en el sobre el informe que le había entregado Pedro.

—Tenemos que centrarnos en la joya robada en el museo —comentó, pero el tono con que lo dijo parecía más una súplica que el establecimiento de un plan de trabajo.

—Claro —concedió ella, mientras se sentaba.

—Quiero decir que no podemos distraernos en seguir la pista de otras piezas que no sean ésta —quiso aclarar.

—Eso es lo mejor —admitió de nuevo Elena.

Mientras lo decía, pensó: «Quiere mostrarse amable. No le interesa el pasado, pero no me reprochará que yo se lo recuerde.» Ella sabía que era así, pero quiso confirmarlo. Comentó:

—¿Sabes que hay un documento en los archivos en el que se dice que el rey llevaba esa medalla durante la guerra?

—¿Ah, sí? —dijo él con resignación.

—Fue en la campaña de Aragón, cuando los segadores catalanes se alzaron contra el monarca y el ejército francés lo aprovechó para entrar en la Península.

—Algunos conflictos de hace tantos años aún siguen latentes... —contestó Héctor moviendo la cabeza.

—Los ejércitos franceses cruzaron los Pirineos y el rey no tuvo más remedio que convocar una campaña militar. Había entonces pocos recursos para la guerra, así que tuvo que fundir hasta las esculturas de bronce que estaban en el Salón de Reinos del Retiro para hacer las balas de los arcabuces. Los tercios formaban un ejército anciano, mal adiestrado y de dudosa reputación. Y para acabar de ponerse peor las cosas, fueron pocos los que se apuntaron a esa guerra. Hasta las órdenes militares, los nobles y los Grandes de España escurrieron el bulto.

—Mal panorama —juzgó Héctor.

—Malísimo —insistió ella—. Así que el rey tuvo que ponerse personalmente al frente del ejército y marchar al campo de batalla, para que los demás arrimaran también el hombro. Imagínatelo saliendo del palacio montado a caballo, vestido como un guerrero, con los pistolones en el arzón.

Héctor seguía de pie, junto a la ventana. No le entusiasmaba estar pensando en un rey lejano, cuando tenía bajo su responsabilidad averiguar si se estaba tramando algo contra el monarca actual. Pero él esperaba paciente a ver si Elena le hablaba del destino del medallón que había sido robado. Que era lo que en ese momento le preocupaba realmente.

—Imagínatelo —repitió Elena—. El rey va en medio de la soldadesca. Por primera vez en su vida oye el ruido metálico de las armas en campaña, el relincho de los caballos, el eco martilleante de las herraduras, los gritos de los capitanes, el chirrido de las ruedas de los carruajes y el bullicio caótico de los soldados.

Quiso manifestar Héctor algo de interés, y comentó:

—El rey miraría con melancolía y con algo de euforia todo ese jaleo militar al que no estaba acostumbrado, y que le pillaba ya un poco mayor.

Pero no era ese tema lo que a él le atraía, sino la voz de Elena a su lado. Héctor seguía de pie; ella se levantó de la silla, se acercó a la ventana y se puso junto a él, mirando la fachada pétrea del palacio que tenía enfrente.

—Tampoco el rey se enroló de buena gana —le dijo—. Mandó que le organizasen la expedición deteniéndose unos días en Aranjuez.

—No parece el camino más lógico para llegar a Cataluña.

—Ya... Pero allí podía esperar tranquilo a que se fuera formando el ejército; y eso le daba a él otros alicientes.

Elena se acercó a Héctor y lo miró un instante en silencio. Después apoyó la mano en el cristal y añadió, con la vista perdida de nuevo al otro lado de la ventana:

—Aquel palacio nunca había sido campamento de paso para la guerra. En sus salones y jardines el monarca había librado otras batallas más dulces...

Se volvió de nuevo hacia Héctor y lo miró con ojos tiernos y cálidos. En su mente tenía las imágenes de cómo habían sido aquellos días de espera en el palacio de Aranjuez, y deseaba contárselo.

Aquellos días previos a la guerra, las damas de la corte inundan de inocencia los caminos de los jardines y parterres. El rey las contempla desde el balcón mientras ellas se cuentan secretos al oído, estallan en risas y hacen mohínes seductores al cruzarse con algún oficial.

Le ha rogado a Isabel antes de partir que haga el viaje hasta Aranjuez para acompañarlo en su lecho en esas noches guerreras. Durante los días que dura la estancia allí, mientras se van reuniendo las tropas, ella se acuesta con él. Cada noche baña su cuerpo en sales, se perfuma con agua de olor y se acerca sigilosa a la cámara real. El rey la mira entrar con el revuelo de las ropas más leves que se ha traído para esas noches de despedida y de combate. Por el ventanuco entreabierto se ve una luna rota entre las nubes, que ilumina el perfil de la mujer que se ha sentado en el lecho. Se desnuda ella con parsimonia. Se descalza las zapatillas, va enrollando las medias de seda desde el muslo, desata los lazos de la enagua en el pecho, sentada aún sobre las sábanas. Entonces se levanta y deja que el vestido se deslice desde los hombros y quede alrededor de sus pies. El rey contempla ese cuerpo blanco y ya no tan joven. Se acerca a ella, le acaricia los pechos y le abraza la cintura. La llama de las velas tiembla y proyecta sombras inquietantes sobre la imagen de la mujer recostada en el lecho. Desde la pared, un ángel con una candela en la mano contempla los dos cuerpos abrazados y llora. El rey no lo sabe, pero ésas serán las últimas noches que tenga ese cuerpo entre sus brazos.

—Un mes estuvo el monarca en Aranjuez —dijo Elena, mirando a Héctor.

Los ojos de ella eran grandes y llenos de vida, y a él le parecieron ardientes y acogedores, como esos días en los que nos sentamos despreocupados junto al fuego de la chimenea.

—Pasado ese tiempo, el rey se puso de nuevo en marcha —siguió contándole.

Pero Héctor estaba colgado de sus ojos y más pendiente de sus labios encendidos, que tenían el calor de las brasas en las chimeneas del invierno.

—Montado en el caballo, bamboleante y algo dolorido en las nalgas —oía Héctor la voz de Elena junto a él—, el rey observaba la soledad de la meseta y los amplios campos desiertos por los que pasaba la comitiva camino de Aragón. Veía aquellos campos interminables, los secos páramos y el color amarillento de algunos escuálidos rastrojos de trigo. Entre aquellos caminos de polvo aparecían de vez en cuando destartalados poblachos, con casas de adobe y huertas con los muros derruidos. ¿Te imaginas —le preguntó Elena— lo que sentirían los pobres campesinos que se cruzaran de improviso con tal ejército, capitaneado por el mismo rey?

Un campesino va montado en un asno, canturreando por el camino. Oye el alboroto de la comitiva y se aparta al ribazo. Pasa junto a él la tropa de soldados. Atruena el ruido de las botas de cuero. Resuenan los choques de las cinchas, las hebillas de los cinturones, los correajes, los trastos de las mochilas. Levantan tal polvareda que al instante el campesino queda envuelto en una nube, no ve nada y sólo oye el ruido atronador de los que pasan. Se asusta el pollino y da dos coces inútiles al aire. El campesino cae al suelo y rueda hasta los pies de la tropa. Queda tendido ante un fornido soldado: los brazos en el suelo, las rodillas hincadas, postrado.

—¿Qué buscas tumbado así, bujarrón? —le grita uno, colocándose detrás de él, en una postura impúdica.

Y otro, que pasa a su lado, le da la espalda y se inclina con un gesto obsceno:

—Bésame el culo.

Estallan las risotadas. Y el campesino observa desde el suelo, todavía asombrado, el polvo del cortejo que se aleja.

Al rato, la comitiva se detiene junto a un regato del río. Hay una pequeña arboleda en la orilla. El rey oye las voces ásperas de los capitanes, que mandan parar a la tropa, ordenan el estacionamiento y organizan las vituallas. Chirrían los frenos de hierro de las carrozas. Tintinean los jaeces, chocan las espuelas, las cadenas metálicas y los arneses militares. Abrevan los caballos en la orilla del río, mientras la soldadesca sudorosa aguarda órdenes.

—Dos jornadas más y habremos llegado a tierras de Aragón —le informa su secretario al monarca.

Él asiente en silencio, desciende del caballo, se refresca con el agua que le acerca el ujier y camina un trecho para mover las piernas agarrotadas. Desde el ribazo contempla los campos resecos. Es el tiempo de la vendimia. Los árboles han comenzado a perder sus hojas. Se caen las avellanas, los almendros y las nueces arrugadas de las ramas de los árboles. Ya están desnudos los cerezos y los perales. Ya no hay tomateras en los huertos y el agua se ha secado en las acequias. Observa a lo lejos a algunos campesinos dispersos por los viñedos. Cortan los racimos de las cepas y los dejan apelmazados en grandes cestos. Con el peso, se reventarán algunas uvas y el zumo goteará rojizo entre las grietas de los canastos.

Enseguida se pone en marcha la comitiva. Cuando la tropa cruza el río, Felipe IV observa a dos niños recostados en el muro, junto a las arcadas del puente. Están sentados en una piedra, con los pies descalzos, la camisa abierta en el pecho, las mangas rasgadas y las rodillas de los pantalones rotas. Junto a ellos hay un cesto de mimbres, del que cuelgan racimos de uvas. El mayor sostiene en las piernas un melón maduro. Ha cortado ya varias rodajas. Mastica con la boca llena y el carrillo hinchado. Mira al otro riéndose y babea el mordisco de un trozo de melón recién partido.

El sol brilla en las crines sudorosas de los caballos. Apenas una brizna de aire mueve de vez en cuando las hojas de los pocos árboles que jalonan los senderos. Un grupo de vendimiadores descansa a la sombra de un almendro, junto al camino. Beben el mosto de la uva de una jarra de arcilla, mientras hablan con grandes aspavientos y risotadas. Alguno ha trenzado unas coronas con sarmientos frescos y hojas verdes de la vid, y se las han puesto en la cabeza unos a otros entre carcajadas. Un soldado se acerca bromista al grupo, hinca la rodilla ante el más joven y hace una reverencia teatral mientras éste lo corona también con unas hojas de hiedra. Ríen todos. Uno de los vendimiadores, que lleva un ancho sombrero negro, le ofrece un cuenco rebosante de mosto. Bebe el soldado con ansiedad, dejando que un reguero se deslice generoso por la comisura de los labios y baje, escurriéndose por el cuello, hasta la pelambre enredada de la pechera.

—¡Que nadie se detenga! —grita la voz destemplada del sargento—. ¡Que nadie salga de la formación!

Y todos dejan de mirar a los campesinos, cogen sus bártulos y echan a andar más deprisa.

El rey contempla los huertos miserables que se amontonan a la orilla del río, como si fueran harapos zurcidos en la tierra. Hay un campesino trabajando una pequeña parcela junto al camino. Tiene un asno atado al arado y araña la tierra con tesón. Cuando el burro se atasca y no puede arrancar la reja de los terrones resecos, él mismo se coloca junto al animal, agarra con fuerza el ronzal, espolea al pollino y tiran los dos del arado. Los soldados lo observan mientras caminan. Uno le grita, guasón:

—¡Engánchate tú los serones y deja que el burro conduzca el arado desde atrás!

Todos alrededor ríen la gracia. El campesino no ha podido oír el comentario, pero se da cuenta del jolgorio general. Se detiene, mira curioso a la comitiva y vocea amable:

—Vayan con Dios también sus mercedes. —Y luego añade entre dientes—. Y que no vuelvan.

—Tres meses tardó el rey desde que salió de Madrid hasta que llegó a Molina de Aragón, donde se juntaron las tropas —le contó Elena—. Para entonces los franceses ya se habían apoderado del Rosellón catalán.

Héctor se volvió hacia la mesa. En una esquina había un termo de café. Cogió una taza, la llenó y se la ofreció a ella, que le sonrió con un gesto de agradecimiento. Después se sirvió otra para él. ¿Cuándo iba a contarle lo que había averiguado sobre el medallón? La invitó a sentarse en el pequeño sofá de dos plazas que había junto a la ventana. Ella se quitó el abrigo y lo dejó sobre el respaldo de una silla. Héctor contempló su belleza serena. Elena era la frescura de la juventud; se le veía en la cara, en el brillo de su pelo revuelto, en la descarada naturalidad de sus gestos. Héctor miró la abertura del cuello de su camisa blanca, con los primeros botones desabrochados. La piel se mostraba suave y tersa, como si estuviera ya dispuesta para la caricia, pensó Héctor en el momento en el que ella descruzó las piernas, se inclinó un poco y bebió un sorbo de café que le dejó los labios humedecidos y brillantes.

Héctor quiso preguntarle entonces por el medallón, pero en ese momento ella siguió hablando:

—El ejército español había conseguido reclutar quince mil hombres: numerosos, pero insuficientes, mal armados y sin motivación ni adiestramiento para el combate.

Entre los soldados de leva, pendencieros, desarrapados y hambrientos, había algunos que en ningún momento se quitaban la camisa, aunque hiciera calor. ¿Sabes por qué? —le preguntó a Héctor.

Él hizo un gesto negativo, frunciendo los labios.

—Porque llevaban la espalda marcada y no querían que nadie los descubriese. A los ladrones se les marcaba a fuego una L; y a los vagabundos, una B. Quienes llevaran impresas esas letras no podían formar parte de los tercios españoles. Pero eran tiempos de hambre...

Dejó Elena la taza sobre la mesa. Se recostó en el sofá y volvió a cruzar las piernas, que a Héctor le parecieron más largas y esbeltas, con los pantalones ajustados y las botas de cuero prietas.

—El rey estaba al mando del ejército —siguió contándole—, pero quien dirigía las operaciones era el marqués de Leganés. Desde la colina donde había instalado el puesto de mando podía ver el ejército esparcido en medio de los campos amarillentos, entre las parcelas de cereal reseco, junto a los rastrojos que se alzaban como puntas de lanzas contra las botas de cuero de los soldados. Cuando miraba a lo lejos, el marqués veía los estallidos de luz en las picas de los lanceros, que eran un presagio de las explosiones del combate inminente. ¿Te acuerdas de Jerónimo Villanueva? —preguntó Elena de repente, acercándose a Héctor.

—¿El del convento de San Plácido? —reaccionó él.

—Ése, sí, el que sospechaba que su mujer lo había deshonrado con Diego de Acedo, un hombre de baja estatura, un enano que trabajaba en la corte, en la oficina de la Estampilla.

Héctor se llevó la taza de café a la boca y lo bebió de un trago. Luego se recostó en el sofá. Se sentía a gusto con ella, pero estaba impaciente. Elena pensaba entonces en el medallón del rey, que había quedado entre los dedos de la mujer de Villanueva al derrumbarse asesinada en su alcoba.

—Don Diego se había librado de milagro de la venganza de Jerónimo Villanueva —dijo, cerrando los ojos en un parpadeo—, gracias a que no tuvo que ir a la oficina de la Estampilla el día que Villanueva mató a su mujer y luego lo esperó inútilmente apostado en la pared de una corraliza por donde él pasaba cada día. Pues antes de la batalla —añadió— ocurrió un altercado con ese hombre.

El marqués de Leganés pide que le acerquen su carroza para dirigirse al Humilladero. Quiere acompañarlo don Diego de Acedo, que presume de codearse con los grandes, y se sienta arriba, en el pescante, junto al cochero. Va vestido con un recio capote y un sombrero negro amplio, que lleva ladeado. Tiene un bigote grueso y con afiladas puntas hacia arriba.

El calor inunda el aire de tábanos que zumban alrededor de las mulas. El primer caballo que tira de la carroza tiene un enjambre de moscones en los traseros. Algo espanta al animal, porque antes de que el cochero chasquee el látigo, y sin que haya agarrado aún las riendas, se revuelve furioso y tira de las correas, haciendo correr a los demás corceles, desorientados. Cae el marqués de Leganés de espaldas sobre los asientos, pierde el cochero las correas y se desequilibra sobre el pescante. La carroza se lanza descontrolada por el camino, balanceándose por las roderas que han marcado los carros de los campesinos.

Algo más allá avanza hacia ellos la compañía del marqués de Salinas, doscientos hombres que marchan despacio pero inexorablemente. Rebota el sol en los cascos de los primeros soldados y luego su brillo se nubla entre el polvo que levantan las botas y las herraduras de las caballerías. Todos ven con estupor cómo se acerca a ellos una carroza a galope tendido. La compañía ocupa el ancho entero del camino, lo mismo que la carroza, que parece dispuesta a lanzarse contra la tropa y producir un caos suicida. Hay asombro en los primeros soldados, miradas de estupor, espera impaciente, nerviosismo después y desconcierto.

—¡Alto! —grita alguien.

Y los hombres van deteniéndose, chocando los de atrás con los de delante, sorprendidos aquéllos por tan inesperada orden y ajenos a lo que se les viene encima.

Cada vez se ve más cercana la polvareda y ya se oye el retumbar pedregoso del galope de los caballos sin control y el chirrido de las ruedas de la carroza resbalando sobre las piedras del camino. La escuadra de arcabuceros está en la primera fila de la tropa de Salinas. Cargan atolondrados y ponen bala y taco fuerte. Disparan una salva: «al aire», asegurarán más tarde. Pero en verdad más de una bala pasa silbando el lomo de los caballos y hay una que da en la vara delantera del coche, haciendo saltar astillas. Se escuchan gritos y ayes, y en medio del barullo se oye la voz desesperada del cochero mandando parar a los animales, mientras tira sin piedad de la correa del freno, magullando los morros del primer caballo.

La carroza se detiene a escasos metros de la tropa.

—¡Aquí hay sangre! —grita alguien, entre el desconcierto y el polvo.

—¡Un herido! —se oye otra voz.

Don Diego de Acedo está demudado. El disparo ha roto la barra que le servía de apoyo; los palos le han rasgado la piel de las muñecas y las astillas que han saltado con la explosión le han hecho rasguños en la cara, que tiene manchada de sangre. Los soldados se arremolinan alrededor de la carroza.

—¿Qué ha sido eso? —preguntan los más retrasados, ajenos al peligro anterior de la estampida.

Algunos no pueden reprimir la chanza al ver al enano en estado tan patético: la cabellera desordenada, las greñas sudorosas pegadas a la frente, el color pálido de su tez, la expresión desolada, las manchas rojizas de la sangre, los ojos descompuestos y la mirada perdida.

Se levanta tambaleándose y se agarra a lo primero que encuentra a mano.

—¿Qué ha pasado? —pregunta, aferrado a un ronzal, sin darse cuenta de que está hablando a la cabeza de un caballo, que lo mira también con ojos de susto.

—Velázquez retrató al enano don Diego unos días después, en aquel poblacho —explicó Elena—. El cuadro está en el museo del Prado y, si te fijas bien, puedes ver en la cara del enano la cicatriz de aquel suceso, en la zona del rostro que queda levemente ensombrecida por el ala del sombrero.

—¿Y qué pasó en la batalla? —se interesó ya Héctor, entregado a lo que ella le estaba contando.

—Los tercios españoles recuperaron primero Lérida y luego volvieron a derrotar a los franceses en Fraga.

—¿Y Felipe IV estuvo en esos combates?

—En el puesto de mando. Vestía jubón amarillo y un coleto de ante liso. Imagínate a los soldados de tez morena, curtidos por la intemperie, vestidos con gabanes de cuero sucios, cómo mirarían a aquel hombre de rostro pálido y ojos tristes que parecería haberse extraviado por los campos encharcados de Lérida.

—Yo he visto esa imagen en alguna parte —intervino Héctor.

—Sí. El rey se llevó a Velázquez con él durante esa campaña para que lo retratara.

—¿Y ese cuadro está en el Prado?

—No, en una colección privada de Nueva York. El rey va vestido con un gabán rojo, la banda de capitán general cruzada en el pecho, la espada en la cintura, el bastón de mando en una mano y, en la otra, un tricornio negro con plumas carmesíes. El pintor hizo que posara en una actitud serena, pero el párpado caído del ojo izquierdo le da una mirada poco marcial, de resignada melancolía.

—¿Y el medallón? —preguntó entonces Héctor—. ¿Qué pasa con el medallón que estamos buscando?

—Ahora —lo tranquilizó ella—. Ahora te cuento.

El rey posa en un chamizo abandonado, que es la chimenea de un horno construida de adobe. El suelo está embarrado y ha sido necesario cubrirlo con espadañas cortadas del ribazo. La puerta se caía y un carpintero llamado con urgencia ha clavado cuatro tablas para apuntalarla, pero Velázquez retira las maderas y abre la portezuela para que dé un poco de luz en el rostro fatigado del monarca.

El trabajo dura tres sesiones. Velázquez lleva preparado el lienzo, lo coloca frente al monarca y, por primera vez en los más de veinte retratos que le ha hecho, se pone mirando el lado izquierdo de su rostro. Primero traza un rápido boceto, tratando de dar algo de dignidad al porte de ese monarca abúlico que se ha desplazado al campo de batalla, en un gesto que no habían tenido los reyes españoles desde San Quintín. Luego se entusiasma pintando los brillos plateados del coleto de ante. Sobre el fondo rojo distribuye manchas metálicas alrededor de todas las costuras; dibuja la valona blanca sobre los hombros, con encajes punteados de lino; ve refulgir las mangas plateadas de la camisola, la empuñadura del espadín, la banda de capitán general, la línea firme de la bengala de mando. Por la abertura del capote asoma un medallón que cuelga de un hilo de oro sobre el pecho del monarca.

Cuando Velázquez está dando un retoque al brillo dorado del medallón, entra a toda prisa un correo.

—Majestad... —le dice con voz entrecortada, haciendo una inclinación reverencial y entregándole una nota.

El rey desenrolla el pliego y lee el mensaje: «La reina ha caído enferma —le comunica el médico de la corte—. Tiene fiebres altas y dolores intestinales. Es grave —añade lacónicamente el texto—, y por eso he mandado se le comunique a V. M.»

El rey lo lee impasible, sin mostrar ningún gesto de turbación. Como ha hecho siempre desde que fue coronado, oculta cualquier manifestación pública de sus emociones. Mira al suelo y calla, asiente con la cabeza y el correo sabe que debe retirarse. Ordena a Velázquez que termine solo el cuadro y sale del cobertizo para disponer el regreso con urgencia.

Cuando está cerca de Madrid, en el árido pueblo de Maranchón, llega un nuevo correo de palacio con la noticia fatal. A galope y sin descanso ha recorrido el correo las leguas que separan Madrid de ese adusto poblado castellano.

—Señor, ocho veces la sangraron los médicos y todo ha sido inútil...

El rey se queda solo en su cuarto y abre un pequeño cofre que está sobre la mesa. Revuelve en su interior y saca un broche. Se apoya fatigado en el borde de la ventana, acerca una silla y se sienta. Observa el rostro de la reina estampado en el broche, y al inclinarse ve cómo se balancea el medallón que le cuelga del pecho. Apoya el codo en la mesa y deja caer el peso de la cabeza sobre la mano abierta. Cierra los ojos, desconsolado, mientras repite el lema que rodea la imagen del paraíso tallada en el medallón: «Lo teníamos todo, y todo lo hemos perdido.»

—Los reyes a veces viven solos y mueren también solos —comentó Elena—. Isabel tenía cuarenta y un años; llevaba veintisiete de matrimonio, y en ese tiempo había tenido ocho embarazos: unos hijos le nacieron muertos en partos prematuros; los demás murieron siendo niños, antes de sostenerse en pie, salvo la infanta María Teresa y el príncipe Baltasar Carlos. La reina acababa de sufrir un nuevo aborto. Al poco se sintió mal, tuvo fiebres altas, fue atacada por una erisipela aguda, se le obstruyeron las vías respiratorias y quedó enferma en cama. A los pocos días agonizaba y moría sola.

Héctor sintió de repente cómo se le enfriaba el ánimo y ya no podía mirar con deseo la piel que le mostraba el escote desabrochado de la camisa de Elena. La oyó decir:

—Sobre la cabecera de su lecho la reina tenía siempre un cuadro que le había pintado Velázquez: *La coronación de la Virgen*. En él Dios sujeta el mundo, que es una bola transparente, cristalina y frágil, que parece que se le está resbalando de los dedos, y está a punto de caérsele y de precipitarse al vacío.

Felipe queda abatido. Al día siguiente ordena los preparativos para regresar a Madrid. Pero no quiere ver el cadáver de su esposa en los salones lúgubres del Palacio Real ni ir a su entierro.

Mientras a la reina la amortajan, el rey va camino de El Pardo con un reducido acompañamiento. Al paso de la comitiva, los bosques sombreados de encinas dan un color melancólicamente negro al paisaje. Están ya resecas las carrascas, los matojos y los setos del monte. Por encima del séquito real vuela una bandada de vencejos que cruza el cielo oscuro, manchado de nubes grises. Y en ese momento, los caballos se revuelven asustados al oír el aullido angustioso de unos perros.

El cadáver de la reina, vestido con el hábito de las Descalzas Reales y ceñida su cabeza con una toca, es depositado en un féretro de plomo. De noche, lo bajan por una escalera secreta del palacio hasta el portalón, rodeado por los lloros y gritos de las plañideras vestidas de negro. En un cadalso cubierto de brocados es conducido con un solemne acompañamiento hasta El Escorial. Desde la lejanía pueden verse la hilera de hachas encendidas, los faroles de los carruajes y las teas del cortejo fúnebre que viaja durante toda la noche hasta el monasterio.

Mientras el féretro es depositado en el Panteón Real, el rey débil se encierra cobardemente solo en el palacio de El Pardo. En el pecho lleva colgando el medallón que tiene grabada en oro la primera pareja que fue feliz en el paraíso. Con una profunda melancolía mira el retrato esmaltado de la reina sobre la mesa y se lamenta: «Lo tenía todo, y todo lo he perdido.»

XIII

El frío de la mañana cubría con una sábana de humedad el humus de los jardines y la brea de la calle. En las verjas de los chalets de El Viso se escurría la helada y penetraba por las rendijas de los muros de piedra. Las ramas desnudas de los árboles que crecían junto a las piedras de las fachadas estaban brillantes, como pulidas y barnizadas con cera. En la esquina de la calle, bajo las ramas de los chopos que asomaban en uno de los jardines, estaba aparcado un coche con los cristales tintados. En el interior había dos investigadores de la policía, vestidos con gabardina uno de ellos y el otro con una pelliza, que vigilaban cualquier movimiento que se produjera en la calle. Su objetivo era controlar uno de los chalets más selectos de esa zona, situada en el centro de Madrid. Uno de los agentes se volvió a los asientos vacíos de atrás y cogió una bolsa. Sacó un termo y se lo ofreció a su compañero.

—¿Un café?

—No vendría mal para desentumecer un poco el cuerpo —aceptó, mientras se frotaba las manos, calentándolas.

—Esto está muy parado —comentó el primero, mientras sacaba unas tazas de la bolsa—. Aquí no se mueven ni las agujas del reloj.

—No te fíes. Son sospechosos de un robo... pero en el

Palacio Real. Puede afectar a la seguridad del Estado. Y eso son palabras mayores...

—¡Lo de siempre! —lo interrumpió el primero elevando el tono de voz—. Lo que les preocupa a los políticos es su seguridad. Y los demás, que se pudran. Mira el subteniente que asesinaron ayer en San Sebastián. En plena calle, a mediodía. Ése no tenía ni escolta ni protección ni nada. Y los terroristas huyeron a pie, tan tranquilos...

—Son tiempos difíciles —comentó el otro, pacificador.

—¡Los cojones, tiempos difíciles! —explotó el primero—. Nos están matando como a chinches, y aquí nadie hace nada.

En el interior helado del vehículo se hizo el silencio. Los dos hombres callaron. Uno se concentró en desenroscar la tapa del termo y el otro se puso a limpiar con un trapo el cristal empañado por el vaho de la respiración. Fuera todo permanecía inmóvil, como si estuvieran estacionados en una calle deshabitada.

—¿Cuántas centrales eléctricas han reventado con explosivos este mes en el País Vasco? —volvió a la carga el agente que sostenía el recipiente del café.

—Ya ni se sabe.

—¡Pues eso! Esto es un caos.

—La construcción de la nuclear en Lemóniz está siendo un problema, es verdad —reconoció el hombre sentado ante el volante—. Porque ETA lo ha convertido en un objetivo.

—Y cuando no es Lemóniz, es la autopista de Bilbao. Y si no, los guardias civiles; o los militares; o simplemente el dueño de un bar... ¡Qué cojones! Cualquier excusa es buena para poner bombas y pegar tiros.

—Si cada cosa que no nos gusta la resolvemos a tiros vamos apañados —reflexionó el otro, que se esforzaba por mantener una actitud serena.

—¿Cuándo va a acabar esto? —se preguntó el anterior, sin atender a lo que había comentado su compañero—. Mira el Gobierno: acosado por todos los frentes... Están todos cabreados: la Iglesia, los sindicatos, los militares... ¿Adónde va este país? Hay un paro de la leche... Y cada día, un atentado de ETA...

—La verdad es que el presidente se está quedando solo. Los barones de UCD conspiran contra él. Se dice que se han reunido en Manzanares del Real para cargárselo.

—Ya se sabe que los peores enemigos son los del propio partido —sentenció el primero, escéptico.

—Suárez está acosado: ésa es la realidad. Lleva ya cinco crisis de Gobierno y no sale a flote. Nombra un Gobierno y tiene que cambiarlo a los pocos meses. Se le queman los ministros como papel de fumar. La moción de censura del año pasado la superó por los pelos. Pero no aguanta otra.

—¡Qué va a aguantar...!

—Se está quedando cada vez más solo... Y el partido se le rompe por todas partes.

—El país es el que se está rompiendo por todas partes... Esta situación no se sostiene.

—Vivimos tiempos duros, sí —reconoció el inspector más condescendiente—. El Gobierno es una cáscara de nuez en medio del mar. Le vienen las olas por todos los lados, y acabará hundiéndose.

—Tienen que hacer algo los militares —apuntó el otro, mientras servía la primera taza de café.

—La solución es un gobierno de salvación nacional

en el que estén todos los partidos. Dicen que el general Armada podría ser el presidente. Está bien considerado en la Casa Real, porque fue secretario del rey. Y parece que muchos están de acuerdo con esa propuesta; hasta Carrillo...

—Nada de un Gobierno en el que estén todos —se opuso el otro—: ¡eso sería una jaula de grillos! Lo que tiene que haber es una junta militar. Hace falta autoridad para poner un poco de orden en todo esto.

Mientras lo decía, puso las dos tazas que había llenado sobre el salpicadero del coche y colocó entre los pies la bolsa en la que estaba el termo. Tomarse una taza de café caliente era uno de los pequeños placeres que le permitían a este hombre, enfurecido por lo que estaba pasando en el país, aquellas sesiones habitualmente aburridas y tediosas de estar observando un lugar en el que pocas veces ocurría algo que tuviera interés. En esas largas horas de frío le gustaba sujetar entre las manos la taza caliente y paladear a sorbos el sabor amargo del café. Cogió una taza y se la ofreció a su compañero; después se llevó la otra a los labios, y apenas la probó, pegó un respingo sobre el asiento.

—¡Joder, cómo quema! —protestó, soplando y abanicándose la boca con la mano.

En ese momento, al fondo de la calle se abrió la puerta del garaje que estaban vigilando y apareció la parte delantera de un coche de color rojo.

—Mira —señaló el que estaba en el asiento del conductor—. Alguien sale.

Con la lengua todavía dolorida por la quemadura, el inspector abrió la ventanilla del coche, cogió las dos tazas y las vació con rabia sobre la acera.

—¡A la mierda el café! —se desahogó.

Inmediatamente arrancaron y se colocaron detrás del coche que había salido de la casa, siguiéndolo a una distancia prudencial para no ser reconocidos. Era un Ferrari llamativo de color rojo. Al dejar atrás la zona de chalets ajardinados, el tráfico se hizo más denso. En la primera rotonda el Ferrari dio una vuelta completa a la circunferencia.

—Nos ha visto —se lamentó el que iba de copiloto—. Sabe que lo seguimos.

—Da igual. Vamos tras él. A lo mejor es que anda perdido. Ya veremos... —le respondió el otro con tranquilidad.

El coche se metió por una calle estrecha y en el primer cruce se detuvo sin necesidad ante el semáforo en verde.

—Nos ha visto, joder —volvió a quejarse el copiloto.

Enseguida el coche inició la marcha y dobló a la derecha. Hacia la mitad de la calle se paró en doble fila, dejó los pilotos intermitentes y un hombre vestido con abrigo negro de cuero y una bufanda de color rojo anudada al cuello bajó con prisa, sin mirar atrás, adonde estaban los dos policías, ocultos por los cristales tintados del coche.

—Ha entrado en una farmacia —observó uno de ellos, sorprendido.

Ninguno de los dos volvió a decir nada, mientras observaban con atención la puerta de la farmacia y se fijaban en las escasas personas que en ese momento transitaban por la acera. No tardó el hombre en salir. Vieron que se acercaba al coche con más premura que antes, llevando en la mano una bolsa de plástico que contenía varias cajas de medicamentos. Arrancó, maniobró bruscamente en la misma calle para salir en la dirección contraria, chirriaron las ruedas al acelerar y el Ferrari volvió hacia el chalet siguiendo el mismo recorrido que había hecho antes.

—Alguien está enfermo en esa casa —comentó el investigador que conducía—. Alguien necesita atención médica, pero al parecer prefiere no dejarse ver.

—Si no quiere que se le vea, será por algo —añadió el otro con suspicacia—. A lo mejor aquí se está tramando algo más que un robo.

Héctor había extendido sobre la mesa del despacho la colección de fotografías que acababa de entregarle un agente de vigilancia. En varias de ellas se veía el aspecto general de un chalet de dos pisos más el ático, que aparecía bastante escondido detrás de los árboles plantados en el jardín delantero de la casa. Otras fotografías mostraban detalles de la construcción: la entrada al garaje, la tapia que protegía la vivienda, la cancela de hierro, detalles de ventanas, de un balcón, de la puerta. Se habían tomado desde el coche que vigilaba el inmueble y algunas estaban mal enfocadas o eran bastante similares entre sí. Héctor fue separando las más representativas y las que podían resultar más útiles.

—¿Qué hay de los planos? —preguntó mientras las seleccionaba.

—Pedro se está encargando de conseguirlos —le respondió David—: tiene un contacto en el Colegio de Arquitectos.

Héctor dispuso ordenadas en la mesa las fotografías que había escogido: primero, las tomas generales; después, otras menos panorámicas; y finalmente, aquellas que reproducían detalles concretos de la vivienda.

—¿Sabemos cuántas entradas tiene?

—Parece que sólo dos: la del garaje y la de la casa —respondió David, sin mucho convencimiento, mientras señalaba en una de las fotografías las dos puertas de acceso.

En ese momento entró Pedro, procedente de la calle, vestido con la gabardina, llevando una carpeta en las manos y muy sonriente.

—Los planos —anunció, satisfecho.

Sacó un pliego, lo desdobló y lo colocó en el espacio que quedaba libre en la mesa.

—Sólo tiene estas dos entradas —confirmó David, señalándolas en el plano.

Pedro se detuvo a mirar las fotografías que aún estaban esparcidas sobre la mesa.

—No me importaría vivir en esta choza —comentó.

Héctor cogió algunas fotos y las puso sobre el plano, distribuidas en los lugares que representaban.

—Esta casa tiene un buen sistema de seguridad. Mirad los puntos de control —y con el dedo fue golpeando en cada una de las instantáneas en las que se veía un aparato de seguridad.

Los tres volvieron a mirar las imágenes que reproducían las fachadas del chalet.

—Es un equipo muy completo —comentó David—. Han instalado alarmas en todos los lados.

—Tendrán conexiones independientes —apuntó Héctor—. Seguramente cada una indicará la detección de una alerta distinta.

—¿De qué tipo? —preguntó Pedro.

—De incendio, de movimiento, de sabotaje de las puertas... Lo de siempre —respondió Héctor.

—Estas cámaras parecen bastante precisas —añadió David, indicando una de las fotos.

—Y cubren todos los ángulos: al menos hay una, dos, tres... —fue contando Héctor a medida que las señalaba con el dedo.

—Las ventanas tienen detectores magnéticos de apertura —se fijó David—. Mirad las piezas metálicas.

—Tampoco sería extraño que hubiera instalada hasta una barrera de infrarrojos. Esta casa está muy bien protegida —concluyó Pedro.

—Necesitaríamos saber qué aparatos son y cómo podríamos bloquearlos si tuviéramos que intervenir en el edificio —sugirió Héctor.

—Eso está hecho —se ofreció Pedro—. Ahora mismo en Madrid no hay más de cuatro empresas que ofrezcan servicios de seguridad. Algunas trabajan con equipos en exclusiva. ¿Qué marca es?

Héctor reunió las fotografías que mostraban con detalle los aparatos, seleccionó algunas y las estuvo observando un rato.

—Los sistemas de alarma son SPF —dijo al fin, mostrándole las fotografías a Pedro—. Todos del mismo tipo.

El inspector cogió una de las fotografías, la miró un momento, sacó una libreta del bolsillo interior de la americana y anotó la marca y el tipo de aparatos que había instalados en la casa.

—No es un sistema normal y corriente —dijo mientras se dirigía hacia la puerta—. Será que algo importante se esconde en esa vivienda.

Aparcó en el primer hueco que vio libre junto a la acera, salió del coche y fue andando hasta la puerta de la empresa. Una verja de hierro impedía el paso. Nada más acercarse, vio la cámara que le enfocaba desde el otro lado. Probablemente alguien en el interior ya le estaba siguiendo antes de que él se hubiera acercado a la cancela, pensó.

Desde el despacho, Pedro había conseguido el listado

de las empresas que instalaban sistemas de seguridad en Madrid. Fue llamando a todas ellas y tachando aquellas que quedaban descartadas porque nunca habían trabajado con los productos SPF. Tuvo suerte: esa marca era una franquicia que explotaba en exclusiva desde hacía años una empresa instalada en un barrio periférico de la ciudad. Anotó la dirección, cogió el coche y allí estaba: esperando frente a la puerta a que alguien le abriese.

Al momento se oyó un clic metálico que desbloqueó la cerradura y la puerta comenzó a abrirse automáticamente, con lentitud. Pedro sabía que desde el interior lo vigilaban mediante los monitores conectados a la cámara de seguridad. Aguardó paciente a que terminara de abrirse la puerta y, en cuanto pudo, se coló en el interior. Apenas había terminado de entrar cuando comenzó a sonar una estridente alarma, se encendieron luces rojas de alerta parpadeantes, se cerró la puerta con una velocidad impensable a juzgar por la lentitud con que se había abierto poco antes, y Pedro se vio de repente apresado en medio de aquella tierra de nadie, entre la cancela y la puerta cerrada del edificio. No le dio tiempo ni siquiera a desconcertarse, porque inmediatamente oyó una voz que le hablaba desde el interfono, en el marco de la entrada:

—No está permitido el acceso con armas a las instalaciones —le indicaba esa voz anónima.

Pedro tuvo que identificarse:

—Policía —dijo—. Delitos contra el Patrimonio.

—Enseñe la identificación a la cámara frontal —le ordenó la voz que salía de la pared.

De mala gana, Pedro mostró la placa a la cámara que tenía delante. «¡Vaya numerito!», pensó, al tiempo que se paraba el estruendo de la alarma, se apagaban todas las luces de alerta, se abría la puerta y le dejaba el paso franco para acceder a un rellano vacío. «Toda esta escenografía seguro que deja impresionados a los clientes que vienen a contratar un sistema de seguridad», se dijo.

Inmediatamente salió a recibirlo un hombre vestido con traje y corbata.

—Disculpe, agente —le dijo mientras le tendía la mano con un amistoso aire de familiaridad —. Somos una empresa de seguridad: nuestros clientes tienen que saber que con nuestros servicios pueden estar tranquilos.

—Está bien —le dijo Pedro, desembarazándose del saludo.

—No hay nada que escape al control de nuestros productos. Tenemos soluciones para todas las necesidades —añadió, con la sonrisa amable del vendedor que tiene delante un cliente.

—Lo sé. Pero yo sólo buscaba una información —atajó Pedro.

—Encantado de complacerlo —el hombre se inclinó, servicial.

—Necesito saber si ustedes instalaron los sistemas de seguridad de una casa en El Viso.

—¿Y puedo saber el motivo? —repuso, sin perder la sonrisa.

—Es por una investigación en marcha.

—Ya... —asintió, mientras le miraba con el mismo gesto—. Pero es que nosotros preservamos la confidencialidad de nuestros clientes...

—De acuerdo —comentó Pedro, tranquilo—. Volveré con una orden judicial. El tema es urgente, así que si entretanto ocurre algo, cursaré una denuncia por obstrucción a la justicia —observó al hombre trajeado elegantemente, que seguía con la misma postura afable, el mismo gesto y la misma sonrisa con que le había recibido—. Y no serán precisamente buenos los informes que cursemos desde la Brigada de Patrimonio a sus posibles clientes...

El hombre dejó de sonreír.

—Sígame, por favor —le pidió, mientras daba media vuelta y abría un despacho introduciendo una tarjeta electrónica.

—Somos una empresa con un alto índice de aceptación —le dijo, recuperando de nuevo el tono cordial—. Garantizamos durante cinco años nuestros productos. Con una revisión anual. ¡Y sin coste de servicio técnico!

Se acercó a un fichero metálico y abrió uno de los cajones del que colgaban carpetas de cartón.

—Por eso archivamos todas las características de los equipos que hemos instalado.

Con calma, se volvió hacia Pedro y le informó con tono comercial:

—Disponemos de los métodos más modernos de vigilancia electrónica. Si lo desea, puedo enseñarle alguno.

Pedro no contestó. Se limitó a mirarlo con apremio, por lo que el hombre volvió a revisar las carpetas del fichero, con la misma parsimonia de antes.

—Aquí está —dijo al fin, mientras sacaba una de las carpetas—. En El Viso sólo hemos instalado equipos en un chalet.

Abrió la carpeta y comenzó a repasar los papeles que contenía.

—¡Magnífico equipo! —observó—. Es de los mejores.

—¿Me permite? —dijo Pedro.

El hombre compuso un gesto de recelo, pero finalmente accedió a que le cogiera el pliego de papeles.

—Los datos de nuestros clientes son confidenciales —insistió al ver que el policía seleccionaba algunos papeles.

—¿Guardan la identificación de los instaladores y del responsable del proyecto? —le preguntó Pedro.

—Siempre, señor. Es una norma de seguridad de nuestra empresa.

—¿Quiénes trabajaron en esta instalación?

El hombre miró entre los papeles, rescató uno de ellos y comentó con él entre las manos:

—Era un joven de Chile. Pero no podrá hablar con él —advirtió en un tono cordial, como si se lamentara de ello.

Y mientras recuperaba su sonrisa amable de vendedor, le explicó:

—Porque ese hombre ya no trabaja con nosotros.

Pedro cogió la hoja que el comercial había sacado de la carpeta.

—Norberto Alfonsín de Zárate —leyó.

Impresionado por haber encontrado en esos papeles el nombre del vigilante que estaban siguiendo, se despidió apresuradamente, salió de la empresa, cogió el coche y condujo veloz hacia el centro de Madrid.

—¡Ése es el punto de contacto! —exclamó Héctor cuando Pedro les reveló el dato que había obtenido de la empresa de seguridad.

David tenía en las manos los papeles que les había llevado y miraba las características del sistema de vigilancia instalado en El Viso, repasando el folleto con las especificaciones técnicas de los aparatos y las prestaciones que ofrecía cada uno. Héctor, junto a él, estaba pensativo.

—Vamos a ver... —dijo—. Tenemos a una persona que trabaja como vigilante en el Palacio Real. Sabemos que ha estado en los lugares donde se ha cometido el delito. Eso no tiene por qué ser acusatorio; al fin y al cabo, ¿quién no está a veces en un lugar que no le corresponde?

—Todos estamos alguna vez donde no deberíamos estar —reconoció Pedro con actitud filosófica y tono burlón.

—De acuerdo. Pero hay una manipulación de los sistemas de alarma en el palacio. Y esa persona...

—Norberto Alfonsín —apuntó David.

—Ése... conoce bien los equipos de seguridad. Tiene conocimientos de electrónica y ha trabajado como instalador en una empresa de aparatos de vigilancia.

—Y estuvo en la sala de control eléctrico del palacio —añadió David.

—Estuvo allí, aunque no podemos demostrar que fuera él quien manipuló las conexiones y luego volvió a restaurarlas empalmando los cables con un punto de soldadura.

—Sí. Pero por otro lado, ese sospechoso está relacionado con una persona de El Viso.

—Lo ha llamado por teléfono. Aunque aún no sabemos por qué...

—¿Cómo que no? —se extrañó Pedro—. Si le ha instalado un sistema de seguridad para el chalet de lo que no hay.

—Pero eso no es un delito. Puede ser una simple coincidencia. Lo más raro es que un día lo llamara por teléfono reclamándole alguna cosa que el hombre de El Viso no había cumplido según lo acordado.

—Vamos... Todo indica que habían tramado algo juntos —concluyó Pedro—. Lo malo es que no sabemos el qué.

—Pero sí conocemos su comportamiento —reflexionó Héctor, más prudente—: actúan con cautela. Quieren mantener en secreto sus movimientos. No hablan del tema. Tienen como consigna no establecer contactos que puedan ser interceptados.

—Y entre ellos no parece que haya mucha confianza. Su conversación no fue muy cordial —intervino David.

—Al hombre de El Viso no le gustó que el otro lo apremiase.

—Ni que lo amenazara veladamente.

—Quiso dejar claro que él era el que establecía los plazos de lo que tienen entre manos. Pero ¿qué es? —se preguntó Héctor.

Se acercó a la ventana y la abrió un poco. De repente se instaló en el despacho el fragor de la calle, como si el rumor de todos los coches circulara por el estrecho alféizar de madera. Sobre el zumbido permanente que resonaba abajo como el ruido monótono de una caldera, se superponían de vez en cuando el petardeo de una motocicleta, el acelerón nervioso de un automóvil, la estridencia de un claxon.

—Algo ha puesto nervioso al vigilante —señaló David—. Por eso ha contravenido la norma elemental de no ponerse en contacto con nadie de la organización, fuera de lo establecido.

—Ahí está el tema, sí. Algo le ha metido prisa. Pero ¿qué? —volvió a preguntarse Héctor.

Sintió el frío que entraba por la ventana. El cielo estaba rayado por algunas nubes grises, entre las que se colaba la luz tibia del sol crepuscular. A lo lejos se veía la borrasca que anunciaba la llegada inminente de un temporal de nieve.

—Y no olvidemos la vida que llevan —intervino Pedro—. Porque al vigilante no se le ve con nadie. Y los de El Viso no salen de casa.

—Pero hablaron de una enfermedad... —recordó David.

—Eso dijeron, sí —respondió Héctor—. Que alguien

está enfermo. Y que por eso tuvieron que aplazar algún encuentro. O un contacto. O una acción... A saber.

—Eso puede ser también una clave —aventuró Pedro.

—Es posible. ¿Por qué no? —admitió David.

—Parece como si estuvieran agazapados, esperando el momento oportuno para intervenir —dijo Héctor.

El cielo era una hoguera que podía avivarse en cualquier momento con las brasas que quemaban las nubes en el horizonte. El comisario cerró la ventana y en la habitación se instaló de nuevo el silencio. Al volverse, le pareció que aquel despacho ya no tenía el carácter acogedor que nos transmiten los espacios cotidianos. Callaron los tres, pensativos, y en la habitación se hizo durante un rato un silencio de celda monacal. Héctor acercó el rostro al cristal de la ventana y contempló a lo lejos el sol como una sucia bola de fuego colgada en el horizonte del crepúsculo. Su resplandor tenue no conseguía disipar la neblina que avanzaba sobre los tejados de la ciudad.

—Tenemos a un sospechoso infiltrado en el Palacio Real —dijo preocupado—. Y no sabemos con qué intención.

XIV

Elena jadeaba y resoplaba con fuerza. El sudor le formaba un triángulo en el escote, desde el cuello hasta el arranque de los pechos, y la camiseta de tirantes se le pegaba a la piel húmeda. Mientras agitaba el cuerpo con un ritmo acompasado, era consciente del movimiento de las caderas, que subían y bajaban ondulantes, rítmicas, cadenciosas. Los jadeos marcaban el ritmo; a veces cerraba los ojos y, sin pensar en nada, sentía su cuerpo en plenitud meneándose de forma regular. Entonces se dejaba llevar por esa sensación contradictoria que le provocaban al mismo tiempo el placer y el esfuerzo.

En un momento se estremeció, espoleada por algún resorte íntimo. Su ritmo, equilibrado hasta ese momento, aumentó bruscamente. Sus movimientos se hicieron más intensos y menos acompasados. El rostro se le enrojeció de tensión. El sudor le pegó la camiseta a los pechos empapados mientras movía la cabeza a un lado y otro. Y abría la boca como si quisiera absorber de una sola vez todo el aire.

Jadeó algunas veces más. Y enseguida, poco a poco, fue reduciendo el ritmo, lentamente, de forma pausada, recuperando la calma del cuerpo, hasta que se paró.

Estuvo un rato así, tranquila, sentada sobre la bicicleta estática, hasta que la respiración se le fue serenando y los músculos adquirieron relajación y sosiego. Entonces se bajó del sillín, cogió la toalla que antes había dejado en una silla y se acercó a la ventana.

Iba vestida con un pantalón de chándal rojo y una camiseta blanca de tirantes, ajustada al cuerpo. El sudor le brillaba en la piel por encima del nacimiento de los pechos. Mientras se secaba con la toalla, se detuvo junto a los cristales. Había nevado durante la noche y las calles estaban cubiertas de un manto blanco que igualaba el color de las aceras, disfrazaba la suciedad de aceite de las calzadas y cubría la desnudez de las ramas esqueléticas de los árboles. Elena se acarició la frente y los pómulos con la toalla mientras contemplaba los coches, que se deslizaban con suavidad por la carretera. Desde la calle subía el ronroneo suave de los motores, amortiguado y casi silencioso. Miró con cierta complacencia ese paisaje blanco y mullido. El mundo, así, le parecía revestido de inocencia.

Fuera la nieve había congelado la ciudad, y ella disfrutaba del contraste entre la frialdad del exterior y la acogedora calidez de su casa. Anheló entonces la ducha y la tibieza del agua sobre la piel caliente. Se sentía bien y pensó que hasta la toalla le abrazaba el cuello casi con mimo. Quiso disfrutar de ese momentáneo estado de placidez, pero entonces sonó el teléfono.

—Las lágrimas de san Pedro —le dijo Héctor al otro lado del auricular, después de saludarla—. ¿Tú sabes qué son las lágrimas de san Pedro?

Los árboles del paseo del Prado eran como cíclopes blancos que custodiaban el andar temeroso de los transeúntes sobre el suelo de hielo. Elena miraba sus brazos fantasmales, extendidos y abiertos como si quisieran retener la nieve que había ido cayendo mansamente, antes de apelmazarse en el suelo.

—Hemos grabado una conversación en el chalet de El Viso —le explicó Héctor, que caminaba a su lado.

—¿Grabáis todas las conversaciones? —se extrañó Elena.

—De esa casa, sí. Hemos instalado micrófonos y tenemos permanentemente una furgoneta cerca, con antenas y equipos de audio y vídeo...

Caminaban despacio por el centro del paseo, siguiendo la rodera abierta en la calle, que alguien había limpiado amontonando la nieve a ambos lados.

—El caso es que allí están viviendo ahora dos hombres —prosiguió Héctor—. En una de las conversaciones uno le decía al otro que cuando él ya no esté, coja las lágrimas de san Pedro y se lo lleve con todo lo que tiene dentro.

—¿Con lo que tiene dentro? —se extrañó Elena de nuevo.

—Eso es. No sabemos a qué se refiere. Parece un lenguaje en clave...

—*Las lágrimas de san Pedro* es un cuadro —le informó ella.

Se volvió hacia la puerta del museo del Prado que habían dejado atrás y le señaló la estatua que estaba en el centro de la fachada.

—Lo pintó Velázquez.

En su pedestal, el pintor miraba hacia el paseo con actitud flemática y sostenía la paleta, donde se había formado una gruesa capa de nieve. El paisaje componía un lienzo uniforme, como si el artista estuviera pintando de nieve los árboles, las casas, la tierra; y hasta su misma ropa se hubiera manchado con el blanco puro desprendido de sus pinceles.

—¿Es un cuadro? —se sorprendió Héctor.

—Una pintura de la época de juventud de Velázquez. Lo pintó en Sevilla.

—Valdrá una fortuna —aventuró él.

—Sí, pero no es fácil venderlo. Una familia sevillana lo intentó hace poco. Pedía por él casi trescientos millones de pesetas. Lo iba a comprar un coleccionista privado, pero al final la operación fracasó.

—O sea, que están hablando de un robo. Están tramando llevarse también ese cuadro y todo lo que lo acompañe.

—Es posible —admitió Elena.

—¿Y dónde está?

—Pues en ocho sitios distintos.

—¿Qué dices?

—Es que existen al menos ocho copias de esa obra, que están en museos y colecciones particulares.

—Pues peor me lo pones... —se lamentó Héctor—. ¿Y todas son de Velázquez?

—¡Qué va! Hay muchas dudas sobre la autoría de esas obras; por eso no es fácil venderlas.

—Pero ellos parece que traman apoderarse de una. Lo han dicho bien claro. En la cinta está grabada esta frase: «Coge *Las lágrimas de san Pedro* y llévatelo.»

—Qué raro...

Por la Carrera de San Jerónimo bajaban los coches con la velocidad de siempre. La calzada estaba limpia de nieve, que formaba una hilera apelmazada en los laterales. En el centro de la plaza, en medio de la fuente helada, Neptuno conducía su carroza con gesto de firmeza. Espoleaba a los caballos, que se habían quedado inmóviles, como si hubieran sido víctimas de un maleficio. O de la helada. O simplemente de la quietud de la piedra.

—Necesito una reproducción de ese cuadro —le pidió Héctor.

—Puedes verlo ahora mismo. Una copia se expone en la sala Serrano de Madrid. En cuanto has llamado por teléfono, me he puesto a buscar información sobre el cuadro y me he encontrado con que se va a subastar el mes que viene.

Héctor se detuvo y la miró desconcertado.

—¿*Las lágrimas de san Pedro*?

—Claro —confirmó ella.

—Vamos a verlo inmediatamente —le urgió—. Algo están tramando hacer con esa pintura.

Doblaron a la derecha, por la calle de Felipe IV, hacia el Casón del Buen Retiro. Elena se apoyó en el comisario para andar más segura sobre la nieve y, al agarrarse a él, notó su brazo musculoso. Le gustaba caminar junto a Héctor y sentir el amparo de su fuerza y su cobijo.

—Estas calles eran antes caminos de tierra —dijo Elena—. Aquí estaba el palacio del Buen Retiro. Por aquí pasarían muchas veces los hombres de la corte. Y este lugar lo pisaron con sus chapines negros Felipe IV y la reina.

—Hasta que ella murió... —comentó Héctor, recordando lo que le había contado unos días antes.

—Hasta que murió Isabel, sí, y el rey se quedó solo. Porque ya sabes que ésa no fue la única desgracia de aquellos días: unos meses después falleció el príncipe Baltasar Carlos, el heredero del trono. ¿Y sabes qué propuso el Consejo del Reino?

—¿Qué propuso?

—Que Felipe IV se casara con Mariana de Austria, que era la prometida de su hijo muerto y, además, su sobrina.

—Pues ¿qué edad tenía?

—Ella quince años; y el rey, cuarenta y cuatro.

—Quince años... Si era una niña...

—No era hermosa, tenía un carácter débil y el gesto desabrido. Velázquez la pintó adornada con el peinado barroco que se había puesto de moda aquellos años, lleno de lazos, trenzas, tirabuzones y colgantes de piedras preciosas. Gracias a él conocemos su mirada recelosa y su rostro huraño.

Subieron la empinada calle de Felipe IV, pisando la nieve, que no había sido retirada de aquel pasaje. A un lado estaba el edificio que albergó el Salón de Reinos; y al otro, el Casón, que fue escenario de bailes y de fiestas cortesanas.

—Por aquellos años toda la corte estaba preocupada por los hijos que no tenía el rey —dijo Elena—. Y él más que nadie. Imagínate la ansiedad del rey Felipe, dentro de unos años ya cincuentón, por engendrar un varón que lo sucediera...

Héctor se quedó mirando los edificios nevados del palacio del Buen Retiro, que evocaban historias de otro tiempo. ¿Cómo serían las noches de amor entre el maduro rey y la reina adolescente? Ella era, además, su sobrina, y se parecía como una gota de agua a otra a su propia hija, María Teresa, que tenía la misma edad. Demasiado morboso todo... El viejo Felipe y la niña Mariana...

—¡Cuánta ansiedad por que la joven reina quedara embarazada! —exclamó Elena—. Todos deseaban un heredero, y los encuentros de alcoba de la desigual pareja estaban cada día en boca de la gente.

Elena miró al suelo, atenta para no resbalar sobre la nieve que cubría la acera. Recordó uno de los *Avisos* que escribió entonces Barrionuevo: «El rey ha estado durmiendo con la reina desde el pasado domingo —informaba el presbítero de la corte, chismoso; y añadía a continuación, con evidente malicia—. Hará lo que hasta ahora ha hecho. No debe de poder más.»

Siguieron caminando los dos en silencio. Elena levantó la cabeza y vio toda la calle convertida en un sendero blanco, que era un fogonazo de luz sobre el que se superponían las imágenes que del pasado bullían en su cabeza.

Felipe come turmas de carnero todos los días para que aumente su vigor. Las prepara el mozo de cocina como le ha indicado un galeno de la corte: casi crudas, aderezadas con ajo y envueltas en pasta de manteca, porque de ese modo acrecientan la corriente del flujo seminal. Felipe las mira con desgana, pero se las come con disciplina regia, pensando en el placer que le aguarda por la noche en el cuarto privado de la reina.

En los mentideros comenta el vulgo que un fraile mendicante que peregrinó a Jerusalén fue llamado al palacio para bendecir unas prendas íntimas de la reina. El hombre sopló sobre ellas el aliento del Espíritu Santo y derramó agua traída del Jordán, al mismo tiempo que recitaba salmos, para que la reina concibiera y lo engendrado en su vientre fuese un varón. No una niña, que no sirve para heredar un trono: un varón.

El viejo Felipe busca desesperadamente un hijo que le suceda como rey. Hace lo que puede. Se esfuerza cada noche con la joven Mariana «para bien de España —escribe Barrionuevo—, para la defensa de la fe y, por encima de todo, para la paz».

—¡Qué tiempos en los que embarazar a una reina era asunto de Estado...! —comentó Héctor, mientras dejaban atrás el Casón del Buen Retiro—. ¡Qué cosas...!

—Como ahora —añadió Elena—. En eso no creas que hemos cambiado tanto. Para gobernar un reino sólo vale un varón. Una hija es un estorbo.

—También es verdad —reconoció Héctor.

—Pues en esa tarea se afanaba el rey cada noche, con dedicación, en la cama, al lado de una reina púber, apenas una adolescente.

Un día la corte se agita. Y es que la reina, por fin, está embarazada. Todos lo viven con euforia. Pasan los meses, la reina engorda y empieza a caminar con torpeza. Es diciembre y hace frío en Madrid, cuando sopla el viento helado de la sierra. Año de nieves, año de bienes, se dicen unos a otros los campesinos en los poblachos de la provincia. Pero en Madrid no nieva. Hace frío, pero ese año no nieva nada en Madrid.

Al final de tanta espera, la reina no da a luz un hijo. Nace una niña. La llaman María Ambrosia. Es débil, enclenque y enfermiza. Su vida es corta: apenas dos semanas. Gracias a eso, no llegó a conocer la enorme frustración de su padre por su nacimiento; no supo tampoco la desilusión que se extendió por toda la corte al comentarse que no tenía pene; ni sufrió por la terrible desgracia de su madre, que a punto estuvo de morir en el parto. María Ambrosia no conoció la ausencia de la nieve ese año en las montañas de la sierra de Madrid.

—Felipe andaba aquellos días con gesto cansado y apariencia decrépita —comentó Elena—. Se había convertido en un hombre hipocondríaco. Pero es que había sufrido enfermedades venéreas; la gota le producía dolores insoportables; padecía reuma; y tenía unas enojosas almorranas. Hacía denodados esfuerzos para ser útil a la nación, dejando encinta a la reina, pero todo era en balde.

—No podía cumplir con el deber esencial de todo rey, que es traer al mundo un príncipe heredero —apuntó Héctor sin malicia.

—Se hicieron rogativas en las iglesias de Madrid. Pero los hijos que le fueron naciendo murieron pronto: en aquel tiempo en la corte todo era nacer y morir —sentenció Elena.

Caminaban junto a la verja de hierro que limitaba los parterres del Retiro. Elena se quedó mirando la blancura de la nieve en las ramas desnudas de los chopos, mientras recordaba la ansiedad de aquellos días inciertos.

—Hasta que una noche del mes de febrero el rey tuvo la última actuación fértil —dijo—, y de aquella postrera cópula real, Mariana iba a quedar embarazada por última vez.

La reina está en su aposento con sus damas de compañía, sentadas en sillas con cojines de terciopelo. En la mesa hay una chocolatera de cobre y, al lado, tazas de porcelana, cucharillas de plata y una bandeja con bizcochos y tortas para untar en el chocolate. Se acerca un enano llevando un jarrón de limonada. Mariana vuelve la cara hacia otro lado, se persigna y manda que salga presto de la estancia. Cuando se va, la reina niña comenta, con el susto reflejado todavía en el rostro:

—¡Qué cosas engendra la Naturaleza...!

—Feas —las califica una de las damas.

—¿Y por qué culpa nacieron así? —pregunta la reina con ansiedad por su todavía reciente embarazo.

—Algunas criaturas son un mal sueño de Dios —se evade la dama—. Recuerdan a los hombres que también existen la fealdad, la deformación y el mal.

—A veces nacen así por intervención del diablo —apunta otra mujer más tajante.

—O por las malvadas artes y maldiciones de los mendigos —añade otra.

—Hay que tener cuidado con los mendigos —apostilla la primera.

—Incluso la manera impropia de sentarse la madre durante el embarazo puede ser la causa de la mutilación del hijo.

Mariana se sienta tiesa en la silla, atemorizada.

—También, la insuficiente cantidad de semen. O su podredumbre... —interviene la primera—. Si la materia que se vierte es poca, puede nacer un niño con una sola mano. O patizambo. O tan pequeño como los enanos del palacio.

—O sin pies ni cabeza —apunta otra.

La reina niña está turbada. ¿Cómo sería la materia del viejo Felipe?, pensó.

—Dicen que en Baviera nació una mujer con dos cabezas —comenta una dama—. Y que, salvo en eso, en lo demás era igual en todo a las otras mujeres.

—¿Con dos cabezas? —pregunta, más asustada que extrañada, la joven reina.

—Con dos.

—Como dos mujeres pegadas...

—Igualito.

—Y las dos cabezas estaban unidas por la frente —añade la primera mujer.

—¿Y murieron juntas, entonces?

—No; murió primero una y a los pocos días la otra, cuando intentaron separarla de la cabeza muerta.

—La vida de esos monstruos es breve —comenta la dama de más edad—. Viven agobiados por el oprobio, sabiéndose mutilados, feos, castigados de Dios y rechazados por los hombres. Su existencia es melancólica, pero tienen el consuelo del escaso tiempo de vida.

En la estancia se hace un denso silencio. La reina mira la jarra de limonada que ha dejado el enano. Tiene sed, pero no se atreve a tocar el recipiente que ha estado en las manos de aquel hombre maltrecho.

—Tampoco se deben mirar cosas monstruosas mientras se engendra —oye decir entonces a una de las damas de compañía—, porque la imaginación tiene poder sobre el semen y sobre la cosa engendrada.

—Por esta razón cuenta un cirujano francés que Hipócrates salvó a una princesa que estaba acusada de adulterio —refiere con asombro otra de las mujeres—. Ella y su marido eran de piel blanca como la nieve; y el niño que parió fue negro como un moro. Acudieron a Hipócrates, quien explicó que el niño había nacido así porque la madre había mirado al engendrar el retrato de un moro que colgaba frente a la cama.

—Mujeres hubo que al bañarse en el agua donde había puesto sus huevos un animal, engendraron en su vientre las crías —interviene una de las damas.

—Claro —confirma otra de las mujeres—, porque a causa del sudor están abiertos todos sus poros y orificios de la piel.

—He oído que el semen muere si se enfría —se atreve a comentar la reina tan niña.

—Por eso es estéril el hombre que tiene un miembro

viril demasiado largo —añade la dama que más sabe de esto—. Porque al tener que recorrer tanto camino el semen, se enfría antes de ser depositado en el cuerpo de la mujer.

—O llega escaso —apostilla otra—, y entonces nace un ser jorobado. O tuerto. O chato. ¡O sólo con dos dedos en la mano! —concluye para asombro de todas, que reaccionan con una común exclamación de sorpresa.

—¡O lleno de manchas y verrugas! —dice otra de ellas, como si quisiera empeorar las consecuencias.

Y la reina niña calla, turbada y afligida, convertida su mente en un mar de miedos indescifrables.

La Puerta de Alcalá cubierta de nieve parecía una entrada inútil en medio de un desierto blanco. Sus arcos, levantados en el centro de una estepa de algodón, se abrían hacia un camino infinito de nieve, que no parecía llevar a ninguna parte. Elena y Héctor cruzaron hacia la calle Serrano, dejando atrás los jardines del Retiro, que habían sido en otro tiempo el vergel privado de los reyes. Héctor volvió a pensar, preocupado, en el mensaje que podían encerrar las palabras que habían interceptado sobre *Las lágrimas de san Pedro*. Recordó de nuevo que a Elena le interesaba más descubrir el significado del medallón, para saber por qué habían querido robarlo ignorando otros objetos más valiosos. Entendió entonces que en algún punto se cruzaban ambos misterios, pero ¿dónde?

—¿Qué relación pueden tener el cuadro y el medallón? —preguntó Héctor, planteando en voz alta las dudas que lo acuciaban.

—Ese cuadro nunca ha estado en el Palacio Real —contestó Elena—. Ni lo tuvo Felipe IV, ni se colgó en las paredes del Alcázar, ni está ahora en ninguno de sus salones.

—Son dos objetos muy diferentes... —Héctor se quedó pensativo—. Una joya del rey y un cuadro de Velázquez...

—Pero los dos del siglo XVII.

—¿Y todo eso adónde nos lleva?

—Es extraño, sí —reconoció Elena—. El cuadro es una pintura hermosa y un objeto de valor. Pero nada más. El medallón era una llave. Representaba al rey. Y era también un escudo. Felipe IV lo utilizaba como amuleto. En su interior tenía un lignum crucis: una astilla de la cruz en la que fue colgado Cristo. Su tacto podía ser milagroso: un escudo contra el mal.

—¿Y dices que el rey lo usaba como amuleto?

—Por supuesto. Todos usaban amuletos en esa época. Y ésa era una reliquia que la había tocado el mismo Dios... En el último embarazo de la joven Mariana, estoy segura de que el rey se la entregaría al médico de la corte para que la reina la tuviera durante el alumbramiento.

Alrededor de la cama están colocadas parteras, exvotos, reliquias y algún galeno. En el dosel han colgado una espina de la corona que tuvo Cristo en su Pasión, han extendido sobre la colcha un trozo del manto de la Magdalena, y en el último momento alguien ha puesto sobre él un diente oscurecido que, según ha dicho, es del mismo apóstol san Pedro, la piedra primera de la Iglesia, para que ayude a poner un sólido sillar que gobierne el reino huérfano de España.

En medio de tantos sortilegios, la reina resopla de dolor y se retuerce abierta de piernas sobre las sábanas blancas del lecho nupcial. Muerde un paño que le ha dado, compasiva, una partera; y en la mano aprieta el medallón que le ha dejado el rey con el trozo de la cruz en su interior. Todos miran expectantes. Dentro de la cámara de la reina se oye a ratos el susurro de alguna plegaria que reza al otro lado de la puerta el confesor de palacio. Sólo ese murmullo y el sofoco de la reina alteran el silencio gélido de esa tarde de noviembre.

Hasta que todos los que están esperando con ansiedad alrededor de la cama oyen en el largo pasillo de la antecámara los pasos de alguien que corre apurado. Los taconazos resuenan en la penumbra y se percibe cada vez más cerca el estruendo de la carrera. Se abre la puerta de golpe y entra sofocado en el cuarto un monje en hábito de penitente con una pluma dorada, que según dice era del arcángel san Miguel, a quien se le cayó en el paraíso. Todos se vuelven sorprendidos a mirarlo, abandonando por un instante a la reina, que resopla con acelerada excitación.

Su entrada es como un anuncio divino, porque en ese momento se rasga el seno maternal del cuerpo de la reina y asoma un amasijo de carne, sangre y líquido entre sus piernas. Todos vuelven de nuevo la mirada a ella; la partera se apresura a sacar el cuerpo sanguinolento; «por Dios, que sea un hombre», se oye decir al médico; y cuando la partera agarra por los pies al recién nacido y le da un cachete en las nalgas, apenas escuchan un tímido gemido.

—¡Es un varón! —grita.

—¡Un varón! —corean todos con entusiasmo.

—¡Viva el rey! —se atreve a aplaudir alguien.

Y otro:

—¡Viva el príncipe heredero!

La reina queda extenuada, con los ojos cerrados y el

rostro contraído. Tiene los brazos extendidos sobre la colcha. La mano se le abre, sin fuerza, y los dedos dejan escapar el medallón, que cae al suelo con un golpe seco en las tablas. Rebota en el entarimado y permanece un rato balanceándose inestable, pero nadie repara en ello.

Un sentimiento de euforia comienza a extenderse desde el aposento al resto del palacio.

—Ha nacido el heredero —se anuncia por los largos pasillos y en los lúgubres corredores del Alcázar.

El galeno que atiende mientras tanto al niño ve un cuerpo deforme, una cabeza desproporcionada, unos ojos apagados y una piel llena de lacras.

—Se llamará Carlos —dice alguien con entusiasmo.

Y el médico no puede evitar un amago de vómito al ver la piel del niño cubierta de escrófulas y de heces.

A la sala de subastas se accedía por una puerta enrejada. Sobre ella había una alarma de seguridad. Bien visible aparecía un letrero que pretendía ser disuasorio: «Local protegido mediante sistema de vigilancia SPF.» Héctor se fijó en que los aparatos coincidían con los del chalet de El Viso. Al lado, en el escaparate, estaban expuestas algunas piezas de orfebrería, un esmalte, un cuerno de marfil tallado con motivos orientales, un lienzo antiguo con una Madona renacentista y un catálogo que anunciaba la inminente subasta. Héctor miró cada una de las piezas, comprobó que el cristal era blindado y que había unos raíles, junto al marco de la puerta, por los que se deslizaba la persiana metálica que estaba recogida en la parte superior.

—La seguridad de este local no parece descuidada —le comentó a Elena mientras cruzaban hacia el interior.

Nada más pasar, ella cogió un catálogo de una mesa situada a la entrada. Lo abrió, escrutó el índice, buscó una página y se la enseñó a Héctor.

—*Las lágrimas de san Pedro* —le dijo, indicándole en el catálogo abierto el lienzo que se iba a subastar.

Héctor leyó las medidas del cuadro, las características técnicas, el breve informe en el que se aseguraba que era un lienzo de la época sevillana de Velázquez. Elena avanzó hacia la sala en la que estaba expuesta la obra, colgada de una barra metálica conectada a su vez a un detector de peso. Delante había unos límites marcados simplemente con una cinta de tela tendida entre dos postes metálicos móviles. Héctor se fijó que un guardia de una empresa privada de seguridad estaba de pie junto a una pared lateral de la sala, controlando los movimientos de los visitantes. Aquello no parecía un objetivo fácil para un robo.

—Si alguien intentara llevarse el cuadro, saltarían las alarmas y se bloquearía la puerta —le comentó a Elena.

—Esta sala tiene que estar bien protegida —aseguró ella—. Celebra cinco subastas al año y sus lotes suelen ser valiosos. Seguro que sus normas de seguridad son muy estrictas.

Los dos se pararon frente al cuadro, que representaba a san Pedro sentado, con las piernas cruzadas y las manos sobre las rodillas. En el suelo estaban tiradas las llaves que lo consagraban como portero vitalicio del reino de los cielos. Pero algo empañaba su ánimo, porque estaba triste y lloroso: las lágrimas de san Pedro.

—Los objetos se exponen aquí durante quince días antes de la subasta, para que puedan verlos los interesados —dijo Elena.

—No parece que sean muchos... —comentó él, refiriéndose a las dos o tres personas que merodeaban por la sala con actitud más de curiosidad que de profesionales de la subasta.

—Las pujas más fuertes suelen hacerse por teléfono —explicó ella—. Algunos dejan por escrito su deseo de adquirir un lote y el precio máximo que están dispuestos a pagar por él. Otros prefieren venir a la sala el día de la subasta, inscribirse, que les entreguen una cartela con su número e irlo mostrando cada vez que quieren hacer una oferta. Pero los licitadores más interesados no suelen presentarse en la sala. Actúan a través de intermediarios, pujan por teléfono y ellos permanecen en el anonimato.

Héctor miraba el lienzo, pero no pensaba en el ritual de la subasta. Tampoco estaba apreciando el valor artístico ni económico del cuadro. En su cabeza sólo tenía una duda: qué hacer. No podía alertar a los responsables de la galería de algo que él mismo ignoraba de qué podía tratarse. Tampoco podía revelar cómo había obtenido el comentario sobre *Las lágrimas de san Pedro*: sin ningún permiso judicial. Y mucho menos el origen de la investigación.

—¿Cuántas copias has dicho que existen de este cuadro? —le preguntó a Elena.

—Se conocen ocho. Pero puede haber más.

—Y no todas son de Velázquez...

—No, no. Se le atribuyen a él, pero no lo son.

—La conversación que hemos grabado puede referirse a cualquiera de ellas...

—Por supuesto —le confirmó Elena, sin dudarlo.

Al salir a la calle, ella volvió a sentir en el rostro el frío seco de la mañana. La nieve cubría las calles y helaba el mundo, pero Elena se arrebujó el abrigo, se envolvió en la bufanda, se puso los guantes y se sintió bien. Le gustaba notar el frío en la cara sabiéndose protegida, sintiendo su propio calor en el resto del cuerpo.

Héctor resopló mientras se abotonaba el gabán. La miró a los ojos y los vio alegres, iluminados por el brillo que se reflejaba en la nieve. ¿Qué tenían esos ojos? Eran grandes y limpios como la nieve recién caída. Le resultaban atractivos y misteriosos como la profundidad del agua en el mar. Elena advirtió que el comisario la miraba y le sonrió. El suelo helado estaba resbaladizo, y ella se agarró de nuevo al brazo de Héctor para avanzar con más seguridad. A veces las cosas parecen sencillas y se complican inesperadamente, pensó Héctor; y otras veces se abre una puerta por donde menos lo esperábamos.

Decidió que iba a poner una vigilancia discreta frente al local, y esperaría a ver. Tal vez esa subasta le diera alguna prueba para actuar contra los sospechosos, que era lo que estaba persiguiendo desde hacía varios días.

Volvieron a bajar por Serrano hacia la calle Alcalá. El tráfico era más lento que otras veces. A lo lejos se adivinaba un atasco monumental. Se oían bocinas estridentes y en algunos vehículos ondeaban grandes banderas rojas.

—Hay manifestación hacia la Puerta del Sol —comentó Elena—. Esta vez es contra el paro.

—Si es que hay casi dos millones de personas sin trabajo... —comentó él con un gesto de preocupación—. ¡Más del dieciséis por ciento! Mira la construcción cómo está: estancada. Y la industria que tenemos es del siglo pasado... Y los precios, que no paran de subir.

Los dos siguieron andando en silencio. Crujía la nieve bajo sus pies y ambos iban distraídos escuchando los chasquidos del hielo al romperse.

—¿En qué acabará todo esto? —dijo al fin Héctor.

Y Elena, que caminaba pendiente sólo del rumor de la

nieve a medida que avanzaba, se preguntó a qué se habría referido Héctor: si al medallón robado en el Palacio Real, a la manifestación de obreros que protestaban contra el paro o a otros sentimientos más íntimos que también la afectaban a ella.

XV

Héctor había llegado al despacho temprano, cuando la niebla de la mañana aún no había abandonado del todo las calles heladas de Madrid. Una hora más tarde, el jefe de seguridad del palacio se asomó en la puerta, llevando en la mano una carpeta.

—Aquí tiene las hojas de servicio del vigilante que pidió —dijo, dirigiéndose a Héctor con el trato deferente con el que siempre le hablaba, que parecía indicar más un complejo de inferioridad que de cortesía.

Héctor soltó las gomas que cerraban la carpeta, sacó un pliego de papeles y los estuvo hojeando.

—Están también los controles de la ronda —añadió el de seguridad.

Héctor seguía comprobando algunas anotaciones de los impresos. Llamó a David y, cuando éste se acercó, le entregó todos los informes, diciéndole:

—Mira esto, a ver si encuentras algo.

David recogió la carpeta, extendió los papeles en la mesa y se concentró en revisar los partes de control. Héctor se volvió hacia el jefe de seguridad:

—¿En la capilla del tesoro hay siempre un hombre de vigilancia?

—Siempre —contestó satisfecho como un colegial aquel hombre, cuyo traje le confería un aire arcaico.

—Hemos interrogado a los que han realizado ese servicio últimamente y no ha habido nada extraño en sus turnos —intervino David.

—Y el sospechoso nunca ha realizado esa vigilancia... —quiso confirmar Héctor.

—Nunca —le corroboró—. Eso lo hemos comprobado.

David se dirigió entonces al jefe de seguridad, mostrándole algunos impresos.

—¿Qué es esto? —le preguntó.

—Además de los vigilantes estáticos, que están distribuidos por sectores, hay siempre uno de ronda —le explicó—. A medida que va recorriendo todos los sectores tiene que marcar en esos impresos la hora y si hay alguna incidencia.

—Entonces el robo sólo pudo cometerse en un momento en que no había guardias. Cuando el palacio estaba cerrado —comentó Héctor.

—Cuando se van los visitantes, hay un retén que se encarga de comprobar en cada sector que todo está en orden y de confirmar que no queda nadie —informó el jefe de seguridad.

—¿Esos sectores qué cubren? —preguntó Héctor.

—Los salones del palacio: el de Alabarderos, el de las Columnas, la Capilla Real, el comedor de gala, las estancias de los infantes, la armería...

—¿Y los servicios generales? ¿Escaleras, pasillos, despachos de administración y de almacén?

El encargado de la seguridad vestía un traje oscuro y llevaba una camisa de un color indefinido, entre rosa y violáceo, con una corbata amarilla. Se quedó perplejo por la pregunta. Dudó, se llevó instintivamente la mano al cuello, intentando aflojarse un poco el nudo que le oprimía la garganta, y respondió:

—No, esos lugares no guardan nada de valor y nunca se comprueban.

Héctor hizo un gesto de desagrado, antes de seguir preguntando:

—¿Cómo está organizada la seguridad nocturna?

—Por la noche hay un puesto de vigilancia: un retén de dos personas.

—Pero ¿qué hacen?

—Están en el control y cada hora realizan una ronda. Tienen que firmar en unos puntos establecidos y apuntan si hay algo anómalo.

—Nunca hay nada —intervino David—. En los partes del último mes nadie ha escrito una línea.

El de seguridad se encogió de hombros.

—De momento nos quedaremos con estos impresos —le dijo Héctor.

El hombre interpretó el comentario como una despedida, pero de todas formas se quedó un instante indeciso, sin saber qué hacer. David seguía revisando los papeles que les había llevado; Héctor cogió una carpeta y se puso a comprobar unos planos del edificio.

—Me parece bien —dijo al fin el hombre, mientras se volvía hacia la puerta para salir del despacho.

—Estos partes tienen toda la pinta de firmarse al buen tuntún —comentó David, cuando el jefe de seguridad ya se había ido.

Pedro entró en ese momento con unos planos del Palacio Real enrollados.

—La seguridad de este edificio deja mucho que desear —sentenció—. Una persona infiltrada como vigilante y que conozca el funcionamiento de los equipos y las instalaciones lo tiene muy fácil.

—De día es más complicado manipular las alarmas, abrir la caja de seguridad y efectuar el robo sin que nadie se dé cuenta en medio de esa rutina de vigilancia. Por la noche es más fácil —corroboró Héctor.

—Acceder desde el exterior es arriesgado —añadió David—. Lo más sencillo es buscar la manera de quedarse dentro, esperar a que no haya nadie y actuar entonces.

Héctor extendió uno de los planos del palacio sobre la mesa.

—Aquí está el punto de control de la salida y entrada de los guardias —dijo, señalando uno de los cuartos. Pedro y David se inclinaron sobre el plano—. Antes de irse, todos tienen que fichar en este punto.

—Los partes de salida que nos ha traído están firmados por todos los guardias —observó David, mientras agitaba los papeles en la mano.

—El sospechoso firma, sí, pero vuelve al interior con cualquier pretexto, a un lugar en el que permanece escondido.

—La sala de electricidad —sugirió David—. Los informes de huellas indican rastros en distintos puntos. Alguna huella está completa, pero otras son sólo fragmentarias, como si alguien hubiera estado sentado en el suelo, apoyado en la pared.

—Eso es lo que decía el informe del laboratorio —confirmó Pedro.

—Nadie comprueba aquella sala y nadie vigila los pasillos de servicios generales —continuó Héctor—. Al ladrón le basta con tener paciencia y esperar. Antes ha estudiado las conexiones eléctricas de los armarios distribuidores de esa sala y el cableado de las alarmas.

—Los letreros de las cajas facilitan bastante la tarea —intervino Pedro, y añadió, guasón—. Es como si los hubieran puesto para que los rateros no se equivoquen...

—Es un profesional de la electrónica —siguió Héctor—. Ha trabajado en la instalación de equipos de seguridad. Sabe qué cables tiene que cortar para que se desconecte la alarma de la Capilla Real, cuáles inutilizan el sistema de bloqueo de la cámara fuerte, cómo reiniciar luego la instalación...

—Los cables manipulados son precisamente los que afectan a la Capilla Real y al Relicario —señaló David.

—Conoce los horarios y los recorridos de los vigilantes nocturnos. Sabe cuál es el momento oportuno para actuar. Y entonces, a medianoche, sale de ese cuarto y se dirige a la Capilla Real. Desde aquí hasta aquí —dijo Héctor, señalando en el plano la sala de electricidad y la capilla— sólo hay un posible itinerario que no tiene peligro ni está controlado: no hay alarmas, ni vigilancia, ni nada. Y es éste —añadió, recorriendo con el dedo los pasillos y escaleras hasta el final—. Sesenta metros.

—En la capilla trabaja rápido —apuntó David—, pero de todas formas dispone de tiempo: cuenta con una hora para desactivar la cámara fuerte...

—Que es de la marca SPF —recordó Pedro—. Y él conoce bien esos aparatos, porque ha sido instalador de la empresa.

—Eso es... Así que desmonta las piezas que necesita. Lleva el instrumental adecuado, desbloquea el sistema y la puerta se le abre de par en par, franqueándole el paso al botín.

—No deja huellas —intervino David—. Trabaja seguro: usa guantes y se protege los ojos con unas gafas de visión nocturna y con lentes de aumento para manipular con precisión la caja de seguridad.

—Coge el arca de la infanta, la abre, saca el medallón, lo envuelve en un pañuelo y lo oculta en su bolsillo. Mira el oro, los esmaltes y las piedras preciosas de esa caja, que valen mil veces más que el objeto que se ha guardado. Tal vez por un instante pase por su cabeza el deseo de apropiársela. Pero no lo hace. ¿Por qué? Porque es un profesional. ¡Y trabaja por encargo!

—¡Claro! Ésa puede ser la razón... —exclamó Pedro, con tanto entusiasmo como si ya hubiera resuelto definitivamente el caso.

—Luego vuelve a dejarlo todo como estaba y rápidamente inicia la tarea de montar la cerradura de la cámara fuerte.

—Antes de irse lo limpia todo con un paño, para que no quede ninguna huella de su trabajo —añadió David—. Ve que se ha caído una pequeña gota de aceite al suelo; la limpia también, pero al hacerlo, deja un mínimo rastro delator en el suelo.

—Y en la alfombra de la capilla, gruesa y mullida, han quedado grabadas las marcas de sus botas —aportó Pedro.

—Entonces regresa a la sala de electricidad —siguió reconstruyendo Héctor lo que pudo haber sucedido la noche del robo—. Se pone a recomponer las conexiones eléctricas, hace algunas soldaduras y las oculta con cinta aislante, confiando en que nadie se percatará de los arreglos.

—Luego pasa el resto de la noche sentado en el suelo, espera el amanecer, y por la mañana es el primero que está en su puesto. ¡Un trabajador ejemplar! —concluyó Pedro con sarcasmo.

—Deberíamos interrogarlo ya mismo —propuso entonces David.

—No —discrepó Héctor—. Todavía no. Lo tenemos vigilado. Él nos llevará al lugar donde está oculto el medallón. Tenemos que esperar, no vayamos a espantarlo.

Héctor encargó a David y a Pedro que averiguaran si había alguna novedad acerca del lienzo *Las lágrimas de san Pedro* y que investigaran si había algún indicio sobre la puesta en el mercado del medallón que había desaparecido. Durante todo el día los dos inspectores estuvieron visitando galerías, anticuarios y casas de subastas. Sus visitas eran rápidas y los responsables de las tiendas de arte se limitaban a hacer un gesto de perplejidad, negar con la cabeza y despedirlos amablemente. Los dos sabían de sobra que el mundo de las antigüedades no era siempre tan transparente como sería deseable.

En la calle Goya se encontraba una de las mejores casas de arte. Los compradores sabían que en ella no había muchos productos expuestos, sino sólo piezas excepcionales. Sus clientes solían ser museos, coleccionistas caprichosos e inversores con mucho dinero... o con necesidad de ocultar los beneficios de algún negocio. De pie en el despacho del gerente estaban David y Pedro, frente a aquel hombre de aspecto menudo, cuyos ojos los miraban con recelo desde detrás de las gafas con montura de concha.

—No he oído nada sobre un medallón de oro del siglo XVII —les dijo—. No está a la venta... Al menos que yo sepa —añadió, prudente.

Pedro se llevó la mano al bolsillo interior de la chaqueta.

—Si tiene alguna noticia, llame a este teléfono —le pidió, entregándole una tarjeta.

—¿Conoce a este hombre? —intervino entonces David, mostrándole una fotografía.

El responsable de la galería la observó con atención y se quedó pensativo, como si tratara de recordar qué le traía a la mente aquella imagen.

—Se llama Ángel del Valle y de Velázquez —añadió David.

—Sí... —dijo el anticuario, ajustándose las gafas y levantando el rostro hacia los dos inspectores—. Ya recuerdo... Hace años estuvo varias veces por aquí. Le interesaban algunas piezas del Barroco español.

—¿Es cliente?

—No, no. En aquella temporada nos entró algún lote de joyas del XVII. Ya sabe... platería, relicarios y cosas así.

—¿Él se las ofreció?

—No, al contrario. Estaba interesado en adquirirlas.

—¿Lo hizo?

—Sí, sí. Compró alguna.

—¿Cara?

—¡Muy cara! —exclamó—. No eran piezas vulgares. Alguna había pertenecido a la corte.

—¿Las compró para él?

—No lo sé. Quizá fuera un intermediario. No es fácil que esos productos salgan al mercado, y normalmente van a parar a museos.

El hombre volvió a mirar la fotografía que le había enseñado David.

—Sí, sí, es él —confirmó—. Lo recuerdo bien.

—Así que podía ser un intermediario... —repitió Pedro.

—Sí, podía serlo... —afirmó sin demasiada seguridad—. Aunque a mí me pareció más un coleccionista. Los intermediarios suelen comportarse de otro modo. Él buscaba piezas muy concretas... Sabía lo que le interesaba y lo que no.

Cuando salieron a la calle, Pedro se subió instintivamente el cuello de la gabardina. El frío se había instalado sobre la sierra de Madrid y desde allí llegaban ráfagas de aire helado que cruzaban a rachas las calles de la ciudad.

—Un coleccionista... —murmuró Pedro—. Ese hombre es un coleccionista de arte. Le interesan piezas únicas del siglo XVII. Y el medallón era una muy excepcional.

—Eso explicaría algunas cosas —comentó David—, pero seguimos sin tener pruebas.

—Ya caerán.

—No debemos precipitarnos: ser un coleccionista de arte con dinero no es ningún delito.

Habían dejado el coche aparcado a bastantes metros de la galería de arte. Caminaban aprisa, David con las llaves ya en la mano y Pedro pegado a la pared, esforzándose por seguir el ritmo apresurado que llevaba el otro. Al pasar por una cafetería, le sorprendió ver que todos los que estaban de pie junto a la barra miraban fijamente la televisión colgada en una de las paredes. Se detuvo, extrañado por la atención que suscitaban las imágenes de la pantalla, empujó la puerta y entró en el establecimiento. En la televisión aparecía la imagen del presidente del Gobierno, solo y con semblante serio.

—«He llegado al convencimiento de que hoy, y en las actuales circunstancias, mi marcha es más beneficiosa para España que mi permanencia en la Presidencia. Me voy, pues, sin que nadie me lo haya pedido...» —decía, abatido y ojeroso, desde la pantalla.

David entró en ese momento, sorprendido al ver que Pedro se había parado en el bar sin comentarle nada.

—Adolfo Suárez ha dimitido —le dijo en voz baja, inclinando la cabeza hacia él.

—¿Qué me dices? —replicó David.

—Ya lo ves —le confirmó, levantando la barbilla hacia la pantalla.

—«... Este comportamiento, por poco comprensible que pueda parecer a primera vista, es el que creo que mi patria me exige en este momento».

Se quedaron los dos escuchando, perplejos. En la cafetería se había instalado un silencio poco habitual. Pedro meneó la cabeza hacia los lados con preocupación.

—Esto tiene muy mala pinta —dijo.

—Muy mal tienen que estar las cosas para que dimita el presidente del Gobierno y no pueda explicar por qué lo hace —comentó David—. Algo muy gordo se está cociendo.

El coche estaba aparcado a unos metros de la puerta metálica que daba acceso al chalet. Éste era uno de los más selectos de El Viso, una zona privilegiada de Madrid con casas individuales, rodeadas de un pequeño jardín: un oasis en medio de la urbe de avenidas ruidosas y de altos edificios. En la calle había varios coches estacionados y entre ellos pasaba desapercibido el vehículo azul oscuro, de cristales tintados, en cuyo interior vigilaban desde hacía días los dos agentes, uno vestido con gabardina y el otro, con un chaquetón de cuero.

—¿Has oído la noticia? —preguntó éste.

—Estaba cantado —le contestó el otro con absoluta convicción.

—Pero ¿qué dices? —se extrañó el primero.

—No le quedaba otra: estaba acorralado. Todos iban a por él: los sindicatos, la oposición, los militares, la Iglesia... Hasta su propio partido. Era su única salida: tenía que dimitir.

—¿De qué hablas?

—De Adolfo Suárez, el presidente del Gobierno —le corroboró—. Que ha dimitido.

—No, yo no me refería a eso.

—¿Pues a qué te referías?

—Al secuestro.

—¿Lo han secuestrado? —preguntó con extrañeza—. ¿Han secuestrado al presidente del Gobierno?

—No, a él no —aclaró el otro—; a un ingeniero de la central nuclear de Lemóniz.

—¿Quién lo ha secuestrado?

—ETA. Y ha amenazado con matarlo en una semana.

—¡La madre que los parió! —estalló el agente de policía.

En el interior del coche se hizo un silencio denso. Una ráfaga de aire agitó las ramas desnudas de los árboles. Una hoja muerta cruzó por delante del cristal, chocó con la carrocería y quedó atrapada en el limpiaparabrisas.

—Esto se va a la mierda —protestó cabreado, dando un golpe con la palma de la mano en el salpicadero.

—Es lo que nos faltaba... —se quejó el otro, más sereno—. Encima un secuestro...

—¡Ya basta! —volvió a estallar el primero—. ¿A qué esperan los militares?

Una nueva ventolera movió las ramas en los jardines. En la calle se formaron algunos remolinos. El viento arrastraba hierbas y hojas secas arrancadas de los árboles; las traía y llevaba sin rumbo fijo, formando desordenados montones al azar. Una racha de aire los empujaba hacia la acera y los revolvía; después otra los dispersaba y los arrastraba al otro extremo de la calle, como si los gobernara a latigazos.

Los dos policías, dentro del coche, permanecieron un rato en silencio. El que ocupaba el asiento del conductor encendió la radio, pero apenas sonaron las primeras melodías de una canción de moda, la apagó. El mutismo volvió a instalarse, pesado como una losa, en el interior del coche.

De repente oyeron la estridencia de unas sirenas que sonaban cerca. Se volvieron los dos hacia atrás, de donde procedía el repentino alboroto, y en ese momento vieron aparecer por la esquina de la calle una ambulancia que pintaba de ráfagas azules los muros de los chalets. La calma del lugar se convirtió enseguida en un escándalo de luces y pitidos. Los investigadores siguieron con la vista el recorrido del vehículo y vieron con sorpresa que se detenía delante del chalet que estaban vigilando.

—¡Una ambulancia! —exclamó el de la gabardina—. Han pedido una ambulancia.

Dejaron de sonar las sirenas, pero las luces giratorias azules teñían con una señal de urgencia la tranquilidad de la calle. Dos enfermeros bajaron aprisa del vehículo, abrieron las puertas traseras, sacaron una camilla y se acercaron corriendo a la cancela metálica. Ésta se abrió y desaparecieron en el interior.

—¿Qué habrá ocurrido? —dijo el conductor, extrañado.

—A lo mejor es una estratagema.

—¿Para qué?

—Para distraernos... Para escapar. ¡Qué sé yo!

Se quedaron en silencio, atrincherados en el coche, mirando con ansiedad la valla de hierro cerrada.

—Ahí vuelven —dijo al momento el de la gabardina.

Los dos enfermeros empujaban apresuradamente la camilla, en la que iba tumbada una persona con una mascarilla de oxígeno, cubierta por una manta. Detrás caminaba con gesto de preocupación el hombre vestido con abrigo negro de cuero. Subieron la camilla a la ambulancia, cerraron las puertas traseras y los dos enfermeros se montaron rápidamente, cada uno por una de las puertas laterales de delante. Volvieron a conectar la sirena, arrancaron y salieron como una exhalación del aparcamiento.

—¿Qué hacemos? —preguntó el que estaba al volante.

—Síguela —resolvió su compañero.

El coche se puso en marcha con un chirrido de las ruedas. El conductor aceleró para no perder la pista de la ambulancia. No se detuvo en el cruce y dos coches frenaron a su derecha a escasa distancia, cuando ya casi estaban a punto de colisionar. Cruzaron el paseo de la Castellana a una velocidad de vértigo. La ambulancia se abría paso entre los vehículos, sembrando el estruendo de su sirena por las calles atascadas de la ciudad. El coche la seguía, cambiando de carril peligrosamente. Un semáforo se puso en rojo cuando estaban casi en el cruce. La ambulancia ya lo había sobrepasado y seguía su carrera frenética al otro lado de la calle.

—¡Acelera! —ordenó el conductor de la gabardina, y una retahíla de bocinazos señaló el pasmo y el peligro de quienes tuvieron que frenar en el último momento en medio del cruce.

La ambulancia giró hacia Moncloa y en la plaza de Cristo Rey disminuyó la velocidad. Los agentes vieron que se detenía en la puerta de Urgencias del Hospital Clínico. Con la misma premura de antes, bajaron los enfermeros, abrieron las dos puertas de atrás, sacaron la camilla, cruzaron la puerta de cristal y se perdieron en el interior del Clínico empujando la camilla.

—Para un coleccionista, el medallón de Felipe IV es una pieza muy codiciada —comentó Elena.

Estaba con Pedro, David y Héctor en el despacho provisional de éste en el Palacio Real. David los había puesto al corriente de las entrevistas que habían mantenido con propietarios de galerías de arte y anticuarios de la ciudad.

—Pero ¿sabéis cuál es el principal interés de esa joya? —preguntó Elena.

—¿Cuál? —se adelantó Pedro.

—Precisamente lo que no se conoce —contestó, enigmática.

—¿A qué te refieres? —intervino David.

Elena abrió el bolso que llevaba colgado del hombro y sacó un cuaderno. Mientras lo hacía, les explicó:

—En el tesoro del palacio se conservaba el medallón del Paraíso que han robado. Es una joya de orfebrería, sí, pero está incompleta. En el borde, la circunferencia de esa insignia tiene una guía de oro. ¿Sabéis por qué?

Los tres miraron a Elena con curiosidad.

—Porque esa guía encajaba en una pieza mayor. El medallón completo de Felipe IV estaba formado por el conjunto de las dos piezas. Hay testimonios de la existencia de ese medallón, pero sólo se conserva la parte que se guardaba en el tesoro del Palacio Real. Si alguien consiguiera las dos partes, juntas sí que tendrían un valor considerable.

Buscó entre las páginas del cuaderno, abrió una y les mostró los dibujos que tenía.

—Así era el medallón —les dijo.

Héctor cogió la libreta para ver el dibujo. Ella, a su lado, señaló con el dedo en la página que tenía abierta.

—Ésta es la pieza robada. Por un lado tiene grabada la escena del paraíso: Adán y Eva, desnudos, de pie, uno a cada lado del árbol del Bien y del Mal. El fondo está esmaltado con diversos símbolos de contrarios: el día y la noche, alfa y omega, el principio y el fin... En la otra cara contiene una reliquia protegida por un cristal —siguió explicando, mientras les indicaba otra de las ilustraciones—, engarzado en el centro de una cruz también de oro sobre un fondo de esmalte. Ésta es la pieza que estaba en el Palacio Real y que ha desaparecido.

—O sea, un relicario —apuntó Héctor.

—Eso es. Fue grabado en oro fundido y cincelado por uno de los orfebres de la corte, para guardar una reliquia de gran valor: un lignum crucis, una astilla del madero en el que fue crucificado Cristo.

—Que el rey solía llevar colgado al cuello como una medalla... —añadió Héctor.

—Exacto —confirmó Elena—. Porque no podemos olvidar su significado. Representa por un lado la culpa y, por otro, la liberación. La enfermedad y la cura. La condena y la salvación del hombre.

—¿Y esta otra parte? —preguntó Pedro, señalando el dibujo.

—Ésa es la pieza de orfebrería en la que iba encastrado el medallón que ha desaparecido. Tenía forma de media luna con las puntas hacia arriba. En el hueco que dejaban las dos puntas abiertas llevaba otra guía, en la que encajaba el aro de la pieza robada. Su circunferencia cerraba exactamente la parte abierta y así formaba un medallón más grande. Ése era el medallón de Felipe IV completo: el que llaman en el inventario medallón del Sol.

—¿Y estos motivos que tenía grabados? —se interesó Pedro, al ver las reproducciones que aparecían en la libreta.

—En la cara del paraíso estaban representados el sol y la luna. Del sol nacían unos rayos de oro. La luna estaba rodeada de un cielo esmaltado de estrellas.

Héctor giró la página y señaló el medallón por el lado que tenía la reliquia. Elena continuó:

—Debajo de la reliquia figuraba la cara del rey, de perfil, tal y como la conocemos por los cuadros de Velázquez. A su alrededor había una banda dorada con el lema: *Res prae Manibus existens*.

—¿O sea? —le requirió Pedro.

—«Todo lo tenemos al alcance de las manos.»

—Será algunos... —protestó Pedro con sorna.

—Esa efigie era un salvoconducto. Quien la llevaba estaba actuando en representación del rey. Y el rey entonces lo tenía todo.

—Pero lo malgastó, porque fue un desastre de gobernante... —añadió Pedro.

—Así es. Esas palabras están sacadas del lema de Miguel Escoto, que era más extenso y menos optimista: «Todo lo teníamos al alcance de la mano, y lo perdimos.» Pero Escoto se refería al paraíso.

Se quedaron los tres en silencio, observando los dibujos del cuaderno. Un instante nada más, porque en ese momento asomó por la puerta el agente que se encargaba de las escuchas.

—Han llevado a Ángel del Valle al Hospital Clínico —les informó inmediatamente.

—¿Cuándo? —preguntó Héctor.

—Hace un rato; en una ambulancia.

—¿Quién está con él?

—El hombre que lo acompaña siempre, el que vive con él.

—No, no... —rectificó Héctor—. Me refiero de los nuestros.

—Los dos agentes encargados del seguimiento están vigilando en la planta del hospital.

—Bien —asintió Héctor.

El inspector continuó hablando:

—Poco antes de que llegara la ambulancia interceptamos una llamada telefónica.

Colocó sobre la mesa el reproductor que llevaba, apretó un botón y en el despacho se oyó la voz crispada del mismo hombre que en la grabación anterior:

«¿Cuándo me vais a pagar lo que se me debe?»

«¿Quién es usted?», preguntaba otra voz, también nerviosa.

«Dile a tu amigo que cumpla lo convenido.»

«¿El qué? ¿A qué se refiere?»

«Él ya sabe de qué estoy hablando» —le respondía alterado, con acento amenazador.

«Oiga...»

Pero la palabra quedó en el aire, porque en la grabación se oía que el otro colgaba el teléfono bruscamente.

XVI

Hacía frío en la calle y en los bordes de las aceras se amontonaban todavía restos de nieve apelmazada. Elena llegó al archivo del Palacio, instalado en el ala que cierra la plaza hacia el parque, y se encaminó a una zona reservada donde sólo es posible acceder con un permiso especial. El medallón del Sol se conservaba en el Palacio Real. Pero ¿qué había sido de la otra pieza? ¿Dónde estaba? Sorprendentemente, Héctor le había dicho que averiguara si había noticia de su existencia en algún museo o colección particular. ¡Héctor!... Un coleccionista que tuviera esa pieza podía mostrarse interesado en adquirir la parte que la completaba. Si la joya robada salía al mercado, esa persona sería una de las primeras a quien se la iban a ofrecer. Había que tener ese contacto, le dijo. Él, que siempre se había mostrado tan escéptico, le pedía a ella que siguiera el rastro de esa joya y descubriera dónde había ido a parar desde el pecho afligido del monarca.

Elena debía indagar cómo fueron los últimos años de Felipe IV, así que cogió varios legajos del archivo y los puso sobre la mesa. Mientras abría uno de ellos, pensó en lo poco que le quedaba al rey al final de su vida. Ocho veces había concebido su primera esposa, la reina Isabel, entre las sábanas de los cuartos helados del Alcázar, y de esos lances de cama sólo quedaba al cabo de los años la adolescente María Teresa. Su segunda esposa, la joven Mariana, ya había dado a luz tres mujeres y tres varones, pero de ellos sólo quedaban con vida la infanta Margarita y el príncipe Carlos. Pero por poco tiempo. Aquellos días en la corte todo era nacer y morir..., perderlo todo.

Al final de su vida Felipe IV, sí, perdió más que un reino. En el archivo, en uno de los legajos que tenía delante, Elena encontró una nota escrita por el aposentador real, en la que explicaba que las barrenderas se habían negado a hacer sus tareas porque hacía tiempo que no se les pagaba. Y que no había leña para calentar los fríos salones del palacio, porque no quedaba un real en las arcas, y aun el mismo cuarto del rey tendría en poco tiempo la chimenea apagada si no se ponía remedio.

No había ducados en las arcas. Y nadie quiere servir a una corte en bancarrota. Leyó Elena que el pastelero de la reina había dejado de cocinar, porque se le debía tanto dinero que no podía abastecerse de los ingredientes; y que el rey hacía tiempo que no comía pescado, porque no había fondos para pagar a los proveedores.

¿Qué fue del medallón del rey durante los últimos años de su vida? Elena pensaba en Felipe IV recluido en las salas gélidas del Alcázar durante el último invierno que vivió en el palacio. En aquel recinto construido sobre una pequeña meseta los vientos helados soplaban al atardecer desde la sierra y se colaban por las rendijas de las ventanas y bajo las puertas de las habitaciones reales. El rey estaba en su cámara, serio, impávido, vestido de terciopelo negro, aterido a ratos. Lo atenazaba la melancolía y en esos tristes atardeceres de invierno buscaba el fuego tibio de la chimenea encendida con unos leños raquíticos. Aquél fue un invierno tan frío que se helaron los naranjos en Andalucía y hubo noticia de que en Talavera habían muerto congelados quinientos carneros.

Elena revisó los papeles que contenía la carpeta del archivo. Se detuvo en una carta que tenía rasgado el sello de cera. El hijo bastardo del rey, Juan José de Austria, le informaba en esa cédula del resultado de la batalla de Extremoz contra los portugueses:

> Señor
> Fácilmente creerá V.M. que quisiera haver muerto antes mil veces que verme obligado a deçir a V.M. que sus armas han sido infamemente vencidas de los enemigos... El primer batallón que volvió las espaldas fue el de arcabuceros, que dando una mala descarga començaron a desgalgar por la ladera o puerto abajo, arrojando las armas como si tuvieran sobre sí todo el mundo junto... Huyeron todos con una sequedad jamás vista... Este, Señor, es el suceso.

Leyó Elena aquella carta tan patética, por la que se daba noticia al rey de un ejército de soldados mal pertrechados, que huían vergonzosamente en cuanto sonaban las primeras descargas del combate. ¿Qué le quedaba al monarca de la herencia que había recibido? ¿Qué había sido del reino en Flandes, en Nápoles, en Sicilia, en Portugal y en otras plazas? ¿Qué le quedaba de vida?

El rey aquellos días vagaba como alma en pena por las salas del palacio, con el ánimo decaído, tal y como lo pintó Velázquez en el último retrato. Llevaba el medallón sobre el pecho, pero ya no le servía como amuleto para aliviar su aflicción. Por aquellos años escribía Pascal en uno de sus *Pensamientos*: «Que se deje a un rey solo, sin ninguna satisfacción de los sentidos, sin ninguna preocupación en la mente, sin compañías ni diversiones, pensar en sí mismo todo el tiempo; y veremos que un rey sin diversiones es un hombre lleno de miserias.»

El rey estaba deprimido. Su confesor le aconsejaba escuchar música, porque la armonía es una medicina para el espíritu que sana las dolencias del alma. Le decía que el rey David aliviaba con el arpa las tribulaciones y apaciguaba con ella sus penas, elevando su pensamiento hasta los prados celestes donde habita Yahvé. Porque la música nos acerca hasta los jardines de Dios.

Pero al rey Felipe no le interesaban los consejos del fraile predicador. Se veía irremediablemente viejo. Recordaba el día que su padre le mandó llamar a su dormitorio, porque se sentía morir. Él era apenas un adolescente, pero era el heredero de la corona, así que se colocó junto a la cama, y los infantes, tras él. Abrió la boca el rey, que estaba postrado en el lecho, moribundo y desahuciado: «Os he llamado para que veáis en qué acaba todo», les dijo.

—Lo han ingresado en la planta de tuberculosos —le informó con gesto adusto la enfermera desde detrás del mostrador, donde rebuscaba afanosamente entre un fajo de papeles.

El investigador que había seguido la ambulancia desde El Viso le preguntó con insistencia:

—Pero ¿qué tiene?

La enfermera lo miró con cara de fastidio.

—Una infección —dijo, deseando que la dejara en paz.

Volvió a concentrarse en los folios, y los iba pasando con urgencia, en busca de algún informe, análisis, receta o parte médico, que al parecer no encontraba, porque al acabar de mirar el fajo que tenía en la mano, volvió de nuevo al principio, para repasarlo otra vez.

—¿Es grave? —insistió el agente de la gabardina.

La enfermera sólo estaba pendiente de lo que andaba buscando y no le hizo caso.

—¿Es grave? —volvió a preguntarle.

Ella lo miró con enojo.

—Sí, es grave. Se han registrado varios casos y todos son graves.

Dejó los papeles que había revisado en la balda que estaba debajo del mostrador y cogió una carpeta. La abrió con rapidez y volvió a concentrarse en buscar algo, tal como había hecho antes.

—¿Hay una epidemia? —aventuró entonces el investigador, que estaba un poco perdido en temas médicos.

La enfermera lo miró esta vez con cara de sorpresa y amagó un gesto de desdén antes de seguir su búsqueda, sin dignarse contestar. Dos médicos vestidos con batas verdes de quirófano cruzaron el pasillo con rapidez.

—¿Se le puede visitar en la habitación? ¿Es contagioso? —siguió indagando él.

—Si es usted familiar, debe preguntar al médico de la planta y él le informará —le respondió esta vez ya con tono de enfado.

Cerró la carpeta con las gomas de plástico, que resonaron con un estallido al chocar contra las tapas de cartón, revolvió nerviosa los papeles que estaban en la balda y compuso un gesto de disgusto al no encontrar lo que buscaba.

—¿Estará ingresado mucho tiempo? —volvió a la carga el agente.

—No lo sé, señor. No puedo atenderle. Hoy ha habido muchos ingresos y estamos desbordados.

Mientras lo decía, salió de detrás del mostrador y se fue con gesto irritado, sin el informe que buscaba. El agente de la gabardina se quedó en medio del pasillo. A su alrededor, la gente iba de un lado para otro, cada uno sumido en sus propias preocupaciones. Se volvió a mirar en las dos direcciones del pasillo. No vio a ningún médico ni enfermera, ni nadie cerca que fuera personal del hospital. Sin dudarlo, antes de que volviera a su puesto la mujer con la que había hablado, se apoyó en el mostrador, cogió la carpeta, miró entre las solapas uno de los separadores en el que indicaba «Ingresos», la abrió por ese apartado, fue revisando las hojas hasta que en una de ellas leyó «nombre del paciente: Ángel del Valle y de Velázquez», la cogió, volvió a dejar la carpeta en su sitio y enfiló el pasillo doblando la hoja por la mitad, antes de guardársela en el bolsillo de la gabardina.

Elena había dejado sobre la mesa el cuaderno abierto por la hoja en la que tenía dibujado el medallón. ¿Qué había sido de él, al final de la vida de Felipe IV? En aquellos años, una de las preocupaciones del rey fue terminar el Panteón de El Escorial, iniciado por su abuelo Felipe II. Elena cogió uno de los legajos, que contenía los papeles firmados por el rey sobre las obras del monasterio. El Escorial nació para ser vivienda, palacio, monasterio, convento, biblioteca y sepulcro. Felipe IV entregó a El Escorial una importante colección de pinturas y le encargó a Velázquez que decorase sus estancias. ¿Dejó allí alguna otra pieza de su tesoro? ¿Quedaría entre aquellas paredes lóbregas algún rastro del medallón?

En los documentos procedentes del archivo del palacio, Elena encontró el testimonio en el que se refiere la visita del rey a las tumbas reales del monasterio, acompañado por Velázquez y por el maestro de obras, el fraile Nicolás de Madrid. Entonces se estaba terminando de construir el tétrico sótano del Panteón, con sus nichos de mármoles oscuros. La cripta del Panteón era un círculo subterráneo situado justo debajo del altar de la basílica, sin luz ni ventilación, al que se bajaba por una estrecha escalera de treinta y tres escalones: el mismo número que los años de Cristo cuando murió.

El maestro de obras va delante, abriendo el paso, bajando las escaleras lentamente. Es un lugar siniestro, sombrío, al que hay que descender con teas encendidas. En una mano sostiene la antorcha mientras con la otra se apoya con cuidado en la pared. Las llamas tiemblan y llenan las escaleras de fantasmas, que se mueven al paso indeciso de las pisadas de los tres hombres que descienden en fila a la cámara mortuoria.

Bajar al Panteón es un tenebroso descenso al reino de los muertos. Sólo la muerte habita entre aquellos muros en penumbra. El rey baja encorvado y vacilante al subterráneo. En el interior de la cripta todo es silencio y frío del mármol que envuelve el recinto. El suelo está encharcado. Saltan las chispas de luz de las antorchas en los brillos del bronce de las paredes y, como fuegos fatuos, se desvanecen enseguida. Un Cristo crucificado y doliente es la única imagen del altar en la cámara funeraria. Los candelabros de bronce elevan al techo negro la llama de las velas encendidas. Alrededor están las tumbas, ordenadas en cuatro pisos.

—Hay que iluminar este subterráneo —dice el rey, que se ahoga en la oscuridad.

—Que abran un lucernario en la cúpula —sugiere Velázquez.

El rey, al andar, siente el suelo inundado del agua que encharca los mármoles desencajados del pavimento.

—Hay un manantial que brota en este punto —explica el fraile.

—Pues habrá que desviar el cauce del agua... —le indica Velázquez—. Si no, acabarán flotando en la cripta los cuerpos de los reyes muertos.

El rey siente que le falta el aire. Una gota de sudor le resbala por la espalda, se estremece, se asfixia... Da media vuelta deprisa, se apoya en la pared e inicia la subida de las escaleras hacia el leve punto de luz que se filtra desde el exterior.

Elena repasó el inventario de objetos que se guardaban en el monasterio de El Escorial. En la lista no figuraba el medallón del Sol; pero ¿estuvo allí alguna vez? Entre los papeles que se conservaban en el archivo de palacio, había un documento relegado a una de las «Cajas separadas», en las que se guardaban carpetas aún sin catalogar. Elena lo descubrió después de haber repasado durante horas índices, catálogos, carpetas y legajos. *Efectos de la Conspiración de El Escorial* se titulaba ese texto, que no tenía ningún pie de imprenta.

El escrito daba cuenta de las muchas reuniones conspiratorias que celebraron en el siglo XVIII en aquel monasterio los partidarios de Fernando VII en contra de Godoy. Las consecuencias de todo aquello fueron dramáticas para el monasterio, que durante la guerra de la Independencia sufrió el expolio de innumerables piezas. Y ése era el punto que interesaba a Elena. Porque en uno de los epígrafes del documento se citaban las piezas que sustrajeron de El Escorial las tropas francesas: cuadros, arquetas, custodias, joyas de oro, relicarios esmaltados, tallas de mármol, códices, patenas, cruces procesionales, bandejas de plata y otras tallas de orfebrería que desaparecieron del monasterio aquellos días aciagos.

En esa relación, escrita por un autor anónimo y seguramente incompleta, se citaba «un medallón de oro con la imagen del rey Felipe IV». ¡Ahí estaba!, pensó Elena. La segunda pieza del medallón formó parte de la colección de El Escorial. Como tantas obras de arte, fue víctima de la rapiña de la guerra. Probablemente se lo llevaron en un cajón de madera, entre cruces de plata, candelabros y copones. O tal vez oculto en el macuto de piel de cabra de un soldado, cruzó mesetas, bosques, montes, vaguadas, hasta perderse al otro lado de la frontera. ¡Pero ahí estuvo!, repitió Elena.

Al final de su vida, Felipe IV sólo pensaba en terminar las obras de El Escorial, porque era la tumba que había de acoger sus huesos cansados. Ordenó a los arquitectos de la corte que concluyeran los trabajos y donó al monasterio algunos de los cuadros y pertenencias que más apreciaba. Allí estuvo hasta la guerra de Napoleón uno de los mejores retratos que le hizo Velázquez, en el que aparece vestido de castaño y plata, un lienzo que fue llevado a Francia, luego a Inglaterra, y hoy se expone en la National Gallery de Londres. Y allí estuvo también ese medallón de oro y esmalte, que recordaba al rey que lo tuvo todo en sus manos.

Elena devolvió los libros a las estanterías y los legajos a sus carpetas. Salió al paseo del Prado. Era de noche. Un viento gélido azotaba los árboles desnudos del paseo. Pensó en aquel hombre deprimido enfrentado a la muerte. Y consideró que al final de su vida, Felipe IV, sí, perdió mucho más que un reino: perdió la esperanza.

XVII

David aparcó el coche a unos metros de la entrada principal del Hospital Clínico. Héctor salió y empujó la puerta de espaldas al coche, dirigiéndose aprisa hacia el hospital. Pedro y David lo siguieron sin perder un minuto, hasta alcanzarlo para caminar justo detrás de él. Apenas habían andado unos metros cuando salió a su encuentro el investigador encargado de los seguimientos en el chalet de El Viso, que vestía una gabardina gris.

—Éste es el informe del ingreso del sospechoso —le dijo, entregándole la copia que había extraído de la carpeta del hospital.

Los tres se detuvieron junto a él, en la calle, delante de la puerta del Clínico. Héctor desdobló el folio y leyó en voz alta:

—«Motivo de la consulta: Dificultades respiratorias graves. Otros síntomas: fiebre, inflamación glandular, vómitos, debilidad, importante pérdida de peso.»

—Pobre hombre... —exclamó Pedro.

—«Diagnóstico: Infección bacteriana tuberculosa, que le ha afectado a los pulmones y a los intestinos» —terminó de leer Héctor.

—Parece grave —volvió a decir Pedro.

—Muy buena pinta no tiene...

Héctor observaba con atención los alrededores del centro médico: el acceso, los aparcamientos, la puerta, las ventanas.

—Hay otra entrada general —le informó el agente—. Además, están la puerta de Urgencias y la que utilizan los proveedores: cocina, laboratorios, farmacia.

—Quiero vigilancia discreta en los accesos —dijo Héctor, volviéndose hacia David. Y dirigiéndose al investigador policial, le preguntó—. ¿Dónde está?

—En la planta de infecciosos —le indicó él.

Héctor cruzó la puerta y entró en el hospital, seguido de David y Pedro. Se dirigió a las escaleras, comprobó cómo estaban construidas, miró los accesos por los pasillos laterales y caminó luego hacia los ascensores. En la quinta planta, nada más abrirse la puerta del ascensor, vieron al investigador de la cazadora apoyado en la pared, vigilando discretamente los movimientos del pasillo.

—Está ingresado en aquella habitación —les dijo, señalando al extremo del pasillo—. Es la 512. Toda la mañana han estado entrando y saliendo enfermeras; también un médico, pero nadie más.

—¿Está solo?

—En la habitación está el hombre que vive con él en El Viso. Ha venido en la ambulancia y ha entrado a la habitación con él. No ha salido de ahí desde entonces.

—¿Y hay alguien más en la habitación, otro paciente?

—No, está solo.

Varias personas recorrían en ese momento el pasillo. Algunos paseaban su enfermedad abrigados con una bata, arrastrando las zapatillas por las baldosas de terrazo. Desde las escaleras se podía acceder a varios corredores de habitaciones. Aquella zona del hospital era un lugar de paso, muy transitado.

—Pondremos un control aquí las veinticuatro horas del día —informó Héctor al agente—. Os turnaréis para que esté permanentemente vigilado. No se nos vaya a escapar ahora que sabemos que es un hombre decisivo en el robo.

Elena cruzó la puerta del museo del Prado. Giró a la izquierda, recorrió los pasillos llenos de gente y llegó a la sala donde se exponían la mayor parte de los cuadros de Velázquez.

No había atravesado el dintel que daba acceso a esa sala, y ya la vio allí de pie, puntual, esperándola como habían quedado. Silvia del Moral, una de las conservadoras del museo, especialista en pintura barroca, estaba aguardándola en medio de la sala, rodeada de cortesanos, meninas, infantas y bufones.

—Te he traído lo que me pediste —le dijo ella nada más encontrarse, mostrándole la carpeta que tenía en la mano.

Se conocían desde hacía tiempo y habían coincidido en alguna comisión conjunta entre el ministerio y el museo. A Elena le parecía un poco cursi y bastante maliciosa, pero Silvia del Moral tenía acceso a los informes del Prado. Por eso la había llamado; y allí estaba, frente al último retrato que pintó Velázquez del anciano Felipe IV.

—Así que lo has encontrado... —le dijo Elena.

—Sí. Aquí están los informes que necesitas —le respondió, señalando de nuevo la carpeta—. Y ahí tienes el cuadro —añadió, volviéndose hacia el último retrato que se conserva del rey.

Elena miró el retrato, en el que Felipe IV está vestido completamente de negro. Lleva al cuello una discreta golilla corta y el aspecto de su rostro es envejecido, con ojeras y los párpados caídos.

—Ese hombre vivía ya desengañado de todo —comentó Elena.

—Desde la muerte de su esposa Isabel se fue hundiendo en la melancolía.

—Y cómo no, si estuvo condenado a ver cómo todos morían a su alrededor: sus hermanos, sus hijos, su mujer, cada uno de los posibles herederos... ¡No le quedaba nada!

Elena se fijó en la falda a cuadros rosas y negros, con tablas en la cintura, que vestía Silvia. «Es horrorosa —pensó—. De arte sabrá un montón, pero va hecha un adefesio.» Alrededor de la sala estaban colgados retratos de la familia del monarca. Silvia trazó un semicírculo con el dedo extendido:

—A todos estos los vio morir el rey.

Elena se quedó mirando el retrato del cardenal-infante, el hermano de Felipe IV, al que de niño nombraron cardenal para que pudiera aspirar al papado. Al ver cómo lo miraba, Silvia comentó:

—A ése le atraían más las faldas de las mujeres que las sotanas.

—Lo hicieron cardenal sin ser eclesiástico, ni cura, ni nada...

—Nada de nada. Y acabó de soldado en los tercios de Flandes. ¿Sabes que en la guerra iba acompañado de una *metresa*? Ella le aliviaba las noches en las llanuras interminables de los Países Bajos. Pero una noche no apareció, ni la siguiente tampoco, ni la otra. Pasado el tiempo le informaron que la madama estaba con un capitán que había partido a Nápoles. ¿Sabes cómo consolaba al cardenal-infante el comandante de su regimiento? —se dirigió a Elena con una sonrisa en los labios—. Le decía: «Piense, señor, que ellas son viento que dura un instante o lo que el antojo les dure.»

Se rieron las dos; Silvia apoyándose en el brazo de Elena y agitándose un poco, divertida. Elena se fijó en su peinado: una melena teñida de rubio, con unos mechones recogidos en el centro de la cabeza, atados con un lazo rosa, a juego con el vestido. «¡Qué horror!», pensó.

—Pues sí... —volvió a afirmar Silvia, recuperando la compostura—. Felipe IV fue perdiendo uno por uno todos los herederos.

—El primero, el príncipe Baltasar Carlos —recordó Elena, señalando su retrato montado a caballo—. Tenía diecisiete años... Un día cayó enfermo, tuvo fiebres altas, le brotaron unas viruelas malignas y murió. Así de simple.

—Diecisiete años... *Fíjateee...* —dijo Silvia remarcando la «e» final de forma excesiva.

—Y el siguiente, el pobre Felipe Próspero, que ya nació enclenque y enfermizo. Murió en el mes de los difuntos. Y qué casualidad: cinco días más tarde la reina se puso otra vez de parto.

Silvia arrugó la cara con desagrado:

—«Todo es vivir y todo es morir», decían los poetas de aquel siglo —lo pronunció mientras hacía un gesto de parodia, y añadió—. Es muy frágil la frontera que separa la vida de la muerte.

Elena inclinó la cabeza hacia la carpeta que le había entregado, para centrarse en comentar lo que había ido a ver al museo. Pero a Silvia le divertían las burlas chismosas.

—Pues el nuevo heredero recién nacido era aún más

débil —y compuso un gesto de asco—. Tenía la cabeza cubierta de costras. Al principio ni siquiera era capaz de mamar de los pechos de las trece nodrizas que le asignaron. Y hasta los cuatro años no pudo tomar otro alimento que la leche de esas mujeres. ¿Te imaginas? —preguntó con cara de incredulidad—. Pues a esa edad fue nombrado rey: Carlos II. Y aún ni andaba ni era capaz de tenerse en pie. Ya ves...

Se quedó mirando fijamente a Elena, con los ojos muy abiertos, en una expresión de asombro absoluto. Pero al ver que ella no decía nada, añadió para poner de manifiesto la gravedad del desaguisado:

—¡Ése fue el rey de España!

—Qué cruel es todo... —comentó escuetamente Elena.

—Felipe IV tenía cincuenta y seis años cuando lo concibió. Fue su último coito fértil, el último soberano esfuerzo —apuntó Silvia, queriendo parecer maliciosa—. En la corte algunos sugirieron que no era digno que un príncipe de esa edad chupara los pechos de tantas mujeres. *Fíjateee...*

—¿Y qué iban a hacer con él, si no...?

—Pues prepararle papillas, claro... Qué remedio... El niño tenía la mandíbula tan avanzada y mal dispuesta que no podía masticar. Así que sus digestiones eran laboriosas. Sufría dolores de estómago, y corrimiento de tripas, y diarreas... —Volvió a poner cara de asco—. Su aspecto físico era penoso y su rostro delataba la endeblez de su cerebro. Eso favorecía poco la imagen de dignidad real.

Se acercó a Elena y le dio una palmada en el brazo, mientras comentaba riéndose:

—Así que durante muchos años no querían mostrarlo en público... Qué iban a hacer... Si le llamaban el Hechizado...

—Fue el final de una dinastía —sentenció Elena.

—Sí, pero ¡ése! fue el heredero del trono —apuntó con énfasis, mientras abría exageradamente los ojos con expresión burlona—. Era su destino: había nacido señalado por la mano de Dios —comentó con ironía—. Cada uno nace con un designio en el mundo. Su padre era rey; y él, que no conocía otra cosa que desarreglos intestinales, también había de serlo.

—Ésa es la base de la monarquía —quiso concluir Elena.

Se quedaron las dos mirando el rostro apesadumbrado de Felipe IV en el último retrato que se conserva de él. ¿Cómo no iba a estar triste?

—Te he traído lo que me pedías —dijo entonces Silvia, al ver que Elena abría la carpeta para retomar el tema por el que se habían citado allí.

Sacó una transparencia en blanco y negro y se la enseñó al trasluz.

—Ésta es la radiografía de este cuadro —dijo—. ¿Ves estas zonas más claras alrededor de la cabeza? Éstas —insistió, señalándolas con el dedo—. Son las primeras pinceladas que dio el pintor para encajar el rostro en el lienzo. Fíjate en la cara: está pintada al detalle desde los primeros toques de pincel; muy modelada, con la barbilla prominente, el brillo de la melena, los cuernos de toro del bigote, la carnosidad de los labios...

La mujer hizo un gesto malicioso, agrandando sus propios labios, imitando un beso grotesco con el que quería evocar el carácter lascivo del monarca. «Es mordaz», pensó Elena. La conservadora acercó la radiografía al cuadro colgado en la pared del museo, para que Elena viera al mismo tiempo el lienzo y la fotografía de los rayos X.

—Pero lo que a ti te interesa es esto —añadió, señalando el pecho del monarca en la radiografía—. ¿Ves estas dos líneas? Marcan el trazo de una cadena colgada al cuello. Y mira aquí, donde se juntan en el pecho del rey. Esta zona blanca indica que aquí hubo inicialmente un medallón: una cadena y un medallón.

—¿Y qué pasó con él? —se asombró Elena.

—No se sabe. Muchas veces se habla de los «arrepentimientos» de Velázquez en sus obras. Él pintaba directamente un primer boceto en la tela, pero a lo largo de la ejecución iba rectificando sobre la marcha. Se aprecia también en *Las meninas*, en *La fragua de Vulcano* y en otros: mediante las radiografías se ven las variaciones que hizo desde el primer borrador hasta el lienzo definitivo.

—¿Y eso es lo que ocurre aquí?

—Ésa es una hipótesis: finalmente al pintor sólo le interesó la mirada del rey. Por eso pintó un fondo negro enmarcando su rostro y le puso una vestimenta sobria: un jubón también negro, de raso, sin ningún otro añadido que distraiga contemplar la expresión de su cara.

—Ese cuadro es una mirada —dijo pensativa Elena—. La del desengaño. La de la pérdida.

—Aunque también hay otra hipótesis —continuó la conservadora del museo—: que alguien borrara ese medallón. En la National Gallery de Londres hay una copia de este cuadro. Éste es el original —recalcó—; y aquél, la copia. Pues fíjate: en el retrato de Londres el rey sí lleva el medallón sobre el pecho.

—¿Por qué iban a borrarlo? —preguntó Elena, extrañada.

—A saber... —dijo encogiéndose de hombros.

Cuando Elena salió del museo, se encaminó al Palacio Real. Se preguntaba si no pudo haber sido el propio Velázquez quien borrara el medallón que pregonaba desde el pecho del rey su condición de huésped del paraíso. Porque la mirada del rey en ese lienzo es la de la culpa.

Subía por la Carrera de San Jerónimo, frente a las Cortes, donde estaba la única soberanía del poder que un día el rey ejerció absolutamente. Mientras caminaba, Elena iba recordando las horas finales de aquel hombre que lo había tenido todo y que murió solo, dejando una penosa herencia. Al final de su vida, Felipe IV había perdido todo lo que tuvo. Ya sólo poseía el gobierno de la nación; pero eso también formaba parte de su testamento.

En septiembre de 1665 el rey está mortalmente enfermo. Ya no se levanta y se pasa el día tumbado en la cama. Tiene paralizada parte del lado derecho del cuerpo. Siente fuertes dolores y le molesta la luz. Sobre el pecho tiene la medalla con la reliquia que representa la salvación. En el medallón está grabada la imagen de un sueño: el paraíso de Adán y Eva, desnudos. El confesor, arrodillado al pie del lecho, reza por su alma. En el silencio de la habitación se oye sólo el bisbiseo piadoso, que en un momento es interrumpido por los pasos del ayuda de cámara. El criado se acerca tras una indicación del moribundo, pega el oído a los labios del rey, que apenas puede pronunciar palabra y le susurra con dificultad que cierre los ventanillos.

El ayuda de cámara vuelve a su sitio, andando hacia atrás, con el cuerpo inclinado reverencialmente, y no da la espalda al monarca ni siquiera mientras tranca los postigos. En ese momento entra el secretario del rey y comunica al oído del soberano que su hijo bastardo, Juan José de Austria, está a las puertas del Alcázar y pide autorización para entrar. El rey piensa en las disputas de herencia que deja. La sucesión al trono es reclamada por su hijo bastardo, que espera en la puerta, mientras en la habitación contigua llora un niño endeble de cuatro años, oligofrénico, que todavía no ha aprendido a ponerse de pie, al que el Consejo nombrará heredero legítimo. «Ésta no es hora sino de morir», le dice el rey agonizante a su secretario, despachándolo.

XVIII

Héctor había convocado a varias personas de la policía y del Departamento de Delitos contra el Patrimonio. Sentados a la mesa ovalada estaban David y Pedro, además del jefe de laboratorio, el jefe de inspectores responsable de los registros, un especialista en sistemas de seguridad, el jefe de una unidad de asalto y el inspector encargado de las escuchas y de los seguimientos. Héctor estaba de pie, inclinado hacia delante, con los brazos cruzados apoyados en el respaldo del sillón reservado para él.

—Éstos son los informes del laboratorio —dijo, mientras recogía unos papeles de encima de la mesa, los doblaba por la mitad y daba con ellos unos ligeros golpes sobre la silla.

—No hay duda de que las huellas son del sospechoso —intervino el jefe del laboratorio—. Todas coinciden: las de la Capilla Real, las del Relicario y las de la sala de electricidad. Corresponden al vigilante del palacio.

—Las pruebas analizadas apuntan a él —quiso concluir Héctor.

Pero el otro siguió explicando:

—Hemos analizado también los restos orgánicos de la suela. Son de la semilla de un árbol poco frecuente.

—El árbol del paraíso —comentó Pedro con un gesto irónico de satisfacción.

—Se llama «ave del paraíso» —precisó el del laboratorio—. Su flor es parecida a la cola de un pájaro exótico. Por eso se le llama así.

—Ave del paraíso... —repitió pensativo Pedro.

—No es un árbol muy habitual. El servicio de parques y jardines nos ha confirmado que sólo se encuentran algunos ejemplares en jardines privados de Puerta de Hierro y en El Viso.

—¡Es un árbol del paraíso! —intervino Pedro de nuevo, mirando con sorna a los que tenía enfrente—. Sería raro encontrarlo en las chabolas del Pozo del tío Raimundo...

—El caso es que los informes nos llevan a una persona que trabaja en la seguridad del palacio —atajó Héctor para reconducir el tema.

—Norberto Alfonsín de Zárate —dijo el inspector jefe encargado de los seguimientos—. Un chileno.

—Un hombre que tiene conocimientos de electrónica —siguió Héctor. Cogió un catálogo que estaba en la mesa y fue pasando las páginas de forma arbitraria—. Éstos son modelos de un sistema de seguridad de los más avanzados: cámaras, detectores de movimiento, alarmas, escáner, cajas de seguridad... Todos son de la misma marca: SPF.

Miró a Pedro y éste, que estaba cómodamente repantigado en la silla, se incorporó un poco y explicó:

—Es una marca que sólo distribuye en franquicia una empresa de Madrid. La cámara de seguridad de la Capilla Real del palacio es de esa marca.

—¿Y quién trabajaba como instalador de esos equipos? —se preguntó Héctor en voz alta—. Norberto Alfonsín de Zárate, el vigilante de seguridad. Aquí tenemos el parte de la empresa relativo a uno de los equipos que montó —dijo, cogiendo otro de los papeles que tenía delante.

—Que es precisamente de un chalet de El Viso —añadió Pedro—. Su propietario se llama Ángel del Valle y de Velázquez.

—Esas dos personas se han puesto en contacto en dos ocasiones a lo largo de esta semana —dijo entonces el jefe de inspectores al cargo de las escuchas—. Siempre por teléfono y de modo breve.

—Su conversación ha sido sospechosamente escueta, pero hablan de algo que tienen en común y de una cuenta pendiente —ratificó Héctor.

Cogió de la mesa las transcripciones de las cintas grabadas por teléfono, las mostró alargando el brazo y volvió a dejarlas sobre la mesa.

—Y ahora resulta que el señor Del Valle está enfermo y lo han llevado al Hospital Clínico —añadió con gesto de disgusto. Cogió el informe de su ingreso en el hospital y volvió a lanzarlo sobre la mesa, de forma que planeó antes de caer sobre los demás papeles.

Héctor apoyó de nuevo los brazos sobre el respaldo del sillón. Los miró a todos y soltó, como un desafío:

—Esto es lo que hay.

—Adiós escuchas... —dijo inmediatamente el responsable de ese trabajo.

—Tenemos también pinchado el teléfono del vigilante —le corrigió Héctor—. Y eso no hay que dejarlo. Algo saldrá de ahí...

—Es muy cauto. Apenas llama. Y casi no sale de casa. Es evidente que teme algo y por eso se esconde.

—Conocemos también el modo de operar del ladrón

—intervino David, que había permanecido en silencio hasta entonces—. Podemos seguir su rastro en la sala de la instalación eléctrica. Los informes indican que allí hubo una sola persona, que permaneció encerrada, probablemente a oscuras para no llamar la atención, porque hay roces en las paredes y se han hallado muestras de tejido que coinciden con la ropa del sospechoso.

El jefe del laboratorio asentía con la cabeza mientras David hablaba.

—Sabemos que manipuló los cables —prosiguió éste— y podemos imaginarnos cómo actuó para llegar a la cámara fuerte y desbloquearla. ¿Qué más queremos?

—En la conversación que hemos interceptado reclama que se le pague algo que habían acordado antes —intervino el responsable de las escuchas—. Un encargo, seguramente.

—Pero ¿tenemos la absoluta certeza de que la voz sea la suya? —preguntó Héctor.

—Hombre... Certeza... Aún no la hemos contrastado con un sonograma de su voz. Pero el teléfono desde el que habla es el suyo.

—Y el hombre de El Viso es un coleccionista de arte —añadió Pedro—. Ahí puede haber una pista sobre la intención del robo.

Héctor escuchaba con atención, pero se le veía preocupado.

—Deberíamos detener a los implicados y registrar sus viviendas —propuso David.

—El registro hay que hacerlo simultáneamente en todos los inmuebles de los sospechosos —comentó entonces otro de los inspectores jefe, que había estado todo el tiempo en silencio—. Ángel del Valle posee varias propiedades, algunas de ellas fuera de Madrid. Hay que hacer una relación de todas, solicitar la autorización del juez y coordinarlo. Eso puede llevar algún tiempo.

—Podemos entrar en El Viso mientras está en el hospital —propuso abiertamente Pedro, que prefería saltarse los trámites y permisos—. Cuanto antes, y por la brava...

Héctor lo miró con un gesto de desaprobación.

—Nuestro objetivo es recuperar el medallón robado —dijo—. No sabemos dónde está. No tenemos ninguna pista sobre su paradero.

—Detengamos a los sospechosos —propuso David.

—Y si lo niegan todo, ¿qué tenemos?

—Hay otras formas de preguntar —exclamó Pedro.

Héctor estaba indeciso. Temía equivocarse. Siempre actuaba así: no tomaba una decisión hasta no saber con certeza adónde le conducía. Y en este caso tenía muchas dudas. La situación política le obligaba a no descartar ninguna hipótesis. ¿Y si el robo escondía otras intenciones más graves?

Elena entró en el despacho del jefe de seguridad del palacio, que, sentado a la mesa, repasaba algunos papeles y ordenaba los últimos estadillos de control de los guardias.

—Lo tenemos todo controlado —le dijo, como quien transmite el informe a un superior.

—¡Qué bien...! —le contestó Elena, sonriéndole—. Necesito visitar las habitaciones privadas y el despacho del último rey que vivió en este palacio.

El hombre se levantó sin preguntar nada.

—Eso está hecho —asintió.

Abrió un pequeño armarito, un cajón de madera colgado en la pared junto a la mesa. En el interior estaban ordenadas varias filas de escarpias, cada una con su llave correspondiente y un letrero. No le pareció a Elena el sistema más seguro de guardar las llaves de los cuartos del Palacio Real, pero no comentó nada. El hombre salió del despacho, dejando la puerta abierta, y ella lo siguió.

—El último monarca que vivió aquí fue Alfonso XIII —comentó él. Se volvió hacia la historiadora asumiendo el papel de guía, como si ella desconociese ese dato—. Sus habitaciones están en la parte sur del edificio. Es un buen sitio para vivir.

—Pero él no tuvo aquí una vida fácil —matizó ella—. Fue un niño huérfano. Nació cuando su padre ya había muerto. Y fue coronado rey nada más cumplir la mayoría de edad, con sólo dieciséis años.

—Vaya... —se lamentó el jefe de seguridad.

—¿Sabes a cuántos atentados sobrevivió?

Y en ese momento Elena sintió una difusa inquietud al recordar la preocupación de Héctor en relación con la gravedad del robo, su temor de que éste escondiera en realidad otros planes más trágicos.

El hombre la miró sorprendido, como si ignorase que se hubiera atentado contra el rey.

—¿A cuántos? —le preguntó, mientras caminaban por un amplio pasillo.

—A dos que fueron mortales. El más grave ocurrió el mismo día de su boda con la joven inglesa Victoria Eugenia. ¡Los recién casados no habían cumplido veinte años! Volvían al Palacio Real en el coche, y en la calle Mayor un hombre les lanzó un ramo de flores con una bomba escondida en el interior. Hubo varios muertos, y ellos se salvaron de milagro.

—Menuda noche de bodas más triste...

—Sí. Su reinado no fue muy alegre, ésa es la verdad.

El jefe de seguridad abrió la puerta del dormitorio, que estaba cerrada con llave, y se apartó a un lado para que ella entrara primero. Al cruzar la puerta, Elena se sorprendió del contraste de esa habitación con el lujo ostentoso de los demás salones del palacio. Porque el dormitorio de Alfonso XIII estaba amueblado con un estilo más militar que palaciego. Los muebles parecían simplemente abandonados en medio de la habitación. En el centro de una de las paredes había un armario ropero con un espejo en la puerta. En la otra, un triste lavabo de porcelana empotrado en un mueble de madera. Sobre la cabecera de la cama colgaba un pequeño crucifijo, con dos banderines sujetos por detrás. Una colcha antigua de color rosa cubría la cama del rey, y hasta las sillas estaban tapizadas de ese chabacano color fucsia. El conjunto parecía el dormitorio provisional de un cuartel, como si su ocupante hubiera presentido el carácter temporal de su estancia allí y estuviera preparado para abandonarlo en cuanto fuera necesario.

—¿Puedo? —preguntó Elena, acercándose a abrir la puerta del armario.

—Desde luego —respondió él, sorprendido de que le pidiera permiso para algo tan inocente.

Atribuyó a la curiosidad femenina el hecho de que ella quisiera ver cómo dejaba un rey su ropa en la intimidad o qué prendas tenía colgadas en su armario. Eso pensaba el jefe de seguridad, aunque en realidad Elena estaba buscando algo. Por eso empezó a abrir puertas de armarios, cajones y cualquier lugar que pudiera ocultar algo a la vista. Pero fue en vano: lo que buscaba no se encontraba en ninguno de los muebles de aquel dormitorio.

Cuando salió del cuarto, esperó a que el jefe de seguridad cerrara la puerta con llave y se dirigiera a abrir la sala que había sido el despacho del rey. También esta vez entró en primer lugar y, al ver la estancia, pensó que más bien parecía el bufete de un notario. No se entretuvo en observar las filigranas doradas de la bóveda, ni los frescos neoclásicos ni la chimenea de madera tallada. Fue directamente al escritorio y abrió uno tras otro todos los cajones. Sobre esa mesa habían estado los informes que le entregaron al rey, en los que le detallaban los sucesos más duros de su reinado: la devastación de la Semana Trágica de Barcelona, el desastre de la batalla de Annual en la guerra contra Marruecos, los disturbios de la Huelga General del 17, el golpe de Estado del general Primo de Rivera.

—Cuando peor le iban las cosas, Alfonso XIII cometió el error más grave de su vida —comentó Elena, mientras revisaba los objetos que había en unas estanterías.

—¿Qué hizo? —preguntó el jefe de seguridad.

—Apoyó un golpe de Estado.

—Mal hecho.

—Sí, mal hecho; pero esa tentación es la más frecuente en la Historia. Mira ahora mismo cuántos reclaman al ejército que ponga orden en el país y asuma el gobierno... Y en esa situación, ¿qué haría hoy el rey?

Elena cruzó la puerta que comunicaba el despacho con el salón del Consejo de Ministros, seguida por el jefe de seguridad. El suelo antiguo de madera crujía a cada paso que daban. Alrededor de la mesa del Consejo estaban dispuestas ocho sillas perfectamente alineadas, sin que ninguna sobresaliera ni un centímetro. Enfrente de cada una había una carpeta flanqueada por dos tinteros. Todo parecía dispuesto para una reunión urgente. Se quedaron los dos parados frente a la mesa. En la habitación reinaba el más absoluto silencio, una quietud tensa, como si en cualquier momento fuera a escucharse la voz de un ministro comunicando a los concurrentes —que estaban paralizados, en silencio, invisibles alrededor de la mesa— que acababa de proclamarse la Segunda República.

Elena quiso imaginarse cómo habría transcurrido en ese salón la espera de los resultados de las elecciones del 14 de abril de 1931, con el rey paseando inquieto de un lado a otro, temiendo por su futuro y por su vida, mientras oía el crujido de la madera a cada paso.

—La misma noche del 14 de abril, el rey salió de esta habitación —rememoró Elena—. En la mano llevaba sólo una bolsa de viaje. Salió de Madrid conduciendo su propio coche. Su familia se quedó en el palacio, mientras él viajaba hacia el puerto de Cartagena para zarpar en una fragata hasta Marsella.

—Triste destino...

—El destino del exilio es triste, sí, y no son pocos los que lo han iniciado desde estas habitaciones.

Elena imaginó al rey saliendo del palacio a escondidas, por una puerta de servicio, casi en clandestinidad, mientras dejaba a sus hijos asustados en una habitación en penumbra, con los postigos cerrados.

—Por seguridad, la reina y sus hijos salieron de aquí al día siguiente hacia Francia, en tren —añadió.

—¿Peligraban sus vidas? —preguntó con asombro el jefe de seguridad.

—En esas circunstancias, sí —reconoció Elena, y no pudo evitar pensar de nuevo en las dudas de Héctor—. Poco después las Cortes acusaron al rey de alta traición. Se incautaron sus propiedades y fue desposeído de todos sus derechos y títulos. «Sin que se pueda reivindicarlos jamás ni para él ni para sus sucesores», firmaron.

—¿Ah, sí?

—Sí; pero Franco derogó ese decreto en 1938; así que el rey siguió teniendo la legitimidad dinástica.

—Aun en el exilio...

—A pesar de estar en el exilio y sin ser reconocido como rey ni por la ley ni por el Gobierno. Un mes antes de morir, renunció a su derecho al trono en favor de su hijo Juan, quien años más tarde haría lo mismo en beneficio de su hijo Juan Carlos.

—¿Murió en Marsella?

—No, no. Alfonso XIII vivió desde entonces en varias ciudades: en París, en Roma... Siempre solo.

—¿Solo?

—Sí. Su relación con la reina no fue buena.

—Ah... —el jefe de seguridad se encogió de hombros.

—Vivían en habitaciones separadas y tenían gustos muy distintos. Algunos dicen que la condición de la reina como portadora de la hemofilia fue el inicio de su distanciamiento.

—Vaya... —lamentó el hombre.

—Entonces no se sabía mucho de esa enfermedad genética que transmiten las madres a algunos de sus hijos varones. No a todos; sólo a algunos, al azar.

—La vida a veces es como una ruleta rusa —comentó él.

—Sí. Y así es la monarquía: unos hijos reciben un trono en herencia y otros la muerte. La reina transmitió la hemofilia a dos de sus hijos, que murieron años después desangrados.

Seguían de pie en el Salón del Consejo de Ministros, pero tampoco allí había ninguna prueba de lo que Elena estaba buscando. En la bóveda había un fresco que representaba a la Historia escribiendo sus memorias sobre el Tiempo. Sin embargo, Elena pensó al mirarla que el tiempo siempre acaba trayendo la desmemoria y el olvido.

—Desde que salieron de España, el rey y la reina vivieron separados —comentó—. Alfonso XIII murió en

Roma en 1941. De una angina de pecho. Solo, en la impersonal habitación de un hotel.

—Pues que allí descanse en paz —pronunció él con tono dicharachero.

—Bueno... allí descansó hasta el año pasado, que lo trasladaron en una fragata hasta Cartagena.

—¿Ah, sí?

—Claro. Regresó al mismo sitio del que había partido cincuenta años antes, pero esta vez precintado en una caja de zinc.

—¿Y dónde está ahora?

—Al día siguiente lo llevaron a El Escorial. ¿No lo viste por televisión?

—No —reconoció él.

—Fue en el mes de enero del año pasado. Había nevado y el campo estaba cubierto de blanco. Desde las doce del mediodía estuvieron tocando a duelo las campanas del monasterio y cuando llegó el féretro de caoba, estallaron también las salvas de los cañonazos de honor. Los guardias de la escolta que portaban el ataúd hasta el túmulo tiritaban de frío. Y allí lo dejaron, en el patio de los Reyes, ante su hijo, que no reinaría nunca, y a los pies de su nieto.

—¡Usted sí que sabe de este palacio! —quiso ser amable el jefe de seguridad—. Yo, en cambio, de los reyes no sé casi nada —se sinceró el hombre, ingenuamente.

—Es mi oficio —le respondió ella—. Mi trabajo consiste en conocer todo lo que hicieron los monarcas. Lo bueno y lo malo.

—¿Y si los detenemos y los sospechosos no quieren colaborar? —volvió a expresar sus dudas Héctor a los que estaban sentados alrededor de la mesa ovalada.

—Tenemos pruebas contra ellos —argumentó David.

—No son suficientes.

—Cuando se les interroga, aunque no colaboren, siempre se ponen nerviosos y acaban cometiendo algún error —apuntó Pedro.

—O toman más precauciones —le rebatió el jefe de los inspectores encargado de los seguimientos—. Saben que vamos a por ellos y toman medidas.

—O dan la espantada —añadió el jefe de la unidad de asalto.

—Están vigilados, los seguimos las veinticuatro horas del día. Eso no es problema —afirmó con absoluto convencimiento el responsable de las vigilancias.

—El objetivo es recuperar el medallón, como ha dicho el comisario —les recordó Pedro—. Si no tenemos el medallón, no tenemos nada.

—El objetivo es más que eso —precisó Héctor—: es averiguar qué hay detrás del robo y detener a todos los implicados.

—Marquemos un plazo —sugirió David—. Y si en ese tiempo no se abren nuevas vías de investigación, entonces actuamos.

—Cuanto más tiempo pase, más riesgo habrá de que la pieza robada cambie de manos —le respaldó el jefe de las escuchas—. Los teléfonos no se pueden tener pinchados indefinidamente sin permisos. Ni los seguimientos pueden ser eternos. Y al final, si no se interviene, se pierde el rastro.

—¿Cuánto tiempo estará el hombre de El Viso en el hospital? —reflexionó Héctor en voz alta.

—Ése podría ser un margen adecuado para poner en marcha las detenciones —indicó David.

—Hay algo que es muy importante —les recordó Héctor—. Nada de esto debe salir a la luz. No sabemos si hay agujeros de seguridad en el palacio, y eso no es de nuestra competencia. Desde el Ministerio nos han ordenado absoluta confidencialidad.

Estaba hablando Héctor cuando se abrió la puerta de la sala. Todos se volvieron hacia allí y vieron a un inspector que entró decidido para dirigirse hasta donde Héctor estaba de pie. Se acercó a él y le comentó algo en voz baja. El comisario asintió con gesto de preocupación y el inspector volvió a salir de la sala.

—El vigilante de seguridad no ha ido a trabajar al palacio —les comunicó.

Todos se miraron, sorprendidos. El encargado de los seguimientos se levantó inmediatamente y se fue en busca de más información.

—Voy a ver qué pasa —les dijo.

En la cara de todos se reflejó una momentánea inquietud. Algunos se pusieron a hablar entre ellos.

—Esto precipita las cosas —comentó Héctor.

No tardó en volver el responsable de organizar la vigilancia de los sospechosos.

—Los agentes encargados de su seguimiento están en sus puestos. Dicen que no han visto salir a nadie.

Pedro se inclinó hacia David, para comentarle en voz baja:

—Se la ha jugado. Ése se ha ido. Te apuesto a que ya no volveremos a verle el pelo.

XIX

Héctor cogió el teléfono y se quedó un momento con el auricular en la mano, pensativo. No podía ocultar su preocupación por lo que estaba ocurriendo. Marcó el número del director del Patrimonio Nacional y esperó a que contestaran al otro lado. Mientras oía el eco de los timbrazos en el auricular, hizo algunas anotaciones en una libreta que tenía encima de la mesa. Escribió:

Ángel del Valle, en el hospital
Norberto Alfonsín, desaparecido
¿Interrogatorios?
¿Registros?
¿Detenciones?

Entonces descolgó el teléfono el director del Patrimonio. Héctor le explicó en qué punto estaba la investigación en ese momento.

—Creo que ha llegado la hora de actuar —le dijo.

—¿En qué sentido?

—Deberíamos hacer imputaciones a los sospechosos.

—¿Con qué pruebas?

—Con las que hemos recavado hasta ahora.

—Pero no son decisivas —objetó, reacio.

—Bastan para poner en marcha un proceso judicial.

—Eso no nos conviene —cortó, tajante.

—Los interrogatorios aportarán nuevos datos a la investigación.

—En este momento no es oportuno sacar a la luz el robo.

—Lo trataríamos con discreción.

—Al final acabaría sabiéndose; siempre termina por filtrarse.

—Pero necesitamos hacer registros —protestó Héctor—. Tenemos sospechas fundadas de algunas personas que están detrás del robo.

El director del Patrimonio se mantuvo un instante en silencio. Héctor oía su respiración pausada a través del teléfono, hasta que comentó:

—El momento político es delicado.

—Si no actuamos, se puede perder el rastro de los sospechosos... y de la joya robada.

—Poner de manifiesto que ha habido un fallo de seguridad en el Palacio Real es mucho más grave que perder una joya.

Héctor notó el recelo del director del Patrimonio. No era prudencia, sino más bien desconfianza. Él se había mostrado siempre cauto en la investigación y había llevado el caso con sigilo, pero las circunstancias estaban cambiando a marchas forzadas. Se había convencido de que era preciso actuar cuanto antes, pero era el director del Patrimonio quien debía asumir los riesgos. Escribió en la libreta una palabra entre interrogantes:

¿Responsable?

Al otro lado del teléfono el director seguía diciendo:

—El ministro no quiere que en las actuales circunstancias se divulgue el caso. Es un momento complicado.

—Si no actuamos pronto, se nos pueden escapar pruebas. Hay indicios que necesitamos corroborar cuanto antes —le advirtió.

—Algunos informes de la policía lo desaconsejan... Siga con lo que está haciendo y no precipite las cosas.

Cuando colgó, Héctor se quedó pensativo. ¿Qué informes tenía de la policía?

Pensaba Héctor que era un momento delicado, sí. Pero ¿para quién? Para el ministro. En las siguientes semanas se iba a producir un cambio de Gobierno. En esas circunstancias, cualquier incidencia podía poner en peligro su futuro; por eso lo mejor para el ministro era no hacer nada. Ésa era la clave.

Con el bolígrafo subrayó varias veces la palabra que acababa de escribir. ¿Quién era el responsable? A él le habían asignado la investigación. Si algo salía mal y no se obtenía ningún resultado, él sería el cabeza de turco. Por eso los demás se mantenían al margen. A ellos les correspondía tomar las decisiones definitivas, pero preferían que todo siguiera como estaba durante esos días de cambio de Gobierno. Así no corrían ningún riesgo. Si el caso se resolvía, ellos recibirían las felicitaciones; si todo acababa mal, él sería el responsable.

Enmarcó la palabra en la libreta varias veces, mientras sopesaba qué debía hacer en esas circunstancias. Cualquier decisión que tomara era responsabilidad exclusivamente suya. Si no actuaba, podía dejar escapar algunas pruebas, y al final se lo echarían en cara. Si lo hacía, el director del Patrimonio le había dejado claro que era en contra de su opinión, y eso también acabaría pasándole factura. No se había dado cuenta hasta entonces, pero era evidente que lo habían dejado solo.

Héctor decidió jugársela. Acompañado por Pedro y David, recorría con paso acelerado el pasillo del hospital donde estaba ingresado Ángel del Valle. Sabía que era un riesgo comenzar por su cuenta los interrogatorios: si se le iban de las manos, el robo podía hacerse público. Y eso era lo que no interesaba a nadie.

Entró con David en el despacho del médico. Pedro se quedó fuera, haciendo guardia junto a la puerta, y se entretuvo observando a los enfermos que paseaban renqueantes por el pasillo. Algunos mostraban una delgadez extrema, como si hubieran sido arañados por el sufrimiento. Necesitamos creer que la vida tiene sentido, pensó Pedro, filosófico; pero ¿dónde está el sentido de tanto dolor?

Al poco, Héctor salió del despacho con cara de fastidio.

—No se puede interrogar al enfermo —comentó.

—¿Por qué?

—Que su estado no es bueno, que necesita respiración asistida las veinticuatro horas del día y que él no puede permitir nada que lo altere... Eso ha dicho el médico.

—¿Y hasta cuándo?

—No lo sabe. Tiene que ver si responde al tratamiento y cómo evoluciona.

—¿Está grave?

—«Crítico», ha dicho. Que su estado es crítico —le contestó David.

—Pues peor todavía: hay que hablar con él pronto —se impacientó Pedro.

—Interrogaremos al hombre que lo acompaña —dijo Héctor—. Ahora no podemos esperar a ver qué pasa.

—Estará en un momento bajo y podemos aprovechar su debilidad —confió David.

Hablaron con una enfermera y, al rato, de la habitación del fondo del pasillo donde estaba ingresado Ángel del Valle salió el hombre que vivía con él en El Viso. Vestía con elegancia, con una cazadora de cuero negra y un jersey fino de color rojo y cuello alto. Héctor calculó que tendría poco más de cuarenta años. Desde la distancia vieron que la enfermera los señalaba con el brazo extendido. Él los buscaba desde el otro extremo del pasillo con aspecto de despiste, entre la gente que estaba en ese momento por el corredor. Cuando los localizó, se dirigió hacia ellos, un poco perdido. Lo vieron caminar ensimismado y con gesto cansado por haber estado varias noches sin dormir, junto a la cama del enfermo. Héctor se adelantó, tendiéndole la mano, y él le saludó también, distraído y sin mostrar mayor interés. Se dirigieron a una pequeña sala de visitas, que tenía una cristalera hacia el pasillo. Héctor le invitó a pasar e hizo una señal a David para que él entrara también. Luego se volvió hacia Pedro y le comentó en un susurro:

—Que no entre nadie.

Pedro se quedó fuera, junto a la puerta. Por la cristalera vio que Héctor se dirigía a aquel hombre apesadumbrado que los miraba con aire aturdido. Poco a poco fue poniendo cara de asombro. Abrió los ojos, mostró extrañeza e hizo gestos de incredulidad. Héctor lo interpelaba cada vez con mayor énfasis. El hombre gesticuló, se volvió a mirar a otra parte y movió los brazos en señal de rechazo. David intervino entonces con más vehemencia. Al otro lado del cristal, Pedro observaba cómo se dirigía con dureza a ese hombre, que parecía acorralado.

Dos personas se acercaron entonces a la puerta de la sala. Una de ellas llevaba puesta una bata de enfermo, anudada con un cinturón de tela, y caminaba con torpeza. A través del cristal vieron a aquellos tres hombres que, en apariencia, estaban discutiendo en el interior de la habitación. Miraron a Pedro, que estaba quieto y serio como un guardián, custodiando la puerta, y les hizo una señal de resignación. No dijeron nada, no preguntaron nada, y siguieron andando por el pasillo en busca de un lugar más propicio.

Pedro volvió a observar el interrogatorio. En ese momento Héctor estaba hablando con mayor sosiego. Mostraba un papel y explicaba algo que el otro seguía con atención. El hombre al que estaban interrogando se concentró en leer ese documento, perplejo. Al momento volvió a mirar hacia los lados, confuso, y empezó a negar de nuevo con la cabeza.

Cuando salieron de la sala, el hombre se dirigió a la habitación del enfermo y los tres enfilaron el pasillo en dirección a los ascensores.

—Dice que no sabe nada —informó Héctor a Pedro cuando éste llegó a su lado.

—¿Qué iba a decir? Todos contestan lo mismo cuando se les pregunta la primera vez.

Caminaban aprisa. Ninguno de los ascensores estaba en la planta y los indicadores luminosos no se encendían, como si el ascensor estuviera bloqueado. Héctor pulsó el botón varias veces con nerviosismo.

—Esto se nos va de las manos —dijo con cara de preocupación.

A través de la ventana de su despacho Héctor contemplaba los arreboles de nubes que manchaban el cielo azul del atardecer. Las cosas no le habían ido bien. Estaba solo y miraba el horizonte con inquietud. Sabía que era el momento de actuar. Hasta entonces habían ido recogiendo indicios, pero si no ataban rápidamente los cabos sueltos todo podría desinflarse como un globo pinchado. Tenían que actuar, sí. Inmediatamente. Y afrontar el riesgo de equivocarse.

Sonó el teléfono y se volvió rápido hacia la mesa para cogerlo, sobresaltado por la posibilidad de que se hubiera producido alguna urgencia. Al oír la voz al otro lado, su rostro se relajó.

—No como esperábamos —dijo.

Escuchó un momento y volvió a intervenir:

—Ya sabes que ahora estoy en otros temas.

Se sentó en la silla, con actitud cansada.

—Me vendría bien, sí.

Permaneció en silencio, escuchando, y al final comentó:

—Ahora mismo, de acuerdo. Allí nos vemos.

El comisario entró en la cafetería, pidió una cerveza y fue hacia una mesa que estaba pegada al rincón, al fondo de la barra. En el bar había un grupo de personas charlando de pie. «Compañeros de trabajo que han acabado su jornada laboral», juzgó Héctor. En una mesa cercana había una pareja joven que se reía con alborozo.

El camarero le dejó la cerveza sobre la mesa y un cuenco de cristal con frutos secos. Bebió con ansiedad el primer trago y se recostó en la silla, estirando las piernas, con intención de relajarse. Estaba preocupado. ¿Qué era más conveniente hacer en esas circunstancias?

Entonces la vio entrar. Con el chaquetón rojo de paño ceñido a la cintura. Tranquila, como siempre. Echó un vistazo general hasta que él levantó la mano. Elena lo vio y se acercó sonriente. Héctor se levantó de la silla, quiso coger el chaquetón para colgarlo en una percha, pero ella lo colocó doblado sobre el respaldo.

—¿No van bien las cosas? —le preguntó.

—No del todo —respondió Héctor.

—¿Qué ha pasado?

—Se han precipitado los acontecimientos. Hay que tomar una decisión.

—¿De qué tipo?

—Reventarlo todo y empezar las detenciones o seguir investigando como hasta ahora y esperar a ver qué pasa.

—¿Esperar el qué? ¿Un golpe de suerte? ¿Un error? ¿Esperar a que la joya se ofrezca en un anticuario de Amberes para rescatarla?

Héctor cogió unos frutos secos, se los llevó a la boca y los masticó con rapidez acuciante.

—Tal vez deberíamos registrar el piso del vigilante en Hortaleza. No ha ido al trabajo, pero tampoco está en su casa.

—¿Se ha esfumado?

El gesto de Héctor reveló su desconcierto ante lo ocurrido.

—Si en unas horas no da señales de vida, tendremos que intervenir. Por la fuerza.

Bebió un sorbo de cerveza y resopló con inquietud.

—¿Y el otro sospechoso? —preguntó Elena.

—En el hospital. Los médicos no nos dejan hablar con él. ¿Deberíamos haberle interrogado antes? —se planteó con zozobra—. Pues no lo sé...

—¿Y su compañero?

—Dice que no sabe nada. Se ha quedado absolutamente sorprendido de lo que le hemos contado. Y parecía sincero.

Elena le puso la mano sobre el brazo y lo frotó unos instantes, acariciándolo. Héctor se sintió bien. Pensó que a veces un gesto tan simple sirve para reconfortar un poco el ánimo. Se quedó mirándola y vio unos ojos que lo contemplaban con afecto. Hacía tiempo que nadie lo había mirado así.

—No pienses más en ello —le sugirió Elena.

Él apoyó una mano sobre la suya y estuvo así un rato, sintiendo el calor y la suavidad de los dedos de Elena.

En la cafetería se había hecho de repente el silencio. Todos estaban callados. Un camarero conectó una radio y la puso a un volumen excesivo. Los dos se volvieron a mirar hacia la barra. Un locutor decía en esos momentos:

—«Un grupo de guardias civiles ha asaltado el Congreso...»

—¿Qué pasa? —preguntó Elena.

—Vamos a ver.

Héctor se levantó y se acercó al grupo que estaba de pie, mientras ella permanecía sentada.

—Doscientos guardias civiles han entrado en el Congreso —dijo alguien.

—Con pistolas y metralletas —añadió otro.

—¿Quién los manda? —preguntó Héctor.

—No se sabe muy bien. Hay un teniente coronel con ellos, un tal Tejero.

—¿No era hoy la investidura de Calvo Sotelo como presidente del Gobierno? —preguntó una mujer joven que fumaba con nerviosismo.

—Sí, hoy era. En ésas estaban...

—¿A qué hora ha sido? —preguntó Héctor de nuevo.

—Hacia las seis y media —respondió el camarero.

Éste cambió el dial de la radio y buscó otra emisora. En una de ellas sonaban los acordes de una marcha militar.

—Los militares han tomado la radio —comentó uno que estaba acodado en la barra.

—Mala señal... —exclamó otro, frente a él.

—¿Qué ocurre? —preguntó Elena a Héctor, acercándose.

—Han asaltado el Congreso.

El camarero volvió a buscar otra frecuencia en la radio.

«En la región militar de Valencia se ha declarado el estado de excepción —escucharon todos en la nueva emisora—. El capitán general Milans del Bosch ha emitido un bando y los tanques patrullan la ciudad...»

—Joder, qué mala pinta tiene esto... —se desahogó alguien.

—¿Qué hacemos? —preguntó Elena, agarrándolo del brazo.

—A ver qué pasa...

«Unidades de la División Acorazada Brunete en Madrid se están desplazando hacia la capital...», decía en ese momento el locutor de la radio.

Las personas congregadas en el bar comenzaron a hablar entre ellas, por grupos, de forma desordenada. Héctor dejó un billete sobre la barra para pagar la consumición.

—Vámonos —le dijo a Elena.

Al salir a la intemperie sintieron una ráfaga de viento que les enfrió el rostro. La calle estaba inusualmente silenciosa. Algunas personas caminaban aprisa protegiéndose del viento. A lo lejos el cielo estaba amoratado y la oscuridad se iba apoderando de las calles de Madrid en esa hora incierta. Elena se agarró del brazo de Héctor.

—Mi casa está ahí mismo —le propuso—. ¿Por qué no me acompañas y esperas arriba a ver en qué queda todo esto?

Héctor consultó el reloj y luego la miró a ella.

—De acuerdo —asintió.

Al entrar en la sala de estar, Héctor fue consciente de la calidez de la estancia. Destacaban dos cómodos sillones y un sofá, tapizados con colores ocres y granates, alrededor de una mesa de cristal cubierta de libros. En las estanterías había esculturas y portarretratos. Las paredes estaban decoradas con grabados y lienzos. «Así es el espacio de una mujer —pensó—: acogedor y amable.» Se acercó a la estantería y miró algunos libros de aspecto antiguo que había en una de las baldas.

—Son tratados clásicos sobre la educación de los príncipes —le dijo ella, acercándose.

Luego se dirigió al televisor para encenderlo. Un locutor anunciaba entonces que a las seis y veinte de la tarde, varias unidades del ejército de Tierra con carros blindados habían ocupado Prado del Rey, pero que hacía una hora que habían abandonado los estudios.

—Qué raro que se hayan ido... —se extrañó Héctor.

—Voy a preparar algo para cenar —dijo Elena.

Héctor se acercó a la ventana. En las casas de enfrente vio muchas luces encendidas, como si todos se hubieran reunido en sus casas, alrededor de un aparato de radio, para seguir lo que estaba ocurriendo. Se dirigió luego hacia la cocina, donde estaba Elena. Había encendido un pequeño transistor que transmitía las últimas noticias. Héctor la vio de espaldas desde el umbral de la puerta. Se fijó en sus pantalones ajustados en las caderas, que se acampanaban un poco en los tobillos, y estaba así, observando su figura esbelta, cuando ella se volvió.

—Voy a preparar unos lomos de merluza, ¿te parece bien? —le preguntó.

—Muy bien —aceptó él.

—Ahí tienes cerveza y vino, lo que prefieras —le dijo, indicándole una puerta del armario.

Héctor sacó una botella de vino y se puso a descorcharla. Después se quedó mirando a Elena, que lo preparaba todo con movimientos rápidos y decididos. Abría puertas, sacaba platos, ordenaba en una bandeja dos servilletas, mantel, vasos, cubiertos... El comisario pensó que esa mujer siempre le transmitía seguridad.

—¿Puedes llevar esto a la sala? —le pidió.

Mientras Héctor iba colocándolo todo en la mesa, ella llegó y sirvió los platos: ensalada de endibias con anchoas, lomos de merluza, pan tostado y *foie*. Se acercó al aparato de música, encendió el sintonizador y en la sala se coló la voz de un locutor que repetía las mismas noticias que habían oído poco antes. Eran momentos confusos, en los que sólo de vez en cuando se añadía algún dato relevante a lo que se iba conociendo en medio de la incertidumbre.

Se sentaron y empezaron a comer. De fondo dejaron el sonido de la radio. Un locutor leyó entonces un avance informativo:

«El general Armada ha entrado en el Congreso para negociar con los asaltantes.»

—Armada es partidario de un gobierno de concentración presidido por un militar y formado por representantes de todos los partidos —comentó Héctor—. Lleva meses proponiendo esa idea, y se dice que hay grupos que también la defienden.

—¿Y quién sería el presidente de ese Gobierno? —preguntó Elena.

—Él mismo.

—Pues qué bien... —ironizó.

Elena extendió un poco de *foie* sobre una tostada y se la ofreció a Héctor con una sonrisa. Él pensó que estaba radiante: unos mechones rubios le envolvían el rostro de forma aparentemente desordenada y llenaban su cara de luz. Héctor se fijó en el tono sonrosado de sus pómulos encendidos.

—Qué frágil es aún la democracia —dijo, mientras se llevaba a la boca la tostada que ella le había dado.

—Todo lo humano es frágil —comentó Elena—. Todos somos muy frágiles.

Él la miró y vio la inocencia de la juventud en su cara. Llevaba puesta sólo una camiseta de tirantes. Contempló la piel rosácea de sus hombros desnudos y deseó acariciar ese cuerpo frágil que encerraba una gran vitalidad.

—¿Y la televisión? —preguntó.

—Vamos a ver si tienen nuevas imágenes —dijo Elena, levantándose.

En ese momento un locutor resumía lo que había ocurrido en el Congreso.

—Parece que no hay novedades.

Cuando terminaron los platos, Elena cogió una bandeja con frutos secos, pasas y queso, y lo puso todo en la mesa baja de cristal. Llevó también las copas de vino y los dos se sentaron en el sofá, frente a la televisión. Elena se acomodó con las piernas cruzadas sobre el asiento. Era ya más de medianoche.

—El rey aún no ha dicho nada —se extrañó Héctor.

Dejaron encendida la televisión, que en ese momento

volvía a comentar los sucesos ocurridos hacía unas horas en el Congreso de los Diputados.

«Como les estamos informando, hoy a las 18:23, mientras se celebraba la votación de investidura de Leopoldo Calvo Sotelo como presidente del Gobierno, fuerzas de la Guardia Civil mandadas por el teniente coronel Antonio Tejero han asaltado el Congreso de los Diputados y retenido allí a los parlamentarios y miembros del Gobierno.»

—¿Qué está pasando realmente? —se preguntó Héctor en voz alta.

Los guardias civiles habían entrado en el hemiciclo armados con metralletas. Tejero se había acercado a la tribuna de oradores con una pistola en la mano y había gritado desde allí: «¡Quieto todo el mundo!» Enseguida se había alzado un coro de voces destempladas que ordenaba: «¡Al suelo! ¡Todo el mundo al suelo!» Realizaron unos disparos intimidatorios al aire y cayeron esquirlas de escayola en el hemiciclo. Todos los diputados se habían escondido al unísono bajo los escaños y sólo habían permanecido quietos y visibles Suárez y el teniente general Gutiérrez Mellado, que se encaró con los asaltantes. Hubo una pequeña trifulca; Tejero había intentado reducir al anciano general, que se tambaleó inseguro, como la democracia, pero se mantuvo en pie.

—¿Qué está ocurriendo realmente? —volvió a preguntar Héctor.

Un guardia civil había explicado en la tribuna de los diputados que enseguida llegaría la persona que iba a ponerse al mando de aquella operación: «La autoridad competente, militar por supuesto, será la que determine qué es lo que va a ocurrir.»

—Por lo visto Tejero, Milans del Bosch y Armada son

el triángulo del golpe —aventuró Héctor, que no tenía ninguna certeza sobre lo que estaba pasando—. Pero ¿qué hace el rey?

Héctor miró el reloj. Era ya más de la una de la madrugada. Los frutos secos se habían terminado y las dos copas de vino estaban vacías. Elena, sentada junto a Héctor, apoyaba su hombro en el de él. Sintió el impulso de recostar la cabeza, reclinarse en busca de cobijo y que él la rodeara con su brazo, acercándola. En ese momento apareció un letrero en televisión: «Mensaje de Su Majestad el Rey.»

—Ya era hora —dijo Elena.

Y los dos se incorporaron, expectantes. El rey apareció en la pantalla con el uniforme de capitán general del ejército. Con rostro serio leyó un comunicado:

«La Corona, símbolo de la permanencia y unidad de la patria, no puede tolerar en forma alguna acciones o actitudes de personas que pretendan interrumpir por la fuerza el proceso democrático que la Constitución votada por el pueblo español determinó en su día a través de referéndum.»

—Bueno... —Héctor suspiró—. Esto parece que está más claro.

Elena se entusiasmó, llenó las dos copas de vino, le ofreció una a él, las entrechocaron en un brindis sin palabras y bebieron con júbilo.

Héctor se quedó mirando el rostro de Elena, encendido como una brasa.

—Me había asustado de verdad —dijo ella—. Creí que volvíamos al pasado.

—En algún momento he llegado a pensar si esto tenía algo que ver con el robo del Palacio Real, ya ves... Y aún sigo temblando por la posibilidad —reconoció Héctor.

Elena lo miró con sus ojos brillantes. Habían vivido

unas horas de tensión y ahora se sentían repentinamente liberados. Parpadeó ella y Héctor se quedó prendido de ese parpadeo. Vio sus labios rojos, húmedos del vino. Ella se acercó, tomó con las manos la cara de Héctor, y él sintió al mismo tiempo la caricia delicada de los dedos de ella en la piel y la suavidad de sus labios. En la pantalla volvían a repetir las palabras del rey, pero ellos ya no atendían a nada más que a la ansiedad de sus manos, que arrancaban ropas, camisas, tirantes, y buscaban la piel del otro, enredados encima del sofá, juntando sus bocas con avidez.

XX

Desde el final de la calle se veían dos coches de color oscuro con cristales tintados seguidos por una furgoneta blanca, que doblaban la esquina y enfilaban la vía en la que se encontraba el chalet de El Viso. Las ramas de los árboles que sobresalían de los jardines privados de las casas flanqueaban la comitiva que avanzaba ocupando el centro de la calzada.

Los vehículos recorrieron lentamente el trayecto hasta llegar a la puerta del chalet, donde estacionaron, uno detrás del otro, junto al bordillo. Dos personas bajaron rápidamente del primer coche y se dirigieron a la cancela de hierro. Una de ellas introdujo en la cerradura un dispositivo electrónico, sonó un clic y se abrió la puerta. Cruzaron el tramo del jardín sobre las lajas de arenisca que conducían a la entrada de la casa. No se detuvieron a admirar los dos árboles aves del paraíso situados a ambos lados del camino. Fueron aprisa hacia la entrada; el primero usó el mismo dispositivo y el resbalón de la cerradura saltó automáticamente.

—Tenemos un minuto —le dijo su compañero.

Habían memorizado el plano de esa zona. Se encaminaron sin demora a una de las paredes del pasillo; abrieron una caja en la que estaban los controles de seguridad, quitaron la tapa de plástico, sacaron unos cables y con una pequeña herramienta interceptaron los bornes de las cámaras y las alarmas.

—Ya está —dijo uno de ellos.

Se abrieron entonces todas las puertas del segundo coche y salieron de él Héctor, Pedro, David y Elena. Detrás de ellos, otros dos agentes saltaron de la furgoneta y los siguieron hacia la casa. Héctor miró a ambos lados de la acera. Nadie caminaba a esas horas por la calle ni pasaba ningún coche. Cruzaron la cancela con rapidez y rozaron sus chaquetas con las ramas de los dos aves del paraíso, en los que habían empezado a brotar las primeras yemas.

Al entrar en la casa, Héctor se sorprendió. El salón estaba decorado con valiosos muebles antiguos de marquetería. Los anaqueles de la vitrina mostraban esculturas de estilo clásico, piezas de bronce, objetos de plata, arquetas de esmalte, bajorrelieves de marfil. En las paredes colgaban tablas renacentistas, lienzos barrocos, pinturas de maestros antiguos.

—No está nada mal esta choza —comentó Pedro.

Héctor los distribuyó con rapidez:

—Vosotros, subid al piso de arriba; vosotros, en esta planta.

Apresuradamente fueron unos al extremo del salón y comenzaron a revisar todo lo que había en él, avanzando separados a unos dos metros de distancia. Los otros se dirigieron hacia las escaleras y las subieron con grandes zancadas.

Elena los observaba con atención, protegidos con unos guantes blancos finos, mientras abrían cajones, repasaban cada uno de los objetos, papeles, archivadores; sacaban cajas, revisaban todos los compartimentos, levantaban cada pieza y la observaban por todos los ángulos; descolgaban los cuadros y exploraban detrás de ellos, en la pared; recorrían los bordes de los muebles buscando algún orificio, una abertura, un cierre escondido; golpeaban los laterales, por si hubiera algún falso fondo. Todo lo comprobaban y escrutaban minuciosamente hasta el último centímetro. Pero a su paso, todo quedaba igual que estaba antes. «Cuando se vayan —pensó Elena—, nadie podrá sospechar siquiera que alguien estuvo aquí, y menos que analizó si había alguna viruta desprendida de un mueble o una mota de polvo posada en la superficie de un cristal.»

Entretanto, Héctor observaba los objetos de la casa, tratando de encontrar alguna pista que le resultara reveladora. Aquel chalet parecía un museo decorado con unas pocas piezas selectas, que su propietario había ido coleccionando por algún motivo que tal vez sólo conocía él. Se preguntaba si entre esos objetos estaría el medallón que andaban buscando.

Pasó el tiempo. Los hombres empezaron a bajar del piso de arriba, uno a uno, con cara de resignación. Elena permaneció al principio en el salón de la planta baja, pero al ver que los primeros inspectores iban terminando de revisar sin éxito el espacio que tenían asignado, comenzó a preocuparse. La habían llevado allí con la esperanza de que apareciera la pieza robada, para que ella confirmara su identificación. Pero los resultados no parecían halagüeños.

Subió las escaleras. Desde el pasillo, se asomó con discreción a las habitaciones y observó si había algún objeto, algún rastro, cualquier detalle que llamara la atención. La casa era grande. Se detuvo en la puerta de una sala destinada a hacer ejercicio, con bicicletas estáticas, una cinta para correr y aparatos de musculación. El ventanal se abría al jardín y se imaginó que desde allí se tendría la sensación de estar corriendo en medio del campo.

Entró después en un cuarto preparado como despacho de trabajo, con una mesa de estilo inglés y armarios con carpetas, archivadores y documentos de consulta. Al lado había una habitación con estanterías de libros y sofás orejeros, acondicionada como biblioteca. Elena se fijó en que la mayoría de los libros eran de arte: colecciones, tratados, catálogos. Se acercó a un anaquel y cogió un libro: *El juego áureo*, de Stanislas Klossowski de Rola, que reproducía una colección de grabados del siglo XVII. Ojeó alguno de los emblemas y volvió a colocarlo en la estantería. «Si alguien codiciara una pieza como coleccionista y la deseara hasta el extremo de robarla, ¿qué haría con ella? —se preguntó—. ¿Dónde la escondería? ¿Cómo saciaría su pasión de verla cada día, tocarla y tenerla entre los dedos?»

Al otro lado del pasillo estaba la zona de dormitorios. Elena se asomó al primero y observó el portarretratos que había encima de una mesilla. En la foto, dos hombres con las caras juntas sonreían a la cámara. Enfrente había un mueble de madera tallada, dividido en compartimentos cuadrados. También allí había expuestas varias fotografías, que Elena fue mirando. En todas estaban los dos, en distintos lugares: con un fondo de montañas, delante de un puente de París o sentados en un sofá en la terraza de una casa veraniega. Se les veía felices. En alguna foto se miraban con gesto de complicidad, en otras se pasaban un brazo por detrás para tomarse de la cintura.

En ese momento apareció Héctor junto a la puerta.

—Son pareja —dijo ella—. Los dos hombres de esta casa viven como pareja.

Elena sintió la incómoda sensación de estar en un lugar al que no debía haber entrado. Sólo entonces fue consciente de que había invadido el espacio privado que únicamente les pertenecía a ellos. Sintió desasosiego, como si estuviera mirando a dos personas que se amaban en la intimidad.

En una pared estaba colgado el cuadro *Las lágrimas de san Pedro*. Al descubrirlo, Elena entendió algunas cosas y se quedó contemplándolo. El apóstol miraba hacia el cielo, apenado. A sus espaldas el amanecer tenía una luz amarga. San Pedro, ojeroso y triste, lloraba al recordar las palabras de su amigo: «Antes de que cante el gallo, me habrás negado tres veces.» La noche en que Jesús fue arrestado por los soldados de Roma, tres criados preguntaron al discípulo: «¿No eras tú uno de los que acompañaban a ese hombre?» Y él las tres veces lo negó: «No, no lo soy.» Por cobardía.

En el cuadro san Pedro llora amargamente su deslealtad. Ese lienzo era la cara de la traición: representaba la amistad traicionada. Elena pensó que al dueño de esa vivienda, Ángel del Valle, el cuadro tal vez le recordara momentos en los que sufrió rechazos por su condición homosexual. Negaciones e infidelidades. Por miedo, sí, porque vivimos en un mundo hosco y cruel.

Elena se volvió hacia Héctor.

—¿Qué decían sobre este cuadro los dos hombres que viven aquí, en la conversación que fue grabada?

—Uno le decía al otro que se lo llevara, que se quedara con él.

—Con él y con lo que tiene dentro —intentó recordar Elena.

—Eso es.

—¿Dentro de dónde? —se preguntó.

—Del cuadro.

Se acercó al lienzo. Lo descolgó y lo puso sobre la cama.

Miró la pintura, comprobó el reverso de la tela, observó el marco: una madera tallada con forma de columnas salomónicas que se enredaban cubiertas de hojas. Lo golpeó por detrás con los nudillos y comprobó los ensamblajes. No tenía clavos. Los listones del marco encajaban mediante ángulos y escuadras recortados al milímetro. Intentó desmontar algún lateral, pero aquellas molduras estaban perfectamente ensambladas. Descubrió entonces que uno de los ángulos inferiores tenía un empalme distinto a los demás. Manipuló las piezas, empujó un larguero, oyó el roce de la madera, presionó con más fuerza y vio cómo se desencajaba un listón. Los dos se miraron, expectantes. Al retirar Elena una tabla del interior, quedó al descubierto una pequeña oquedad labrada en la madera. Allí, perfectamente empotrado y escondido, estaba el medallón.

XXI

De los coches de policía que acababan de llegar a la puerta del Hospital Clínico salieron varios agentes, algunos con uniforme de policía y otros vestidos con traje y gabardina. Cruzaron la puerta y se distribuyeron por las escaleras y los ascensores. Llegaron a la quinta planta y avanzaron ocupando todo el pasillo. Delante iba Héctor, mirando al frente y caminando con decisión acompañado por Pedro y David. Le sorprendió que no estuviera allí el investigador que había puesto como vigilancia. Llegó hasta la puerta de la habitación 512. Dos hombres de asalto se colocaron a ambos lados de la puerta. Se precipitaron a la habitación casi al unísono, como un destello, apuntando con sus armas a la cama. Héctor entró detrás. Todos se quedaron paralizados. El comisario no pudo evitar una expresión de desconcierto. Allí no había nadie. Los agentes vacilaron sólo un instante, mirando a los lados, pero inmediatamente abrieron el armario y el cuarto de baño. Nada. Héctor se acercó a la ventana, la abrió y se asomó: era imposible salir de allí usando esa vía.

—Localiza a los agentes de vigilancia —le dijo a David.

Salió de la habitación con gesto de contrariedad y enfado. En el pasillo se cruzó con una enfermera.

—¿Dónde está el paciente de la 512? —le preguntó con ansiedad.

Ella lo miró, sorprendida por el despliegue, y se encogió de hombros. Héctor no esperó más y siguió andando aprisa.

—Lo han bajado a la primera planta —le informaron en el mostrador del vestíbulo.

Entre los agentes que se habían desplegado por el hospital cundió la alarma: el sospechoso al que iban a detener había desaparecido.

Partió unas manzanas en varios trozos, exprimió tres naranjas, lo batió todo junto, cogió el vaso con el zumo y se dirigió a la mesa. En ella había extendidas varias fotografías que había tomado del medallón. La pieza era como ella la había dibujado: representaba la condena y la salvación. Por una cara tenía la cruz de oro sobre un fondo esmaltado y, en el centro, un cristal que dejaba ver la reliquia de una astilla de madera, el *lignum crucis*. Por el otro lado, la imagen del paraíso: el hombre y la mujer desnudos y, en medio, el árbol del Bien y del Mal.

Elena cogió una de las fotografías y se quedó absorta contemplando aquella evocación del edén, que era la imagen de la felicidad y del infortunio.

Cuando Yahvé terminó de hacer el mundo, lo miró y vio que todo era bueno. Fluían los ríos en fuentes y arroyos. Crecían vergeles de flores y árboles frutales. Y rebaños de animales de todas las especies pastaban en la tierra fértil. Entonces modeló de barro al primer hombre. Sopló sobre él y con su aliento cobró vida. Lo llamó Adán. Todo lo que había en aquel vergel hermoso estaba hecho para que él lo disfrutase.

Pero a los pocos días vio Yahvé que Adán deambulaba por aquella pradera solo y entristecido. Por las tardes se sentaba para contemplar la luz crepuscular y sentía una leve congoja. Las mañanas de sol se tumbaba indolente bajo los árboles, sin que nada lo rescatara de su melancolía. Oía cantar a los pájaros, pero no se emocionaba con sus trinos. Al alcance de sus manos tenía todos los manjares que le proporcionaban los árboles, que crecían para que él los gozara. Y, sin embargo, andaba desasosegado y solo. Y cuando Dios lo vio así, decidió darle una compañera. La hizo de su misma carne, y la llamó Eva.

Adán y Eva vivían en un lugar donde los árboles crecían para darles sombra y los frutos maduraban sólo para ellos. Salía el sol por las mañanas para calentarlos y hacerles ver la belleza del mundo. Y se ocultaba por poniente para que ellos contemplaran abrazados cómo pintaba de púrpura las nubes.

A ese lugar le pusieron de nombre «paraíso». En él fueron dichosos. Allí aprendieron qué es la felicidad.

Pero hasta en el paraíso pueden germinar la codicia, la desconfianza y la envidia. Y así, Adán y Eva desobedecieron la única prohibición que Yahvé les había impuesto. Les dijo: «Todo lo podéis hacer; todo, menos comer el fruto de este árbol que crece en el centro del paraíso, que es el árbol del Bien y del Mal.» Pero ellos lo comieron queriendo encontrar algo que en realidad ya tenían: una inmortalidad dichosa. Primero comió Eva, y ella le ofreció el fruto a Adán. Mordieron un bocado de la manzana que colgaba de ese árbol y entonces Dios los expulsó de ese jardín precioso, edén, arcadia, sueño inigualable. Les dijo: «Sufriréis fatiga, trabajaréis con sudor, la tierra os dará espinas y cardos, conoceréis el dolor de parir, al final de la vida os convertiréis en polvo y dejaréis a vuestros hijos en herencia la semilla de la muerte.»

Seguido por David y Pedro, Héctor llegó a la planta primera del hospital. Caminaba aprisa y su rostro mostraba una profunda preocupación. Al final de un pasillo vio al agente encargado de la vigilancia, que al darse cuenta de que iban hacia allí comenzó a andar él también a su encuentro.

—Lo han traído aquí hace un rato —informó a Héctor.

Un médico salió de la zona, restringida al personal del hospital. Llevaba puestos los guantes de látex y se tapaba la boca con una mascarilla.

—Venimos a ver a Ángel del Valle —se dirigió a él Héctor.

—Ahora no es posible —les informó.

—Es imprescindible —insistió él—. Necesitamos verle.

El médico estiró la goma de la mascarilla, se la quitó de la boca y la dejó colgando sobre el cuello. Los miró, evaluando tal vez si eran familiares o amigos o qué. Pero no les preguntó nada. Hizo un gesto de cansancio y dijo simplemente:

—Ha muerto hace media hora.

Héctor parpadeó y puso expresión de asombro, absolutamente desconcertado.

—¿De qué? —le preguntó.

—Una nueva enfermedad. Afecta al sistema inmunológico. Inutiliza las defensas del cuerpo humano y lo deja expuesto a cualquier infección.

—¿Es grave?

—Mortal. Llevamos meses tratando enfermos así. Hasta ahora no se conocía; pero ahora ya sabemos cómo se produce. Se llama sida. Puede haber millones de personas infectadas. Se propaga como la peste: es una epidemia. Cada minuto se contagian diez personas en el mundo. Es una plaga.

—¿Ha dicho que es contagiosa? —le preguntó Pedro.

—Totalmente —respondió, señalando la mascarilla y las manos enguantadas—. Se ha cebado en los homosexuales y en los drogadictos. Pero afecta a todos. No sabemos cuántos pueden estar infectados. Es la peste.

En la mesa, junto a las fotografías del medallón, Elena tenía un libro que fue publicado en el siglo XVII por el confesor del rey Felipe IV. Se conservaba un solo ejemplar en la Biblioteca Nacional de Madrid: *Floresta de sermones del paraíso*. En el prefacio de ese libro, Antonio de Sotomayor explicaba su contenido: decía que había reunido amonestaciones que sirvieran a los reyes para el ejercicio de su gobierno. Y eso es lo que se podía leer en él: pláticas y homilías sobre el comportamiento del monarca cristiano. En esas páginas citaba la existencia de un discurso titulado *Sobre el reinado de la nación*, que no estaba incluido en el libro. Sotomayor no lo recogía; sólo hablaba de su existencia y de su contenido: una serie de normas —«revelaciones» las llamaba él— que los monarcas habían de transmitir en privado exclusivamente al heredero que les sucediera. Decía que ese escrito se remontaba a los años en que Felipe II se recluyó en El Escorial y que este soberano dejó ordenado que lo transmitieran a todos sus sucesores para que estuviera siempre en sus cuartos privados. Felipe III lo tuvo y Felipe IV también.

Ese pliego no figuraba en la Biblioteca Nacional, ni en la de Palacio; ni tampoco lo encontró Elena en ninguno de los archivos históricos que visitó. Por eso había ido con el jefe de seguridad a las habitaciones privadas de Alfonso XIII y revisó los cajones, las estanterías, los armarios, con mucha curiosidad y escasa esperanza de que pudiera estar allí ese memorial manuscrito. Y en efecto, no estaba.

Mirando las fotografías del medallón y el libro, Elena se preguntaba qué habría sido de ese documento. ¿Se perdió con el linaje de los Austrias? ¿Se quemó en las habitaciones del Alcázar? ¿Llegó a manos de los Borbones, pero se extravió en el exilio de Alfonso XIII? ¿Estaba en el dormitorio privado del rey Juan Carlos en la Zarzuela?

Elena ojeó de nuevo el índice del libro de sermones del confesor del rey, y se fijó en el título de uno de ellos: *Reconvención por los males del reino*. Buscó esas páginas y leyó que durante los últimos años del reinado de Felipe IV, las desgracias asolaron la nación. Las arcas del palacio estaban vacías y el reino en bancarrota. Los ejércitos del rey sufrían derrotas en los campos de batalla. Se producían levantamientos y había largas sequías. Se estaban perdiendo las cosechas, la gente padecía hambruna, se secaban los manantiales y las pocas aguas estancadas en los regatos se volvían putrefactas.

Elena leyó esa disertación, en la que el fraile escribía que aquel año la peste asoló la ciudad de Sevilla. Murieron cada día doscientas personas y, al final, perecieron en unos meses sesenta mil: la mitad de su población. El fraile culpaba de los males del reino a la impiedad de la gente. «Cada siglo tiene su peste —pensó Elena—, y también su Inquisición.»

En el sermón Elena leyó con horror la descripción de lo sucedido. Los habitantes huían de sus casas. Los muertos eran retirados en carretas; pero algunos permanecían abandonados en los portales o tirados en medio de la calle. Barrios enteros habían quedado vacíos. Por ellos se paseaba la muerte como un fantasma. Se la veía de noche con su guadaña al hombro, cansada y ojerosa de tanto trabajar.

«No hay puertas marcadas con sangre de cordero en las que no se detenga —decía el predicador—. Entra en los portales, cruza el zaguán, recorre los cuartos y siega la vida de quienes aún están postrados en los jergones u ovillados en el suelo, solos, demacrados y con el rostro asustado por la desesperanza.

»Una mujer joven, casi una niña, está sentada junto a la puerta de una casa. No tiene fuerzas para ponerse en pie ni para pedir auxilio, y aunque lo hiciera, nadie iba a acudir para ayudarla. Está acurrucada junto al poyo de piedra, aturdida. Ni siquiera llora. Mañana morirá, helada de frío. Cuando la escarcha del amanecer cubra las calles, su cuerpo caerá tronchado sobre la tierra. Nadie estará con ella. No habrá una mano que dé un poco de calor a sus dedos fríos. No sentirá ningún alivio: ni una voz ni un abrazo ni una lágrima serán su despedida. No tendrá consuelo alguno en la hora de la muerte.

»Si viéramos la ciudad desde el cielo —escribía el fraile con espanto—, contemplaríamos cuerpos desparramados por las calles y cómo a lo lejos un hombre cruza tambaleándose el puente de Triana. Va enfermo y nunca llegará a la otra orilla.

»Si nos asomáramos al puente —proseguía con pavor—, veríamos flotar los cadáveres arrastrados por las aguas del Guadalquivir. Y nos quedaríamos horrorizados por el silencio espeluznante de la ciudad, en la que sólo se oye el chirrido oxidado de una carreta. En las calles vacías —terminó de leer Elena en el sermón—, alguien arrastra cabizbajo un carromato con los cadáveres de un hombre y una mujer hacia una fosa común. Cuando pasa junto a la calle de la Anunciación, por encima del chirriar seco de las ruedas se oye el llanto de un niño que acaba de nacer.»

XXII

Héctor cruzó la puerta de madera maciza de nogal que daba acceso al despacho del ministro. Se acercó a la mesa escritorio, sobre la que reposaba un tintero de bronce antiguo. Metió la mano en el bolsillo de la chaqueta, sacó un paño y lo dejó sobre la carpeta de cuero repujado que había en la mesa. Desenvolvió el paño, y allí estaba ante ellos el medallón.

—Le felicito, señor Monteagudo —le dijo satisfecho el ministro, tendiéndole la mano.

Héctor lo agradeció con un leve movimiento de cabeza.

—He cesado de su cargo al jefe de seguridad del palacio, destinándole a otras labores —le informó el ministro—. Y he dado instrucciones para que se cambien los sistemas de vigilancia en el Palacio Real.

Héctor asintió con la cabeza, y él siguió hablando:

—He nombrado director general y coordinador de la política de museos del ministerio al director del Patrimonio Nacional, como reconocimiento por su gestión y por cómo ha controlado la información de este caso. Me ha propuesto que alguno de los objetos que conserva el palacio se lleven a otros museos. ¿A usted qué le parece? —le preguntó.

—Es un hombre con criterio —respondió Héctor con una sonrisa fingida.

—Hablemos de las personas que sustrajeron el medallón —dijo entonces el ministro.

—El organizador del robo era un coleccionista de obras de arte —comenzó a explicar Héctor, pensando que le estaba reclamando un informe del caso—. Ha muerto como consecuencia de una nueva enfermedad, el sida, que era desconocida hasta ahora. Con él vivía una persona que ha declarado no saber nada de ese medallón. No hay ninguna prueba que lo incrimine directamente, pero hay que investigar su implicación.

—El director del Patrimonio ya se ha encargado de ese tema —apuntó el ministro—. No habrá ninguna investigación sobre él. Nadie quiere que algo así tenga un proceso público y sea difundido por la prensa. Se ha hablado con él y se ha llegado a un acuerdo.

Héctor se sorprendió de que no se hubiera contado con él para nada y se sintió incómodo al enterarse así de la orientación que se daba a un caso que dependía de él. Pensó que se pretendía cerrar de una manera apresurada una investigación que era de su incumbencia y que aún estaba abierta.

—El ejecutor material del delito ha desaparecido —expuso al ministro—. Hay que encontrar su paradero.

—Eso también está solucionado. No se preocupe. Su desaparición no es casual. Está controlado. No hablará.

Héctor no pudo evitar una expresión de asombro.

—Este tema ha sido calificado como materia relacionada con la seguridad de la Casa Real —le informó el ministro—. Por lo tanto, es un asunto reservado y lo prioritario es que nada de esto salga a la luz.

—Ya... —asintió Héctor.

—Su labor ha sido muy eficaz y le reitero mi felicitación. Pero su misión en este asunto termina aquí.

El ministro le tendió de nuevo la mano en un gesto de despedida, ansioso por acabar con ese encuentro. Era evidente que el caso no le interesaba en absoluto y que su único objetivo era que se olvidara cuanto antes.

Héctor salió del despacho inquieto. Mientras recorría los amplios pasillos del ministerio, pensó que había sido un ingenuo y que era ya mayor para caerse de un guindo de esa manera.

Trató de entender de qué modo lo habían utilizado. Era evidente que en el ministerio habían seguido paso a paso su investigación. Alguien hacía de puente. Habían asignado a una persona para que estuviera con él, les pasara las informaciones y pudieran actuar si algo se les escapaba de las manos. Le vino entonces a la mente la cara de Elena, mirándolo con una sonrisa cautivadora. Ella lo había acompañado en todo momento durante la investigación. No pertenecía al equipo con el que trabajaba habitualmente: el ministerio la había incorporado para que colaborase con él. De no haber sido por eso, ni siquiera la habría conocido. Eso es lo que le había quedado, después de todo. Pero Héctor había llegado ya al zaguán de la entrada, custodiado por guardias civiles, y salió a la calle.

Enfrente, sentada en un banco de madera, lo esperaba Elena. Se levantó en cuanto lo vio salir, y cuando él llegó a su lado, le pasó una mano por la espalda, abrazándole la cintura.

Se dirigieron así, caminando, hacia la Puerta del Sol.

—Que las cosas se dejen como están. Eso es lo que me ha dicho el ministro —comentó Héctor.

—Tienen cuestiones más serias que resolver estos días, entre cambios de Gobierno y golpes de Estado —dijo Elena—. Al final... —dudó un instante—, al final nunca sabremos del todo cómo se producen las cosas ni por qué.

A aquella hora del atardecer, el sol iluminaba la tierra de forma oblicua y las calles de la ciudad comenzaban a llenarse de sombras.

—Resolver un robo puede ser fácil —siguió diciendo Elena—. Sólo hay que buscar causas y encontrar indicios. Cada prueba está relacionada con la siguiente. Si reunimos los datos suficientes, todo puede explicarse. Pero hay temas más difíciles de resolver... —comentó, enigmática.

—¿A qué te refieres? —preguntó Héctor.

—A muchas cosas —respondió, mientras retiraba el brazo de su cintura para mirarlo de frente—. ¿Qué conocemos de las personas? ¿Qué sabemos de nosotros mismos? ¿Qué podemos decir del destino que nos lleva a encontrarnos?

—Ésa es una pregunta que no tiene respuesta.

—Hay muchas preguntas sin respuesta... Y entonces acudimos a las imágenes, a los mitos, a los símbolos. Ése es mi trabajo. El tuyo es encontrar indicios.

—Así es la vida —dijo él con resignación—: cada uno vamos haciendo lo que podemos para salvarnos.

La luz que iluminaba las fachadas de los edificios en la calle Mayor tenía un color espeso, amarillento y algo turbio.

—Van a dar carpetazo a la investigación del robo —volvió a decirle Héctor.

—Qué más da... Nosotros hemos hecho lo que debíamos: hemos recuperado el medallón.

Héctor dudó un momento.

—Le han encargado al director del Patrimonio Nacional que cierre el caso.

—¿A ése? —se extrañó Elena—. Cuando lo visité me dio a entender que no lo estaba siguiendo de cerca.

—Pues ya ves: él era quien lo controlaba todo, por encargo del ministro. Eso es lo que me ha insinuado en el despacho.

—Ahora lo entiendo: por eso me dio todas las facilidades y me consiguió permisos especiales para que investigara sin ningún problema.

—Nos ha puenteado —recapacitó Héctor—. Él controlaba los equipos de la brigada de investigación, que le pasaban la información antes que a nosotros. ¿Cómo no me he dado cuenta antes? —se lamentó—. Si fue él quien me sugirió a los inspectores jefes, indicándome que se trataba de un asunto especial y que ellos eran discretos y leales. Los más apropiados para este caso, me aconsejó casi sin darle importancia. Un tema que había que llevar con reserva, dijo. Y yo, claro, lo entendí así, no puse más objeciones y los incorporé a la investigación.

—¡En el ministerio han estado desde el principio al tanto de todo...! —Elena no salía de su asombro.

—Sí. Sólo tenían un objetivo: que el robo no tuviera consecuencias políticas. Que no hubiera un escándalo de seguridad en el Palacio Real.

—Que no se difundiera la noticia del robo, para evitar que los cesaran. Ése era su temor, claro.

—El problema era que nosotros sabíamos desde el principio lo que había ocurrido. Porque el jefe de seguridad del palacio me llamó antes que a nadie, como jefe de la Sección de Delitos contra el Patrimonio, y me informó de que había desaparecido el medallón. Ellos sabían que el caso estaba ya en manos de la policía, y eso era lo que pretendían evitar: que se divulgase y que lo llevara alguien ajeno a su departamento.

—Por eso el ministro tuvo que convocar aquella reunión urgente y pedir que se actuara con discreción.

—Y en secreto. Involucrarnos, reducir al máximo el número de personas que estaban informadas y seguir todos nuestros pasos era la mejor manera de tenernos controlados, hasta poder cerrar ellos solos la operación a su manera.

—Nos han utilizado... —dijo ella, risueña, sintiéndose simultáneamente molesta y divertida.

—Sólo les ha importado controlar la información que podía llegar a la gente: que el caso no se les fuera de las manos. Y ahora lo único que quieren es echar tierra encima.

A pesar de lo que le estaba contando, Elena no se enfadó. Estaba a gusto paseando con Héctor al atardecer. Volvió a abrazarle la cintura y él la acercó más a sí, pasando el brazo por encima de sus hombros y estrechándola. Elena quería disfrutar esa sensación y no estaba dispuesta a que nadie le estropeara ese momento. Respiró profundamente y levantó la cara hacia el cielo, para sentir la suavidad de la brisa y el el calor tibio del sol de marzo en la piel.

—Qué más da... —dijo—. Tú y yo somos lo único que importa. Y lo que cuenta para mí ahora es que estoy contigo.

Al doblar la esquina de la calle Mayor, vieron al fondo la fachada del Palacio Real iluminada por la luz dorada del atardecer.

—Los reyes son los herederos del paraíso —sentenció Elena, al ver el edificio.

Se quedaron los dos en silencio. El sol pintaba de oro viejo la fachada del palacio. Visto desde la lejanía, el aire del ocaso parecía envolverlo en una nube de luz.

—Todos lo somos —dijo Héctor.

Con el horizonte cárdeno, la mole pétrea del palacio parecía mucho más leve. Iluminada por el sol del crepúsculo, perdía su carácter de construcción intemporal, levantada para durar eternamente.

Cruzaron la calle Bailén, atravesaron la plaza de la Armería y se asomaron a la balaustrada de los jardines del Campo del Moro. Elena estrechó con más fuerza la cintura de Héctor. La hierba verdeaba en el parque tímidamente aún. Un poco más allá, en la Casa de Campo, empezaban a brotar los primeros retoños de la primavera en los árboles todavía desnudos.